Aux Éditions Alain Bargain

Dans la collection
ENQUÊTES ET SUSPENSE :

Bernard David-Cavaz
- Traboules
- La Fille de Sein

Christophe Gontard
- Dernière danse en Trièves

Jean-Pierre Le Marc
- Matin rouge au Guilvinec
- Soirées noires à Penmarc'h
- Double vie à Loctudy *(épuisé)*
- Signes de sang à Lesconil
- L'Héritier des Trépassés

Cédric Labb
- Les Démons du Midi
- Les Muses de Savoie

Jean-Jacques Gourvenec
- Chasse au congre à Lannilis
- Scénario macabre à Saint-Pabu
- Sortilèges au Conquet

Bruno Ségalotti
- Filouteries en Côtes-d'Armor *(épuisé)*
- La Phalange de l'Argoat *(épuisé)*
- Breizh Connection *(épuisé)*

Yves Horeau
- Une retraite pas très spirituelle *(épuisé)*

Jérôme Lucereau
- Anévrisme *(épuisé)*
- Chef-d'œuvre meurtrier à Lorient *(épuisé)*
- L'affaire Callac *(épuisé)*

Jean-Luc Le Pache
- Bréhat-culpa *(épuisé)*

René Le Clech
- Baston chez les voileux *(épuisé)*

Michel Renouard
- La Java des voyous *(épuisé)*
- Les castrats de Bombay *(épuisé)*
- Requiem sur le campus *(épuisé)*
- Le bouillon de minuit *(épuisé)*
- La farine du Diable *(épuisé)*
- La Vénus de Malifeu *(épuisé)*

Alex Nicol
- Mystères en Finistère
- Ça bombarde chez les Bigoudens
- Mise en Bière à Sainte-Marine
- Le Tsar de Bénodet *(épuisé)*

Bernard Morin
- Trahison à Guerlédan *(épuisé)*

Luc Calvez
- Le fils du Tigre *(épuisé)*
- Les Graffeurs du Ponant *(épuisé)*

Philippe Lepeuple
- Samba ni loi en pays nantais *(épuisé)*
- Poulets de Brest *La mauvaise farce* *(épuisé)*

Jean-Christophe Pinpin
- Qui voit Groix voit sa croix *(épuisé)*
- Qui voit Sein voit sa fin *(épuisé)*
- Qui voit Ouessant voit son sang *(épuisé)*
- Qui voit Belle-Ile voit son île *(épuisé)*
- Qui voit Molène voit sa peine
- Toulouse au bout du siècle *(épuisé)*
- Traque à Hoëdic *(épuisé)*

Patrice Rousseau
- Le faussaire de Pont-l'Abbé *(épuisé)*

POL'art®

Aux Éditions Alain Bargain

Dans la collection **POL'ART :**

Serge Le Gall

- Sombre dessein à Pont-Aven
- Meurtres du côté de chez Proust *(épuisé)*
- Eaux-fortes à Sainte-Marine
- Ciel rouge au Pouldu

Loïc Gourvennec

- Le râle du basson *(épuisé)*

Yves Horeau

- Monsieur Butterfly *(épuisé)*

Renée Bonneau

- Nature morte à Giverny *(épuisé)*
- Séquence fatale à Dinard *(épuisé)*
- Sanguine sur la Butte *(épuisé)*

Stéphane Jaffrézic

- Toiles de fond à Concarneau
- Le Rubis de Châteauneuf-du-Faou

ENQUÊTES & SUSPENSE

Aux Éditions Alain Bargain

Dans la collection
ENQUÊTES ET SUSPENSE :

Jean-Pierre Bathany
- Camaret au Vitriol
- Double Je Nantais *(épuisé)*
- Été show à La Baule
- La Veuve Noire de Pornic
- Maudit Blues à Nantes
- Requiem au lac de Grand-Lieu
- Le Cercle de Nantes

Françoise Le Mer
- Colin-maillard à Ouessant
- La Lame du Tarot
- Le Faucheur du Menez-Hom
- L'Oiseau noir de Plogonnec
- Blues Bigouden *à l'Île-Chevalier*
- Les Santons de Granite rose
- Les Ombres de Morgat
- Le Mulon rouge de Guérande
- L'Ange de Groix
- Buffet froid à Pouldreuzic
- Amours sur Bélon

Michèle Corfdir
- Le Crabe
- Mortel Hiver sur le Trieux
- Chasse à corps à Bréhat
- Larmes de fond *(épuisé)*
- Vent contraire à Loguivy-de-la-Mer
- Herbes amères à Belle-Isle-en-Terre *(épuisé)*
- Il court, il court, le furet des Abers
- Fest-Noz sur le Nil
- Eau dormante en Trégor

Martine Le Pensec
- Onde de choc sur Fermanville
- Angoisse sur Penmarc'h
- Lumière noire sur la Penfeld
- Printemps funeste à Brest
- Treizième lune à Concarneau
- 32 octobre à Roscoff
- Terminus à Lannilis

Lise Tiffanneau-Midy
- Sortie de route en Anjou
- Vengeance sur la Corniche Angevine
- Un Justicier à Trélazé
- Réveillon obscur en Saumur

Anne-Solen Kerbrat-Personnic
- "Mi Amor" à Rochefort
- Jour maudit à l'Île-Tudy
- Bordeaux voit rouge

Firmin Le Bourhis
- La neige venait de l'Ouest *(épuisé)*
- Les Disparues de Quimperlé
- La Belle Scaëroise
- Étape à Plouay
- Lanterne rouge à Châteauneuf-du-Faou
- Coup de tabac à Morlaix
- Échec et tag à Clohars-Carnoët
- Peinture brûlante à Pontivy
- En Rade à Brest
- Drôle de chantier à Saint-Nazaire
- Poitiers, l'affaire du Parc
- Embrouilles briochines
- La Demoiselle du Guilvinec
- Jeu de quilles en Pays Guérandais
- Concarneau, affaire classée
- Faute de carre à Vannes
- Gros Gnons à Roscoff
- Maldonne à Redon

Serge Le Gall
- La secte de l'Aven *(épuisé)*
- Sables mouvants à Bénodet
- La Douarneniste et le Commissaire
- Corps-mort à l'Île-de-Batz
- Traque noire à Audierne *(épuisé)*
- Fugue mortelle en RÉ *(épuisé)*
- Le moine rouge de Carantec
- La Sirène de Port Haliguen
- Coup fourré dans les Monts d'Arrée
- Vagues à lames à Noirmoutier
- Dépression sur les Glénan
- Belle-Île "Amère"

Philippe-Michel Dillies
- Meurtres à Monnaie
- Chasse à Tours
- Train d'enfer pour Saint-Pierre-des-Corps
- Les roses noires de Chartres *(épuisé)*
- Du raisiné à Vouvray
- Partie truquée à Descartes
- Embrouille à Amboise
- L'écheveau de Blois

ENQUÊTES & SUSPENSE

Aux Éditions Alain Bargain

Dans la collection
ENQUÊTES ET SUSPENSE :

Gisèle Guillo
- Dernier rendez-vous à Vannes
- Du Léman au Morbihan *(épuisé)*
- Tempête à Quiberon
- La Belle de Carnac
- Le Saigneur de Quimper
- Vol de pigeons à Arradon
- Cash-cash au Crouesty
- Le Diable noir de Saint-Cado
- Clair-obscur à l'Île-aux-Moines

Chaix d'Est-Ange
- La filière d'Arradon
- La petite dame de Locminé
- Ratissage dans le golfe
- L'Écluse de Malestroit
- Copie conforme à Larmor-Baden
- Les Truands de Saint-Goustan
- Coup de barre à Étel *(épuisé)*
- Vilaine affaire à La Roche-Bernard
- Perfusion à Quiberon *(épuisé)*
- Le Passager de Lann-Bihoué

Annie Le Coz
- Les Maudits de Kérogan *(épuisé)*
- Plumes sèches à Beg-Meil
- Quimper sonne les cloches
- "Caval" à Saint-Guénolé *(épuisé)*
- "Clap" de fin à Langolen *(épuisé)*
- Mortelle Bigoudène
- Braquages en Cornouaille

Solenn Colléter
- Lettres de sang sur la Côte Sauvage

Marie-Françoise Marchal
- Frissons en Morbihan *(épuisé)*

Anne-Soizic Loirat
- Lorient l'interdite

Simone Ansquer
- Téviec, le Secret
- Aux tours de La Rochelle
- Grain de sable à Saint-Pierre-Quiberon
- Le mystère de la Cathédrale de Vannes

Michel Courat
- Ça meurt sec à Locquirec
- Marée rouge à Plestin-Les-Grèves
- Coup de grisou à Pleumeur-Bodou

Bernard Enjolras
- Îlot mortel à Trégastel

Hervé Huguen
- Dernier concert à Vannes
- Les messes noires de l'île Berder

Jean-Pierre Farines
- Brume sur la Presqu'île
- La route de Rocamadour
- Le Phénix est mort à Camaret

Patrick Bent
- Erquy profite le crime
- Le macchabée du Val-André
- Saint-Cast priez pour eux !
- Hécatombe à Saint-Malo
- Nuit noire à Dinard

Christophe Chaplais
- Pâté de Corbeau aux amandes amères
- Le calisson jusqu'à la lie
- Farz aux herbes de Portsall
- Addition salée au Croisic
- Salade russe aux noix de Grenoble
- Fourchette mortelle à Chinon
- Soupe de Crabes à Brest

Stéphane Jaffrézic
- Chili-Concarneau
- Ville bleue et beaux dégâts
- Disparitions en Pays Fouesnantais
- Tri Yann Tro Breizh
- Vengeances croisées à Nantes

Bernard Larhant
- Quimper sur le gril
- Douarnenez, piège à Mouettes
- Les Galets de Tréguennec

Jacques Caouder
- L'Occise des Landes *(épuisé)*
- L'Évadée de Brennilis
- Le Mort de Brest-Les Abers *(épuisé)*
- La Troménie noire
- Rumeurs mortelles à St-Renan *(épuisé)*

Sylvain Pettinotti
- Manzini ou "L'art des choix"
- Réactions en chaîne en Isère

Le Cercle
de
Nantes

Jean-Pierre BATHANY

Le Cercle de Nantes

I.N.R.I. - TOME II

Collection

ENQUÊTES & SUSPENSE

Quadri Signe - Editions Alain Bargain
125, Vieille Route de Rosporden - 29000 Quimper
E-mail : editions.alain.bargain@orange.fr
Site Internet : www.editionsalainbargain.fr

« Il y a deux histoires :
l'histoire officielle, menteuse,
puis l'histoire secrète,
où sont les véritables causes des événements. »

Honoré de Balzac.

REMERCIEMENTS

- À Stéphane Le Gall et Marc Braud du PC régulation de la TAN.

AVANT-PROPOS

Face à une cléricature de plus en plus dévoyée, le vent de la contestation qui souffle sur les églises des pays d'Europe va s'amplifier après les révélations de la mystérieuse Fraternité des Rose-Croix de Tübingen*.

Le mérite lui revient d'avoir ouvert la voie à de nouvelles réflexions religieuses, philosophiques et spirituelles aussi. Les premiers signes de démocratisation et de socialisation apparaissent alors.

Toutefois, cela ne se fait pas sans difficulté. Les dissidents se heurtent aux autorités. Plusieurs d'entre eux optent pour la clandestinité et essaiment sous la forme de sociétés secrètes. D'autres choisissent l'exil, quand ils n'y sont pas carrément incités par les autorités religieuses et politiques qui voient là un bon moyen de se débarrasser de ces agitateurs. Ainsi naquit la vague migratoire qui peuplera le Nouveau Monde, les Amériques.

---

*En 1614. Lire le premier tome de la saga I.N.R.I. : *Requiem au Lac de Grand-Lieu*, même auteur, même collection.

Si en Europe des sociétés secrètes existent déjà, c'est à partir de 1640 que la maçonnerie opérative, réunissant les guildes des métiers des bâtisseurs des cathédrales – les maçons tailleurs de pierre – s'ouvre aux nobles, aux scientifiques, aux philosophes*. Peu à peu, elle se transforme en maçonnerie dite spéculative, pour devenir un laboratoire d'idées. À Londres, au cours d'une réunion de loges, le 24 juin 1717 (jour de saint Jean-Baptiste), fut désigné le premier Grand Maître** de la Grande Loge d'Angleterre. Dès lors, plus aucun maçon opératif ne dirigera une loge.

Mais il faut attendre l'année 1742 pour qu'apparaisse enfin le mot ésotérisme dans les écrits d'un auteur maçonnique, La Tierce***.

Or l'idée toujours vivace des Rose-Croix de Tübingen fera qu'un groupe de francs-maçons créera en 1887 *The Hermetic Order of the Golden Dawn*, d'obédience rosicrucienne, dont Aleister Crowley**** fit partie. L'amalgame entre les deux ordres provient en

*Appelés maçons acceptés. Aucune trace écrite n'existe sur les véritables raisons de cette ouverture.

**Anthony Sayer, membre de la Crown Loge.

***Le titre de l'ouvrage : *Nouvelles obligations et statuts de la très vénérable corporation des francs-maçons.*

****Personnage controversé, décédé en 1947. Cet homme exerce une telle fascination que des groupes de rock du genre heavy métal, comme Death SS, Blut Aus Nord, le chanteur du groupe Iron Maiden, Marylin Manson, s'inspirent de ses écrits pour leurs compositions… Jimmy Page, du groupe Led Zeppelin, admiratif du personnage, racheta son manoir.

partie de cette scission (Parmi les membres de la Golden Dawn, entre autres : Florence Farr, maîtresse de Bernard Shaw, Bram Stocker l'auteur de Dracula, Moïra Bergson, sœur du philosophe, Arthur Machen, écrivain de *The great god Pan*, Édita Montès, bâtarde de Louis 1er de Bavière et de Lola Montès…)

Les créations de cercles ou d'ordres les plus divers vont s'intensifier dans toute l'Europe.

À la fin des années 1800, les Rose-Croix d'Europe seront happés par la vogue de l'occultisme.

Revenons aux émigrés du Nouveau Monde. Eux non plus ne resteront pas étrangers à l'aventure rosicrucienne.

Tout d'abord, ils embarquent avec l'espoir de construire un monde nouveau, plus juste. On retrouve là les aspirations de certains penseurs à créer une société idéale.

Les puritains, les Quakers, les luthériens, les anabaptistes (aujourd'hui les Amishs), les huguenots après la signature de l'Édit de Nantes, et pour ne citer qu'eux, mettront le pied sur le continent des Amériques.

Beaucoup de communautés religieuses vont se créer, des sectes aussi.

Les premiers puritains anglais, les *Pilgrim fathers,* embarquèrent à bord du Mayflower pour arriver sur la côte est où ils créèrent la ville de Plymouth dans l'état du Massachusetts. Ils sont souvent considérés comme les créateurs de l'Amérique.

Puis suivirent les Quakers*, rejoints par William Penn avec son projet d'une nouvelle société idéale, nommé "Sainte Expérience". Cet homme créera l'état de Pennsylvanie en accolant son patronyme aux terres qu'il avait déjà baptisées Sylvannia – sur l'insistance du roi d'Angleterre, en hommage au père de William Penn, un amiral. Ce nouvel état eut pour capitale Philadelphie dont le plan de la ville fut établi par William Penn lui-même et servit de modèle aux futures villes : des rues rectilignes numérotées.

Un autre personnage venu d'Allemagne eut un rôle important au sein de ces communautés d'Amérique. Longtemps après sa mort, son nom et son action furent récupérés pour servir de référence aux ordres qui se créeront plus de deux siècles plus tard aux États-Unis. Il s'agit de Johannes Kelpius.

Né en 1673, il obtient un diplôme de philosophie en 1689 à… Tübingen ! Plus tard, il fait la connaissance d'un théologien nommé Zimmermann et fréquente un chapitre de piétistes à Erfürt. Poursuivi par les autorités, ce chapitre doit fermer. Les deux hommes décident alors de partir pour l'Amérique, via l'Angleterre, où ils font la connaissance de Jane Lead** qui inspira Francis Lee pour créer la *Philadelphian Society* – en référence à la ville de Philadelphie. Cultivant

*Les "Trembleurs" ou Société des amis. Leur dirigeant, George Fox, fut emprisonné à plusieurs reprises en Angleterre.
**Écrivain mystique.

l'amour fraternel, cette société s'installa en 1797 en France, en Franche-Comté. Charles Nodier, l'écrivain, ami de Victor Hugo et prétendu nautonier du prieuré de Sion de 1801 à 1844 – toujours selon la liste des dossiers secrets déposés à la Bibliothèque Nationale – aurait été membre de ce cercle des Philadelphes.

Accompagné de ses disciples, Kelpius embarque en Angleterre, au début de l'année 1694, à bord du “Sarah Maria”. Commence alors un voyage difficile qui s'achèvera quatre mois plus tard dans le port de Philadelphie. Dans la ville, comptant tout juste trois mille habitants, ce débarquement crée la surprise. Les nouveaux arrivants s'en éloignent vite et trouvent refuge auprès de compatriotes installés à Germantown. À partir de ce lieu, Kelpius partira à la recherche de terres pour y installer sa communauté. Il rassemblera, outre ses premiers disciples, plusieurs courants protestants et aussi des sectes du peuple allemand de la région. Il fera cultiver des plantes médicinales, étudiera les astres et dispensera un enseignement ésotérique et des pratiques mystiques se rapprochant de celles des Philadelphes rencontrés en Angleterre et faisant référence au Christ. À la mort de Kelpius, sans successeur, la communauté disparaît. Ce qui n'empêche pas de nouveaux arrivants d'Allemagne de renouveler l'expérience. Sans succès.

Et les Rose-Croix dans tout ça ? Si, en Europe, ils poursuivent leur chemin, leur nom apparaît pour la première fois en Amérique, vers 1850, avec Pascal

Beverly Randolph*. Ce dernier prétendait avoir été initié en Allemagne**, puis aussi, avoir rencontré en France Eliphas Levi***, Papus, Stanislas de Gaïta… Ce médecin s'intéressa aux problèmes liés à la sexualité et dévia inévitablement sur une magie sexuelle ésotérique qu'il enseigna et d'où naquit un scandale****. À sa mort, il n'était âgé que d'une cinquantaine d'années. Celle-ci, restée mystérieuse, fut attribuée aux pouvoirs occultes de madame Blavatsky – fondatrice de la Société Théosophique***** en 1875 – l'une de ses farouches adversaires. Randolph s'est probablement suicidé.

Ce dernier aura pour successeur Freeman Dowd qui créera une grande loge à Philadelphie. Puis ce fut au tour de Edward Brown et du docteur Clymer qui s'opposera à un certain Harvey Spencer Lewis, créateur de l'AMORC****** en 1915. Trois siècles plus tard, le cercle de Tübingen avait des héritiers à des

---

*Randolph était mulâtre. Il se lia d'amitié avec Alexandre Dumas.

**À Francfort-sur-Main avec *la Fraternitas Rosae Crucis*. Il fut aussi mêlé à l'Ordre du Temple d'Orient qui fut interdit par Hitler en 1937. Le siège actuel se trouve aux USA à New York. En France, l'un des centres, le camp Eliphas Lévi, se situerait à Nantes. (Cf : Jean-Pierre Bayard. *La spiritualité des Rose-Croix*. Page 211.)

***Initié le 14 mars 1861 à la loge de silence parfait du Grand Orient.

****Son livre, *Magia Sexualis*, lui valut la prison, au prétexte qu'il prônait l'amour libre, ce qui ne choquerait personne aujourd'hui.

*****Helena-Petrovna Blavastsky sera la première à promouvoir, de façon ésotérique, les religions orientales. La pensée New Age s'en est largement inspirée.

******Cet ordre est actuellement le plus important. Mais dire qu'il se perpétue depuis des siècles est contestable.

milliers de kilomètres. Quant à Spencer Lewis, il soutiendra avoir été initié dans un temple à… Toulouse* ! Il n'hésitera pas non plus à faire de Kelpius le premier des Rose-Croix d'Amérique. Entre-temps, Max Heindel, alias von Grasshoff, aura fondé sa *Rosicrucian Fellowship*.

On peut s'interroger longuement sur le mythe des étudiants en théologie de Tübingen. Paul Arnold**, un spécialiste, l'a même qualifié de "mystère le plus irritant de l'Histoire". Si l'idée d'une fraternité œuvrant à un monde meilleur a échappé à ses instigateurs, des hommes ont su la saisir et la faire cheminer secrètement pour ouvrir la voie aux réformes des mentalités, des mœurs et des rapports humains.

Hélas, cet idéal sera aussi détourné…

Que des hommes maîtrisent leur destin, aient accès aux arcanes, soit ! Mais on peut aussi se poser la question suivante : ne seraient-ils pas tentés d'utiliser leurs pouvoirs pour dominer le monde ? Alors, imaginer deux races d'hommes, les inférieurs et les supérieurs, cette idée va, malheureusement, faire son chemin.

Nous sommes à la fin de la Première Guerre mondiale. La confusion entre le monde de l'ésotérisme, celui de l'occulte et du spiritisme est de plus en plus

---

*Ce qui est une affabulation totale. En revanche, la ville était le foyer de la Rose-Croix catholique conspirant à remettre le roi de France sur le trône. Lire plus loin dans ce récit.

***Histoire des Rose-Croix et des origines de la franc-maçonnerie*. Éditions Mercure de France.

fréquente. Apparaissent alors les médiums et les mages qui connaîtront un certain succès auprès du public.

Dans ce contexte, des écrits ambigus, et jamais dénoncés comme tels, vont offrir aux nazis leurs divagations ésotérico-scientifiques et inspirer leur théorie nauséeuse de la race parfaite et celle des êtres supérieurs inconnus qui dirigent le monde.

Ainsi, peu après 1919, Karl Haushofer* prend la tête du groupe de Thulé. Jusqu'alors, c'était un cercle d'étude d'ethnographie sur l'antiquité germanique, qui avait publié la prose et la poésie de l'antiquité nordique en 24 volumes. Aussi incroyable que cela puisse paraître, Karl Haushofer va s'inspirer d'un roman de science-fiction de Bulwer Lytton : *The Coming Race*, (La race à venir), publié en 1871, pour élaborer avec l'architecte Alfred Rosenberg et le journaliste Dietrich Eckart la théorie nazie de la race des seigneurs et faire basculer le monde dans l'horreur. (Bulwer Lytton est également l'auteur d'un roman à clés, *Zanoni Maître Rose-Croix***. Zanoni y est présenté

*Père de la géopolitique allemande, inspirateur de la théorie nazie. Ce fut lui également qui inspira le *lebensraum* (l'espace vital) à Hitler, évoqué dans *Mein Kampf*. Cependant, au procès de Nuremberg, les Américains ne lui ont pas reconnu de participation active au sein du parti. Il se suicida en 1946 avec son épouse (le doute subsiste sur leur mort). Haushofer aurait été influencé aussi par Gurdjieff, un personnage mystérieux. Aujourd'hui, de nombreuses sectes se réclament de ce dernier.
**Éditions La Table d'Émeraude. Bulwer Lytton est aussi l'auteur du célèbre roman, *Les derniers jours de Pompéi*. En 1871, il dirigera la SRIA (*Societas Rosicruciana in Anglia*) à laquelle appartient la *Golden Dawn*. Cette société recevait les francs-maçons titulaires du grade de maître.

aussi comme un être doué de pouvoirs). Là, on est loin de l'idéal du cercle de Tübingen…

Haushofer aurait également créé, au sein de l'Ordre de Thulé, la "Loge Lumineuse ou Confrérie du Vril"*, beaucoup plus secrète. Cela n'a jamais été prouvé par des écrits. En revanche, le vril est cette énergie mystérieuse détenue par la race supérieure, souterraine, qui domine le monde, dans le roman de Bulwer Lytton, *The Coming Race*.

Nous sommes à la veille de la Seconde Guerre mondiale. Dans une Allemagne instable, menacée par le bolchevisme, la société de Thulé n'est plus ce cercle composé de dilettantes un peu mondains, elle s'est radicalement transformée – avec Haushofer, elle est devenue antisémite, antirépublicaine, raciste. Depuis, ont adhéré des militaires dont Hermann Göring ou encore Rudolf Hess, des intellectuels et des industriels. Ils vont repérer un individu qu'ils qualifieront volontiers de ridicule,** qui s'agite en vaines discussions politiques dans les cafés. Son nom : Hitler. En même temps, cet homme les fascine. Lorsqu'il discourt, celui-ci, jamais loin de la transe, semble possédé par une énergie hors du commun. Il ferait un médium acceptable entre le peuple et les forces supérieures occultes. Très vite, ils réalisent qu'ils tiennent

*En 1933, le docteur Willy Ley, expert en fusées, a fui l'Allemagne pour se réfugier en Amérique. C'est lui qui aurait révélé l'existence de ce cercle secret à l'intérieur de l'Ordre de Thulé.

**Voir le Film de Christian Duguay : *La naissance du mal*.

l'individu susceptible de servir leur théorie à condition de le former (manipuler convient mieux). Ils font mener une enquête sur lui, sur son passé. L'homme n'appartient pas à leur classe sociale, mais peu importe, si leur expérience échoue, celui-ci retournera d'autant plus vite dans l'oubli…

Mais la légende du monstre créé qui s'affranchit de ses maîtres, va vite rejoindre la réalité. La suite sera effroyable pour le monde…

Himmler, à travers son institut nazi, *Ahnenrebe*, n'a pas échappé au mythe des Templiers et du cercle de Tübingen.

Il a dépensé des sommes folles pour mener des investigations, aussi incroyables qu'incohérentes, comme celles destinées à voler le Saint-Graal ou à percer l'énigme des Rose-Croix*…

On peut s'interroger aussi sur les raisons qui poussent des individus à entrer dans un cercle où se pratiquent des rituels. Rempart au monde extérieur, ces règles connues et comprises seulement des membres, leur procurent le sentiment d'être différents, voire supérieurs aux profanes, mais leur imposent aussi une règle d'or : le silence.

Ce silence peut cacher parfois des desseins dangereux pour la société.

---

*Lire : *L'ésotérisme* de Jean-Pierre Laurent (page 114) et *Le Matin des Magiciens* de Pauwels et Bergier (chapitre X) Éditions Gallimard.

Et lorsqu'il s'agit des sociétés secrètes, la démarcation entre la réalité et la fiction* est si ténue qu'elle en devient inexistante. Toutes les dérives deviennent alors possibles…

---

*Qui a entendu parler de la Confrérie de la Mort, *Skull and Bones* ? Deux membres de cette confrérie universitaire se sont pourtant opposés aux élections présidentielles américaines de 2004, il s'agit de George W. Bush et de John Kerry. Lire : *Historia thématique* de juillet et août 2007.

I

Depuis l'aube, on entendait le tonnerre gronder au loin. Des roulements sourds menaçaient. Peu à peu, des nuages ardoisés s'étaient accumulés au-dessus de la ville. Vers le milieu de la matinée, dans un ciel devenu électrique, un violent orage avait éclaté. Un déluge s'était abattu sur Nantes.

La pluie ruisselait dans les plis de la bâche. Un pied nu dépassait de ce linceul improvisé dans l'urgence par l'officier de police. Une chaussure noire, à talon haut, était abandonnée au milieu d'une allée du Jardin des Plantes. La victime l'avait perdue au cours de la tentative désespérée de ses derniers pas avant de s'effondrer sur la pelouse, juste au pied de l'imposant tulipier de Virginie.

Le vaste espace arboré du centre-ville servait de décor à cette scène macabre. Quelque part, du haut d'un arbre, les criaillements d'une corneille ajoutèrent une note lugubre. Des colverts et des poules d'eau, indifférents au drame, barbotaient sur le grand bassin dont la surface était constellée d'une myriade d'ondes provoquées par l'averse et les retombées du jet central.

Triste dimanche. Une de ces interminables journées pluvieuses où, soumis à l'ennui, en attendant un lendemain plus clément, on reste confiné chez soi.

Le capitaine, lui, passerait cette journée sans voir sa famille. Pourtant, il avait promis d'être présent à l'anniversaire du plus jeune de ses fils. Une heure de prise sur sa permanence ; il avait prévu de lui faire la surprise. Les événements venaient de mettre fin à son projet.

Alors qu'il circulait en voiture sur le cours Kennedy tout proche, il avait capté le message radio du commissariat. Il attendait des renforts. Ils arrivaient.

Émergeant du grondement sourd du tonnerre et des bruits de la ville, le concert dissonant des sirènes à deux tons amplifiait au fur et à mesure qu'il approchait du parc.

Ignorant la pluie, le capitaine entreprit d'examiner le gazon tout en se gardant de ne pas franchir une zone autour du cadavre. L'herbe n'avait pas été piétinée, du moins en apparence. Aucun indice significatif, semblait-il, ne révélait ce fait.

Sur le bitume de l'allée, des taches de sang, diluées par la pluie, formaient de larges auréoles. Celles-ci partaient de la bâche et se succédaient sur trois mètres, au plus, pour rejoindre la fontaine Wallace,* nichée dans la végétation. Et selon toute vraisemblance, la

*Wallace : nom du généreux mécène anglais qui a financé les fontaines du Jardin des Plantes de Nantes.

cache de l'agresseur. Déjà, le capitaine imaginait aisément la manière dont s'était déroulé le drame.

Après être passée devant la fontaine, la femme avait été agressée par l'arrière. Elle n'avait pas eu le temps de réagir à cette attaque rapide, brutale. D'ailleurs, avait-elle eu seulement le temps de comprendre ? Effarée, elle avait tenté de fuir. Pour cela, elle avait effectué quelques pas de plus en titubant. Les derniers. Elle avait dû perdre sa chaussure à ce moment-là… Après quoi, à la recherche d'un appui, sa main avait rencontré le tronc du tulipier de Virginie. Des traces de sang en témoignaient… Là, à bout de force, elle avait basculé dans le néant…

Face à la gare SNCF, à l'entrée Élisa Mercœur du parc, les sirènes des véhicules venaient s'éteindre les unes après les autres.

L'excitation prenait le relais : éclairs bleutés des gyrophares, claquements des portières des véhicules, éclats de voix, coups de sifflets pour rassembler les curieux…

Une escouade de policiers, menée par le commissaire Joseph Duval, débarquait au portail. Elle était talonnée par des hommes vêtus de blouses blanches. Ceux-ci transportaient le matériel médical d'urgence, inutile en la circonstance.

Des passants, pressentant quelque chose d'anormal, s'étaient attardés quelque peu à l'entrée du parc. Simple attitude de curieux pour voir de quoi il en retournait. Ils ne pouvaient pas rester : il pleuvait beaucoup trop. Aussi s'apprêtaient-ils à partir. Mais les policiers le leur avaient interdit formellement. Leur témoignage était nécessaire, leur avaient-ils dit. Les voilà piégés ! S'ils avaient su… De plus, ils n'étaient pas concernés, n'avaient rien vu et, de ce fait n'avaient rien à dire ! Mais les hommes en uniforme ne l'entendaient pas ainsi. Les ordres, alléguaient-ils. Oui, mais alors, pour quelle raison les retenait-on, que s'était-il passé d'aussi grave ? Une agression, leur fut-il répondu, sans plus. Tu parles ! Tant d'uniformes à s'agiter laissaient présumer le pire. Voilà ce qu'ils se disaient.

À présent, abrité sous un arbre, le capitaine était en conversation téléphonique avec son épouse. Elle ne le verrait pas de la journée. Dans le meilleur des cas, ce serait dans la soirée, et assez tard même, à cause de circonstances graves et inattendues. Puis, baissant sa voix d'un ton, comme craignant d'être entendu alentour, « un meurtre », lui confia-t-il. Vraiment, il était désolé pour son gamin. Sa femme comprenait, elle transmettrait à leur fils, invoquerait un autre prétexte. Celui du meurtre pouvait choquer l'enfant.

Joseph Duval criait ses premiers ordres. Les issues du parc devaient être immédiatement bouclées. Personne ne devait les franchir !

— Les portails ont déjà été fermés ! lui fut-il répondu en retour.

Quand bien même, les accès au parc, situés aux quatre points cardinaux, devaient être gardés.

Un gradé en tenue répartit les tâches à voix haute

en pointant tour à tour son index sur chaque homme.

Un employé du Jardin des Plantes leur indiqua la direction à prendre pour rejoindre l'endroit où se trouvait le corps. Piétinant les flaques d'eau, les hommes s'y précipitèrent. Ils se heurtèrent assez vite au capitaine venu leur rencontre. Ce dernier contrôlait tout passage avant la fontaine Wallace.

— Alors Paul ? s'enquit aussitôt Joseph Duval.

Le capitaine les avertit :

— C'est difficile à supporter…

Afin de faciliter une première expertise sur place, des policiers dressèrent une tente pour protéger le corps de la pluie incessante. Quand tout fut prêt, le médecin s'accroupit et souleva la bâche. Même prévenus, tous eurent un mouvement de répulsion en découvrant l'atrocité.

Les traits du visage étaient figés en un rictus. De la bouche, une langue révulsée apparaissait et des paupières entrouvertes c'était le blanc des globes oculaires.

Sous le menton, une plaie béante allait d'une oreille à l'autre. Le sang en avait jailli, maculant les vêtements.

L'effet de surprise passé, le médecin s'attacha à un bref examen. Il ne constata aucune blessure sur le visage, ne releva pas non plus de coups portés sur la boîte crânienne. Hormis de constater le décès, ce qui du reste était une évidence, là, sur place, il ne pouvait rien faire de plus. Si ce n'était un relevé de température* qu'il jugea bien inutile. Tout au plus, deux heures s'étaient s'écoulées depuis le décès, estima-t-il après une palpation des muscles des vertèbres**. Le visage blême, il se redressa, ôta ses gants de latex et murmura l'évidence :

— Elle a été égorgée, presque décapitée… Une vraie boucherie… Je n'ai jamais vu ça… Exactement comme…

Il n'en dit pas plus, tout le monde l'avait compris.

Muet face à cette horreur, Joseph Duval contenait sa répulsion. Dans sa tête, il ressassait dur. Sans avoir attendu les commentaires du médecin légiste, lui aussi avait fait le rapprochement avec d'autres affaires en cours.

« Trois, à présent… Que se passe-t-il sur Nantes ? Jamais vu ça, nom de Dieu ! »

Pour autant, de blasphémer ne menait à rien. C'était à croire qu'un tueur en série s'entêtait à leur pourrir la vie. Il le ressentait ainsi.

---

*La température de la peau d'un cadavre s'aligne sur celle ambiante en 8 à 12 heures. Le médecin légiste prend aussi en compte d'autres facteurs environnants qui peuvent interagir : les vêtements portés par la victime, sa corpulence, la température extérieure etc. puis il compare les éléments recueillis à l'aide d'un graphique, appelé le nomogramme de Hessge.

**À cet endroit du corps, la rigidité des muscles apparaît trois à quatre heures après le décès. Celle-ci gagne ensuite les membres inférieurs, supérieurs, puis le tronc.

Pour ôter le moindre doute de son esprit, il voulut tout de même en savoir plus.

— Pas de traces apparentes de sévices sexuels ?

Le médecin s'en assura rapidement.

— Les sous-vêtements ne sont pas en désordre. Ici, je ne peux vous en dire plus.

— Bien sûr, reconnut-il, c'était juste une vérification. Pour moi, ce crime ne présente aucun caractère sexuel…

Après quoi, il s'adressa au capitaine :

— Paul, où se trouve le témoin, celui qui a donné l'alerte ?

Le capitaine tendit à Joseph Duval la carte d'identité de l'intéressé.

— Il attend au bureau de l'accueil… Il se rendait à la gare. Il a aperçu le corps en prenant un raccourci par le parc. C'est sa version des faits.

— Ton avis ?

— Trop secoué pour être impliqué.

— Demande à l'un des lieutenants de le conduire au commissariat. Dis à celui-ci d'enregistrer sa déposition et aussi de vérifier s'il n'a pas d'antécédents judiciaires. Tu transmets…

— On lui fait un prélèvement salivaire ?

— Nous n'en sommes pas encore là. Le juge le décidera… Ah ! Commence le ratissage des lieux, fais-toi aider par des hommes !

— Si tu veux mon avis, l'individu en question n'est pas resté longtemps sur place.

— Avec cette végétation, les planques sont nombreuses. Peut-être a-t-il abandonné l'arme du crime quelque part…

Cette fois, le médecin insista. Le corps devait être transporté au plus vite à l'institut médico-légal. Le temps s'écoulait, cela nuisait à la précision des analyses pratiquées par la suite sur le cadavre. Joseph Duval se retourna et lui répondit :

— Désolé, pas avant le passage de l'équipe scientifique.

Celle-ci ne devait plus tarder à arriver.

Le médecin dit alors n'avoir plus rien à faire sur le lieu. Il attendait le corps à l'institut pour l'autopsier.

Joseph Duval acquiesça, pensa en même temps à prévenir le procureur. Apparut alors, dans son champ de vision, un personnage indésirable.

« Et merde », se dit-il, « il ne manquait plus que lui ! »

"Lui" traînait sa silhouette rondouillarde dans son éternel imperméable crasseux, une taille de trop. Les traits défaits, mal rasé, le cheveu toujours hirsute, il donnait l'apparence de se remettre d'une beuverie de la veille ou d'avoir dormi sur un banc public dans la perspective d'être opérationnel dans l'urgence. On ne sait par quel miracle, il était présent sur tous les fronts de l'information.

Son sac élimé, porté en bandoulière, contenait le nécessaire du parfait reporter, enfin presque : un appareil photo, divers téléobjectifs, des blocs-notes et une collection de stylos à bille hors d'usage. Après les avoir tous essayés, il finissait toujours par vous demander le vôtre.

— B'jour Commissaire !

— Salut Furet… Qu'est-ce que tu fous là ? Tu n'as pas le droit d'être ici, c'est interdit.

— Je passais par là, Commissaire…

— Et comme une phalène, tu as été attiré par la lumière, c'est ça ?

— Exactement, Commissaire ! Aveuglé par la lumière bleue des gyrophares, je me suis écrasé dessus !

— Arrête tes conneries, Furet. Regarde, pour toi, le chemin du retour c'est par là, lui indiqua Duval, un doigt pointé vers la sortie du parc.

— Qu'est-ce qui se passe ? Au moins, dites-le-moi, Commissaire, supplia le journaliste en se dévissant le cou pour voir du côté de la tente.

— On a dressé une tente pour une garden-party.

— Qui c'est ?

— Une femme. Pour ton papier, tu écriras qu'elle a trébuché. Un faux pas. Elle s'est pris les pieds dans quelque chose. On ne sait pas quoi exactement. On est là pour ça. On cherche, Furet !

— Ne vous payez pas ma tête, Commissaire, c'est pas bien. Je fais mon boulot, c'est tout !

— Décampe maintenant, laisse-nous travailler !

Le journaliste se fit insistant. Joseph Duval le somma une fois encore de partir. Puis il appela un homme en uniforme et lui intima de reconduire le journaliste à l'extérieur du parc.

Songeur, Joseph Duval regarda le journaliste s'éloigner.

« Je ne comprends pas… Un sixième sens doit le guider, sinon, comment s'y prend-il pour être toujours présent sur les mauvais coups ? À vérifier… »

*

*   *

Cela portait à trois le nombre de meurtres, identiques, perpétrés à Nantes au cours des neuf derniers mois. Les deux premières victimes avaient connu, elles aussi, la même fin horrible : l'égorgement.

Le premier des crimes avait eu lieu à l'Île Beaulieu, du côté du quai des Antilles. Le corps d'un professeur d'Histoire à la retraite avait été découvert par un photographe amateur venu faire des clichés de la vieille grue Titan, dans le jour naissant*. D'après le médecin légiste, l'enseignant était décédé, approximativement, deux heures auparavant. C'est-à-dire, aux environs de trois heures.

On ne s'expliquait pas les raisons qui avaient poussé cet homme à se rendre en ce lieu, à une heure pareille. La police, au cours de son enquête de voisinage, avait recueilli des témoignages sur la personnalité de

*Page 51 du premier tome de la saga I.N.R.I.

la victime. Tous s'accordaient : cet homme courtois était la bonté même. Il était impensable d'imaginer qu'il pût avoir des ennemis. En l'absence de preuves contraires, le mystère demeurait entier.

Le seul élément dont disposaient les policiers, était le repaire d'un clochard localisé non loin de la grue. D'après les indices recueillis sur place, le refuge semblait avoir été abandonné depuis peu. La police avait tu cette information afin de préserver le bon déroulement de l'enquête. Cet abri de fortune, un assemblage de matériaux divers, jouxtait un entrepôt désaffecté, situé le long d'une voie ferrée hors service. Hélas, son occupant restait introuvable. Avait-il simplement délaissé son repaire avant le meurtre ou en était-il l'auteur et avait-il fui aussitôt après pour éviter les ennuis ? Ces questions demeuraient sans réponse tant que l'on n'aurait pas mis la main sur ce témoin important. À défaut, l'affaire était dans l'impasse totale.

La deuxième victime était une pianiste.* Elle enseignait la musique à des adolescents. Elle avait été assassinée à son domicile dans des circonstances analogues. Toutefois, quelques différences avaient été relevées. Ce qui laissait à penser aux policiers qu'ils étaient confrontés à deux tueurs, dont l'un aurait agi par mimétisme. Joseph Duval, lui, émettait de sérieuses réserves sur cette interprétation des événements. Certes, il avait un sérieux avantage sur ses collègues,

*Lire le premier tome, *Requiem au Lac de Grand-Lieu*, même auteur, même collection.

celui d'avoir lu le livre de Simon Lestrac.* En même temps, il s'interdisait de divulguer les informations puisées dans ces écrits, résultat d'un acte inconscient de sa part et relevant de la dissimulation de preuves. Le problème était là ! Et ce n'était pas tout : personne d'autre, hormis lui, bien sûr, ne semblait connaître l'existence de cet ouvrage – si, l'ami du défunt, François Baron, mais lui ne l'avait pas lu non plus, du moins le semblait-il. Car Joseph Duval s'était efforcé de remettre le livre à sa place, dans l'intention de l'offrir en pâture au premier curieux qui serait tombé dessus. Or ces faits ne s'étaient apparemment pas déroulés tels qu'il les avait imaginés. Non, pas le moindre écho d'une personne qui aurait pris connaissance du contenu du livre ne lui était parvenu depuis.

Face au crime d'aujourd'hui, une fois pour toutes, il écarta la version du clochard assassin. Pour lui, il était improbable qu'un SDF eût commis ces trois actes barbares en des secteurs de la ville aussi éloignés les uns des autres. Toutefois, il n'excluait pas totalement que le pauvre diable ait été, malgré lui, le témoin oculaire de la première tragédie et que, par crainte de se retrouver sur le banc des accusés, il avait préféré prendre le large.

Cette nouvelle perspective s'ancra dans la tête du commissaire. Il la conforta par ces déductions : si aujourd'hui le Jardin des Plantes était déserté du

*Idem ci dessus.

public, à cause des intempéries, a fortiori un clochard ne s'y serait pas non plus aventuré. En restant à l'abri, non seulement il évitait de mouiller ses vêtements, mais il s'épargnait aussi la difficulté de les faire sécher par la suite. De même, il imaginait mal un individu en proie à des pulsions meurtrières, attendant le passage d'une hypothétique victime sous un temps pareil ! Non. Il fallait avoir vraiment de bonnes raisons pour mettre le nez dehors et ce crime en était forcément une. Donc, pluie ou pas, ce forfait devait être commis aujourd'hui même. La préméditation apparaissait dans toute son évidence et chassait définitivement l'idée d'un acte commis par un rôdeur.

Fort de cela, Joseph Duval spécula : l'assassin connaissait les habitudes de ses victimes. Entre autres, dans le cas présent, celle de prendre un raccourci par le parc, à l'instar de nombreux nantais. Nul doute, tapi près de la fontaine, il attendait cette femme. Plus pertinent encore, peut-être même l'accompagnait-il… Deux ou trois regards pour s'assurer de l'absence de tout témoin et il n'avait pas hésité à accomplir son forfait.

La malheureuse ne s'attendait sûrement pas à finir ses jours au bord de cette mare. Et du reste, pas plus, le professeur d'Histoire les siens sur l'Île Beaulieu ou encore la pianiste dans une salle de bain… Voilà ce que pensait Joseph Duval à cet instant.

Sous la pluie, le capitaine Moreau, lui, continuait à sonder les bosquets à la recherche d'un indice. Son obstination forçait le respect. Joseph Duval l'interpella :

— Paul !

Trempé comme une soupe, le capitaine cessa volontiers ses recherches pour rejoindre le commissaire, à l'abri sous un arbre.

Celui-ci lui fit part de sa réflexion : la victime devait emprunter cet itinéraire et l'assassin le savait parfaitement. Cela ne faisait pas l'ombre d'un doute !

À la suite de quoi, Joseph Duval pivota sur ses talons tout en balayant du regard les parages et enjoignit le capitaine d'en faire tout autant. De cet endroit du parc, ils n'étaient vus de personne… surtout pas du bâtiment situé au nord ni de celui de l'accueil. Et encore moins par ceux des services techniques, à l'est. Tout au plus apercevaient-ils entre le feuillage des arbres, les rares fenêtres des immeubles de la rue Ecorchard* qui donnaient sur le parc.

— D'ailleurs, il faudra interroger les riverains, projeta Joseph Duval. Mais ne croyant plus aux miracles depuis longtemps, il n'en était pas moins persuadé : personne n'aurait rien vu… De plus, par ce temps de chien, les gardiens du parc se tenaient à l'abri. On ne pouvait les blâmer, il tombait vraiment des cordes !

Le capitaine aurait apprécié, lui aussi, une bonne planque au sec, si ce n'était de rêver à un emploi de

*Directeur du Jardin des Plantes.

bureaucrate dans l'institution qu'il servait. Sa parka n'offrait plus qu'une protection dérisoire à la pluie et le cuir de ses chaussures montrait ses dernières résistances. Sous la pluie, il s'était résigné à ce travail méthodique de fouille, pareil à un sacerdoce incontournable. Ce qui ne l'empêchait pas d'être gagné par la lassitude. Et pour l'évacuer, il s'essaya à la plaisanterie, disant de l'assassin qu'il aurait dû consulter la météo avant de commettre son forfait.

Sentant déferler sur lui une somme de problèmes, Joseph Duval, particulièrement irritable dans ces moments-là, n'avait pas l'esprit à partager ce trait d'humour décalé, même s'il avait été prononcé sous le coup du découragement. Le regard sombre qu'il jeta au capitaine, traduisait le fond de sa pensée.

Aussi ce dernier ne releva-t-il pas. Il se contenta seulement de scruter le ciel, irrémédiablement plombé et duquel aucun signe d'accalmie n'était à attendre. Puis, d'un air songeur, s'attardant sur les eaux du bassin, il eut cette pensée : « Les seuls témoins de ce crime, ce sont les canards ! » Or eux ne parleraient jamais, même en leur tordant un tant soit peu le cou pour les y inciter.

Joseph Duval, après avoir reconsidéré ses premières hypothèses, pencha une fois encore pour la préméditation. Il le répéta comme pour mieux s'en persuader lui-même. Tous les crimes avaient été préparés, aucune place laissée à l'improvisation ! Le capitaine, l'air totalement ailleurs, le regard égaré cette fois sur la végétation du parc, n'en prêtait pas moins l'oreille à son supérieur. Il se rallia à son avis :

— Oui… Tout a été pensé… Le lieu… Le jour.

Là encore, après un mouvement de recul, toisant son subordonné, le commissaire leva un sourcil interrogateur.

— C'est exactement ce que je m'évertue à te faire comprendre. Cesse donc, une fois pour toutes, de répéter tout ce que je dis !

Le capitaine ne baissa pas la garde pour autant.

— Ça va, Jos, j'ai bien intégré tout ça… J'ai exprimé tout haut, et pour moi-même, une simple réflexion… Comme il t'arrive de le faire parfois. Voilà, pas de quoi en faire tout un pataquès !

Lui se demandait si Paul Moreau avait encore une once d'intérêt pour le métier qu'il exerçait, tant il semblait découragé, à l'instant.

Décidément, tout allait de travers.

Depuis quelque temps, le sort s'acharnait sur eux. L'impression d'être englués dans une sorte de poisse dont ils ne pouvaient plus se défaire, ne les quittait plus. Traversant même des périodes d'accablement où ils se mettaient à douter de tout ! Joseph Duval le sentait bien. Lui, c'était justement d'être dans l'incertitude qui le mettait d'humeur exécrable. Et comme tout un chacun confronté à ce genre de situation, le sentiment de n'en voir jamais la fin le submergeait. C'était à cause de ces fichus événements, non seulement les enquêtes précédentes ne progressaient pas, et comme si cela ne suffisait pas, une autre se rajoutait. Bref, autant le dire : ça commençait vraiment à sentir le roussi pour lui !

Alors, lequel des deux allait se décider à remonter le moral de l'autre, disant que tout ceci n'était que passager, que la vérité se ferait jour tôt ou tard ? Aucun des deux ! Taciturnes, chacun broyant dans sa tête les difficultés traversées, pas un ne broncha.

Pourtant, Joseph Duval en avait vu d'autres au cours de sa carrière. Il le savait bien, ce petit rien, l'inattendu, finit toujours par se produire à un moment, comme par miracle. Et, à partir de là, tout s'enchaîne soudainement avec une logique implacable ! Oui, mais là, que dire ? Sinon qu'on était loin de tout ça…

— Ce crime ressemble fortement à celui du quai des Antilles, avança Paul Moreau, comme ça, dans la seule intention de relancer la conversation.

— Tu oublies celui de la pianiste, Paul.

— J'allais y venir.

À l'instant même, un coup de vent secoua la cime du tulipier de Virginie, avec pour conséquence de l'alléger de son trop-plein d'eau. Le commissaire et le capitaine en firent les frais. Ils se réfugièrent vivement sous la tente, près du cadavre. Le commissaire râla de plus belle contre le temps, contre l'assassin, contre tout ! Vrai, c'était franchement mal parti pour eux.

— Râââ ! Et peux-tu me dire ce que nous foutons là, à attendre sous la pluie, hein ?

— Les gars du labo, Jos…

— Et puis, s'il te plaît, par respect pour la victime, peux-tu lui recouvrir la tête…

Un oubli du médecin.

Puis radoucissant le ton, comme pour ne pas déranger la victime dans son repos éternel, il questionna le capitaine : quel âge donnait-il à la femme ?

— Approximativement dans les quarante-cinq ans, estima celui-ci en remontant la bâche.

— Je pencherais aussi du côté de la quarantaine passée… De quoi parlions-nous avant de nous faire doucher ? s'enquit Joseph Duval.

— De la similitude du mode opératoire entre ce crime et celui du quai des Antilles.

— Ah oui, c'est ça ! La méthode est identique. Pour la pianiste aussi.

— Pour la pianiste, ce n'est pas…

— Quoi, quoi, que vas-tu me dire encore, hein ?

— Rien, Jos.

Concernant ce crime, Joseph Duval connaissait parfaitement la pensée de Paul Moreau.

— En tout cas, aujourd'hui notre homme a pris des risques, un lieu public et en plein jour. Je n'en reviens toujours pas !

Cette fois, Joseph Duval passa ses nerfs sur la brigade scientifique.

— Bon sang ! Il leur en faut du temps pour venir jusqu'ici… Ils ne trimbalent tout de même pas un laboratoire avec eux, non ? Dis-moi, Paul, cette femme n'avait pas de sac à main ?

— Non. Ou alors l'assassin le lui a volé.

— Hum… Je n'y crois pas.

Joseph Duval entreprit de fouiller les poches de l'imperméable de la victime. Le capitaine lui tendit une paire de gants en latex. Il les enfila. Surmontant son dégoût à la vue de tout ce sang, il s'attela à cette tâche.

L'inventaire fut vite fait : une pochette de mouchoirs en papier, un tube de rouge à lèvres sans marque et un ticket de transport en commun, ramolli par l'humidité.

Il le manipula avec précaution. Il chaussa ses lunettes pour déchiffrer le compostage. Date, heure et minutes imprimées sur le coupon : vingt-quatre juin à neuf heures trente. Et le numéro identifiant la rame.

— Un indice précieux ! nota le commissaire, comme s'il venait de marquer des points contre un adversaire qui, jusqu'alors, n'avait commis aucune faute.

Il avait déjà en tête la procédure à suivre. Se présenter rapidement au PC sécurité de la SEMITAN muni d'une réquisition afin de récupérer les fichiers* de la vidéosurveillance du tramway en question.

Il glissa les trois objets à l'intérieur d'une pochette en plastique à remettre au laboratoire.

À peine l'avait-il fermée que les hommes de la brigade scientifique débarquaient, équipés de leurs

*Ces fichiers “s'écrasent” entre vingt-quatre et quarante-huit heures, selon la fréquence d'utilisation du véhicule.

mallettes métalliques contenant des appareils de mesure, de prélèvement, photographiques aussi.

À son tour, le procureur arrivait.

La pluie n'en finissait pas de tomber. C'était à croire que l'été serait irrémédiablement pourri.

II

Michel Dupré souleva le couvercle du conteneur à ordures et entreprit le tri des légumes et des fruits gâtés provenant des commerces des halles de Talensac. Ces denrées invendables assuraient le quotidien de la population paupérisée. Aujourd'hui, tout comme les autres jours d'ailleurs, il n'avait pas à se plaindre : il mangerait encore à sa faim. Il sortit un sac en plastique de sa poche.

Il en avait mis du temps à parcourir l'itinéraire du quai des Antilles à Talensac ! Il avait bien tenté de s'accoutumer à d'autres quartiers, mais hélas, à chaque fois, quelque chose le contrariait. L'environnement surtout.

Depuis qu'il était au centre-ville, il ne manquait de rien. Avant, depuis son abri de l'Île Beaulieu, il devait parcourir une certaine distance avant de trouver de quoi s'approvisionner. L'avantage de son ancien refuge était le calme, cela convenait parfaitement à sa misanthropie. Aux halles, si la nourriture ne faisait pas défaut, on pouvait en dire tout autant des inconvénients. Ici, sa venue avait été perçue d'un mauvais œil. Tout juste arrivé, il s'était heurté à ses congénères. Pour eux, d'être dans la même galère ne les amenait pas forcément à tout partager, y compris leur territoire autour des halles. Sinon où allait-on, n'était-ce pas la porte ouverte à tous les abus ? Et contrairement aux idées reçues, d'une prétendue solidarité entre nécessiteux, la loi du monde de la rue était on ne peut plus simple : c'était celle du plus débrouillard, voire du plus fort. De ce côté-là, Michel Dupré ne s'en laissait pas conter : sa carrure était sa force de dissuasion. Hormis cette assurance physique, il avait aussi sa propre vision des choses. La rue, domaine public par excellence, appartenait à tout un chacun, considérait-il. Aussi s'était-il imposé après quelques coups de gueule mémorables. D'une manière générale, cela l'avait conforté dans ses sentiments de défiance envers les hommes.

À présent, plus personne ne lui cherchait querelle. On l'évitait même. Était-ce une marque de respect ou de dédain de la part des autres marginaux ? Il l'ignorait. D'ailleurs, ce n'était pas là son principal souci. L'important était qu'on lui fiche la paix ! Animé par la méfiance, il restait tout de même sur le qui-vive. Tout comme il avait été sur ses gardes lorsque les flics étaient venus rôder autour des halles, peu de temps après son arrivée. L'uniforme, ce n'est pas ce qu'il y a de plus discret.

Déjouant leurs patrouilles, il les avait observés, vus interroger vainement d'autres clochards réfractaires, eux aussi, aux représentants de l'ordre d'une société qu'ils tenaient pour responsable de leur déchéance et qui, de plus, les méprisait.

La rue était leur territoire. Face à la police, les querelles et les jalousies s'évanouissaient par enchantement pour faire place à une sorte d'omertà. Là encore, la solidarité n'avait rien à voir. Ce silence qu'ils s'imposaient, était dû surtout à la menace larvée de représailles si l'un d'eux se laissait aller à une indiscrétion. Et de quoi ne devaient-ils pas parler ? Ils ne savaient le dire. C'était une sorte de consentement tacite, de règle convenue entre eux et dont ils ignoraient l'origine. À cette amnésie collective s'ajoutaient les désordres psychologiques provoqués par leur situation d'extrême précarité et aussi les effets du mauvais vin coulant dans leurs veines, source de bien des incohérences dans leurs idées, de dérapages langagiers, voire carrément d'insultes envers les policiers. La perspicacité de ces derniers n'y avait rien fait. Ils étaient repartis bredouilles.

Michel Dupré avait continué d'errer à sa guise.

Soulevant le sac plastique à la hauteur de ses yeux, il l'estima suffisamment rempli. Inutile de gâcher la marchandise, il devait en laisser aux autres. Ceux-ci finiraient bien par comprendre qu'il n'était pas venu ici pour leur retirer le pain de la bouche. Sa part, il voulait simplement sa petite part…

— Il leur en restera toujours assez, bougonna-t-il.

Appuyant tour à tour son pouce sur chaque narine, il se moucha bruyamment, puis s'éloigna en poussant son landau. Un engin très convoité par un brocanteur. Ce dernier lui avait proposé à maintes reprises un peu d'argent en dédommagement de son carrosse. Hélas, tentatives chaque fois vouées à l'échec, Michel Dupré rabrouait le commerçant ; pas question de faire plaisir à un charognard qui, à la revente, aurait multiplié le prix de façon déraisonnable ! Lui aurait-il proposé une fortune qu'il n'en aurait pas voulu. À chacun ses principes et sa fierté ! De plus, ce moyen de transport lui était bien commode.

Il s'arrêta pour prendre sa bouteille de vin dans le landau, ôta le bouchon et leva le coude. Ah, quel plaisir ! Même si avec le temps l'alcool lui décapait l'estomac et consumait ses neurones à petit feu, lui le considérait comme un bienfait car il anesthésiait ses douleurs : celles physiques comme celles de l'âme… Après un rot sonore suivi d'une expiration, l'ensemble un tant soit peu exagéré, il s'essuya la bouche avec la manche de son pardessus, remit le bouchon sur le goulot et l'enfonça d'une petite tape mesurée de la paume de sa main. Le frottement du liège sur le verre provoqua alors un petit couinement.

Il poursuivit son chemin.

Dans la soirée, il irait faire la manche à la gare, du moins si ses jambes le supportaient. Encore une activité à laquelle il ne pouvait s'adonner lorsqu'il était là-bas, au quai des Antilles.

Il est vrai, ici, il était entouré de monde. Et d'obtenir, ci et là, une pièce de monnaie agrémentait l'ordinaire, il ne le niait pas. Mais cette foule lui donnait le tournis, lui procurait un sentiment d'insécurité. Pas comme à l'Île Beaulieu où il jouissait de toute sa tranquillité.

Quand il faisait nuit, il aimait s'asseoir au bout du quai. Là où se rejoignent les bras de la Loire, ceux de Pirmil et de la Madeleine, pour ne faire plus qu'un vers l'estuaire. Son quai, se disait-il avec un sentiment de propriété ! Comme assis à la poupe d'un bateau remontant le fleuve, il regardait le cours s'écouler paresseusement vers l'océan. Il projetait de partir loin d'ici, de voyager. Hélas, faute de pouvoir le faire, il s'évadait par la pensée comme dans cette chanson qui parfois lui trottait dans sa tête :

« Hey James !
Yeah, man ?
Where you run like it, James ?
I run, I run arond my brain, Cocaïne ! »*

À chacun ses moyens de transport, lui puisait ses voyages au fond d'une bouteille.

Les nuits d'été, sous la voûte étoilée, au loin c'était la féerie des illuminations de la ville. Les rugissements des réacteurs et les feux clignotants des avions qui faisaient leur approche à basse altitude vers l'aéroport de Bouguennais, lui rappelaient qu'il n'était que le spectateur d'un monde qui bougeait sans lui. Alors il s'assommait un peu plus de ce mauvais vin pour oublier

---

**Cocaïne in my brain*. (Dillinger).

qu'il n'était rien. Rien d'autre qu'un homme vieillissant, victime de ses propres renoncements.

Et puis il y avait eu ce grand chambardement avec l'aménagement du site, "Les Machines de l'Île", le hangar à bananes transformé en commerces de bouche et de spectacles : restaurants, bars, cabarets… C'est sûr, sa tranquillité n'était plus tout à fait la même, elle en avait pris un sérieux coup !

Son bout de quai déserté, les bateaux et les avions aussi, à présent, il se contentait de la gare SNCF. Cette atmosphère de voyage retrouvée, il écoutait les annonces des arrivées et des départs des trains vers des villes fréquentées autrefois par lui. C'était avant son naufrage… À l'intérieur de l'immense hall, les voyageurs se retrouvaient, se séparaient, se croisaient. Dans cette agitation, il s'imaginait en transit, mais le sentiment de n'être toujours que le simple observateur de ce tourbillon effréné reprenait le dessus.

Il marqua de nouveau un arrêt pour reprendre une gorgée de vin.

La tragédie du quai des Antilles ne lui avait pas laissé d'alternative. Il avait dû décamper. Mais, foi de Dupré, il y retournerait dans quelque temps. Quand tout serait oublié !

Le niveau de la bouteille baissait vite. Pas de quoi l'inquiéter pour autant. Il avait de la réserve dans le landau. Aussi, derechef, s'envoya-t-il une autre rasade, puis, gestes répétés ô combien de fois, le bouchon fut introduit dans le goulot et poussé d'un coup de paume de la main… Sur le trottoir d'en face, il avisa un comparse assis sur le trottoir, ses sacs en plastique à portée de main, un petit chien noir à son côté. L'homme lui fit un signe de la tête.

« Tiens ! » se dit-il. Depuis qu'il s'était établi aux halles, c'était bien la première fois qu'on lui faisait des amabilités. La suspicion germa aussitôt dans son esprit. Mais la curiosité, plus forte, l'incita à pousser son landau en direction de l'individu.

— Qu'est-ce que tu veux ? demanda d'emblée Michel Dupré d'un ton rogue, prêt à déclencher les hostilités.

— À c'qui paraît, c'est toi que les flics recherchent !

— Qu'est-ce ça peut te foutre, hein ?

— À moi ? Rien. Mais c'est c'qu'on dit. T'étais aux chantiers, avant ?

— P't-ête ben… J'ai le droit, non ?

— Alors c'est toi. Les perdreaux ont demandé si y' avait pas un nouveau parmi nous… Un venu du quai des Antilles par exemple… Sois peinard, on n'a pas moufté ! Nous autres, on sait s'tenir.

En signe de détente, le clochard tendit sa bouteille à Michel Dupré.

— Tiens, écluse une gorgée !

— Chui parti, parce qu'il s'en est passé des drôles, là-bas, ouais ! confirma Michel Dupré tout en passant la paume de sa main sur le goulot.

— On sait. On a appris. Y a en un qui s'est fait refroidir… Fuiiit…

Le clochard mima le geste d'un coup de pouce sous sa gorge.

— Ouais, ben en tout cas, c'est pas moi ! se défendit Michel Dupré.

— Ah, mais j'ai pas dit ça !

— C'est vrai, lui concéda Michel Dupré.

— Bon, alors…

— Par contre, j'ai tout vu ! ajouta-t-il avec un sentiment de fierté. Mais j'tiens pas à avoir des emmerdes. Moi, ces histoires, ça me regarde pas !

Depuis cette nuit dramatique, Michel Dupré éprouvait tout de même l'envie irrépressible de se soulager de ce fardeau, du moins de le partager, à la condition d'y être un peu encouragé. Aussi l'aubaine était-elle trop belle. Il n'allait pas laisser passer ça ! Quand bien même, il se fit prier un peu. Un brin soupçonneux vis-à-vis de son interlocuteur, de prime abord, il distilla seulement des bribes, histoire de se rendre intéressant, de laisser planer le mystère aussi.

À la suite de quoi, la confiance venant et l'alcool aidant pour une grande part, il se lâcha complètement. Dans les menus détails, il rapporta ce qu'il considérait être son secret, du moins jusqu'à cet instant. Son nouveau compagnon d'infortune, sidéré par le récit, l'écoutait en tétant sa bouteille.

— Ben dis donc ! Et tu le reconnaîtrais, si tu le voyais ? s'enquit-il.

— Ouaips… 'ertainement ! confirma Michel Dupré entre deux hoquets. Et j'peux même te dire son nom ! Mais, promets-moi de fermer tââ… gueu… gueule, parvint-il à prononcer avec difficulté et avant d'éructer.

Le clochard en fit le serment. Il leva la main droite, cracha par terre.

— Promis, juré !

— C'est bon ! approuva Michel Dupré.

L'autre ne s'en tint pas là.

— Croix de bois, croix de fer si je…

— Hé, Ho, Ho ! Ça va, j'te crois !

Michel Dupré lui souffla un nom, pour l'avoir entendu de la bouche même de la victime lorsqu'elle s'était adressée à la personne qui l'accompagnait, et peu avant que cette dernière n'eût accompli son geste meurtrier.

Le chien fut pris à témoin par son maître.

— Ah ben ça alors ! T'entends ça, Double Queue… Putain, quelle histoire !

— Co… comment y… y s'appelle, ton clébard ? demanda Michel Dupré.

— Double Queue… Ça lui en fait deux… For… forcément, c'est un mâle. Tu piges ?

— Ah ! Pourtant il porte un foulard autour du cou comme une gonzesse !

— C'est pas un foulard, c'est un bandana !

— Un bandana se met sur la tête, couillon !

— Mais pas du tout ! Et puis, t'imagines Double Queue avec ça sur la tronche ? D'abord ça ne tiendrait pas et puis il aurait l'air plutôt con !

— Ouais. Déjà, avec les bouts de ses pattes blancs, il fait un peu ridicule, pour pas dire tarlouze…

— C'est pas d'sa faute s'il porte des mocassins blancs à vie. Il est né comme ça, merde ! s'énerva l'autre, face à cette mise en accusation déplacée, visant son compagnon de misère.

Pour Michel Dupré, la couleur rouge du bandana ne passait pas, non plus. Le rouge pour une femelle, pourquoi pas, mais pour un mâle, non, vraiment pas ! Michel Dupré y voyait là une faute de goût évidente ! Pour un mâle, du bleu aurait été bien ou encore, pourquoi pas, le ton kaki, assurément plus neutre, et qui aurait parfaitement convenu avec la couleur noire du poil de l'animal.

Ergotage d'ivrognes sur des futilités. Le ton montait, c'était parti pour un long moment sous l'œil imperturbable du chien.

III

Joseph Duval détestait ces réunions. Il le savait : rien de concret n'en ressortait. D'après lui, et non sans un fond de mépris, elles étaient organisées par des petits cadres de l'administration atteints de ce mal incurable. Le titre lié à leur fonction les étourdissait-il ou alors était-ce pour donner un sens à celui-ci ? Il était bien incapable de le dire. Probablement un peu des deux, supposait-il intimement. Malgré tout ce temps perdu, personne ne remettait en cause ces palabres élevées au rang de nécessité absolue. Parfois même, il se demandait si ce n'était pas simplement un prétexte, comme lui, au cours de son service militaire, lorsqu'il traversait la cour de la caserne, un balai à la main, pour laisser croire qu'il était occupé…

Était présent tout un aréopage prêt à lui jeter l'opprobre. Certains d'entre eux prenaient des notes, cela ne leur donnait que plus d'importance encore.

Mais bon, il n'en demeurait pas moins vrai, la situation devenait de plus en plus préoccupante.

Bref, depuis une heure, notre pauvre Duval faisait le point en présence des représentants des sommités de la ville, sur ce qu'il était convenu d'appeler les décapitations.

Elles défrayaient la chronique et entachaient la réputation de la ville. Si un temps, le public avait fini par oublier le crime du quai des Antilles, celui de la pianiste et plus récemment de la femme du Jardin des Plantes avaient tout relancé.

Malheureusement, l'équipe de Duval ne progressait pas d'un pouce et le commissaire, en charge de ces affaires, se sentait dans la ligne de mire des autorités.

— Et pourquoi pas un quatrième meurtre tant que nous y sommes ! lâcha sans pitié le mandaté du préfet à l'adresse de Joseph Duval, sans se douter un seul instant qu'il rejoignait une possibilité déjà entrevue secrètement par le policier.

Joseph Duval hésita sur la réponse à donner mais préféra rester muet. Il assura le minimum en se contentant de hausser simultanément les épaules et les bras. Son silence plana sur l'assistance comme un aveu d'impuissance.

« Eh oui ! Pourquoi pas, c'est une éventualité à prendre en compte… Mais que puis-je faire d'autre en l'état actuel de l'enquête ? », se dit-il en lui-même, tout en fixant le détaché de la préfecture.

Si l'on mettait en doute l'efficacité de son travail, Joseph Duval se montrait imprévisible. Soit il se murait dans ses pensées – comme à l'instant – soit il montait au créneau pour recadrer les choses, quand ce n'était pas pour remettre carrément les individus à leur place. C'était selon, il ne fallait pas le provoquer…

Le directeur des affaires criminelles préféra mettre

un terme au mutisme quelque peu gênant de Joseph Duval. Il redoutait les réactions de celui-ci lorsqu'on essayait de le prendre en défaut.

Aussi, sans plus tarder, saisit-il l'occasion d'intervenir :

— J'ai repris tous les rapports de l'enquête et, effectivement, nous sommes dans une impasse tant que nous n'aurons pas mis la main sur ce SDF. Cependant, je vous mets en garde : tout ne repose par sur cet inconnu, nous n'avons pas non plus la certitude qu'il ait été le témoin du meurtre du quai des Antilles. Cela reste une hypothèse.

— Pour résumer, et si j'ai bien compris, vous n'avez aucune piste sérieuse à laquelle vous raccrocher ?

— Pour l'instant, nous nous concentrons sur le passé, la vie des victimes.

Le magistrat, en charge de l'instruction de l'enquête, écoutait tout en jouant nerveusement avec un élastique. Il prit la parole à son tour :

— Nous souhaitons arrêter l'assassin le plus vite possible. Je ressens chez vous une inquiétude générée par les médias. Ceux-ci exacerbent chez le public le sentiment d'insécurité en ressassant que l'enquête piétine, et cela laisse entendre que la police n'apporte aucune réponse à la criminalité. Dois-je le rappeler ? Certaines enquêtes durent parfois des années. Si ces trois meurtres n'avaient pas des similitudes, ils ne connaîtraient pas le même retentissement, la crainte du public serait moins grande. Nous en avons la quasi-certitude, ces crimes ont été commis par un serial killer et c'est cela…

— Tueur en série ! rectifia l'homme de la préfecture, sourcilleux. Vous n'allez pas non plus reprocher aux médias de faire leur travail !

Le magistrat eut un geste désinvolte de la main ; ils ne s'étaient pas réunis pour ergoter sur des mots. Il répliqua sur un ton caustique :

— En disant cela, je n'ai rien contre les médias et je sais comme vous qu'ils sont parfois un contre-pouvoir important, surtout en politique… Avant d'être interrompu, je disais donc que notre préoccupation, relayée par les médias, vient de la nature même des crimes qui sont, sans conteste, commis par un seul auteur.

Le représentant de la mairie s'en mêla :

— Notre préoccupation, dites-vous ? N'oubliez pas qu'elle est aussi celle de nos administrés. Il en va de leur sécurité ! S'ils ne peuvent plus se déplacer dans la ville sans risquer leur peau, où va-t-on ? Souvenez-vous de Jack l'éventreur, bientôt ce sera… Tiens, pourquoi pas l'égorgeur, le boucher de Nantes ou je ne sais quoi encore ! Cela peut avoir des répercussions très néfastes sur l'image de la ville. Une rumeur qui enfle, rien n'est pire ! La psychose va vite s'installer, vous allez voir !

« Alors là, s'ils le prennent sur ce ton », se dit le magistrat. Contrarié de tous bords, triturant son élastique, il retourna à ses pensées.

Joseph Duval prit à son tour la parole. Son directeur se crispa.

— Une psychose ? s'indigna-t-il, vous y allez un peu fort. Nous n'en sommes pas encore là ! Avec la période estivale qui s'annonce, cela nous laisse deux mois durant lesquels l'effet médiatique va retomber. Vous êtes les comptables du temps, or, vous le savez, si dans le déroulement d'une enquête, ce facteur est à prendre en considération, en aucun cas, il ne doit supplanter un travail méthodique et méticuleux, des recherches sur le terrain, au risque de commettre des erreurs dues à la précipitation… Puis, il haussa un peu la voix. Et quand bien même, je ne vais pas vous fabriquer un suspect sur mesure pour faire taire la rumeur et que vous puissiez passer des vacances sereines ! Les assassins en série déjouent toujours…

— Bien sûr, Duval, nous l'avons tous compris, abrégea son supérieur.

Bien qu'il estimât le commissaire, il savait aussi couper court lorsque celui-ci démarrait sur ce ton, sachant qu'il était capable d'embraser l'assemblée en assénant à chacun ses vérités.

Il conclut :

— Messieurs, souhaitons-nous de ne pas avoir à faire un autre point à la rentrée, cela montrerait que nous avons progressé durant les deux mois qui viennent… Il ajouta avec un fond d'ironie : en attendant, bonnes vacances à ceux qui partent !

Joseph Duval ramassa son dossier, n'eut pas un

regard pour les participants, sauf pour le juge d'instruction avec lequel il travaillait étroitement et qui était très au fait de la complexité des recherches. Le juge lui fit un signe de la tête. Il souhaitait s'entretenir avec lui, en aparté.

Quelques minutes plus tard, dans la cour de la préfecture, le commissaire retrouva le directeur des affaires criminelles.

Celui-ci, prêt à monter dans son véhicule, l'invita à y prendre place. Joseph Duval déclina l'offre. Il souhaitait aller à pied, l'envie de prendre un bol d'air ! évoqua-t-il.

Son supérieur comprit : Duval était visiblement excédé par l'attitude des participants à la réunion et cherchait l'apaisement dans la marche.

Il le rassura :

— Allons, Duval, laissez-les penser ce qu'ils veulent ! Ils ne demandent qu'à être informés, voilà tout… Entre les fonctionnaires épris de zèle et les élus soucieux de leur réélection, il est parfois difficile de faire la part des choses. Comprenez, ce qu'ils veulent, c'est apporter des réponses aux questions de leur hiérarchie ou encore avoir du grain pour alimenter les conversations de leurs soirées entre amis… Malheureusement, nous n'avons rien à leur dire. De plus, nous ne sommes pas tenus de le faire.

— J'appelle ça du fayotage et de la démagogie !

— Dit brutalement, c'est un peu ça ! admit le directeur.

— Ils devraient venir sur le terrain, ils verraient combien c'est facile ! fulmina-t-il, contractant sa mâchoire.

— Je suis d'accord avec vous ! Alors, Duval, c'est décidé, vous rentrez à pied ?

— Oui. Ça me fera le plus grand bien. Le commissariat n'est pas si éloigné.

— Comme il vous convient, Duval. À plus tard !

Joseph Duval longeait le quai Barbusse sous un soleil de plomb. Il mesurait la conséquence de se museler lui-même afin de garder secret le contenu du livre de Simon Lestrac.

Bah ! Que pouvait-il faire de plus, sinon subir une sorte d'outrage en se taisant. Il en avait vu d'autres au cours de sa carrière !

Des plaisanciers accostaient au ponton de l'Île de Versailles. D'autres naviguaient sur l'Erdre à bord de petites embarcations de location. Sur la rive opposée, les terrasses des cafés étaient envahies par les consommateurs. Ambiance urbaine estivale. Lui se demandait ce qu'il foutait là, à suer dans son costume-cravate, se comparant volontiers à un Sahraoui traversant le désert en burnous. Sa tenue n'était plus adaptée à la saison. Demain, promis, il changerait tout ça.

Quand il entra dans le commissariat, il se dirigea directement vers le distributeur automatique de boissons. Le capitaine Moreau était là, s'interrogeant sur le dysfonctionnement de l'appareil.

— Il ne garde pas la pièce, dit celui-ci, dépité.

« Attends un peu, tu vas voir ! » pensa Joseph Duval en tapotant l'épaule du capitaine, puis de tendre sa main pour lui réclamer la pièce. D'un geste, il intima à Paul Moreau de s'écarter. On le devinait bien, pour lui, cet incident tombait à pic. Toute sa rancœur de la réunion déferlait en lui. Une bonne raison pour l'évacuer sur cette malheureuse machine dont le seul tort était de rechigner par manque d'entretien. Un bon coup de pied sur la base, appuyé de quelques coups de poing magistraux, comme luttant au corps-à-corps contre un adversaire, Joseph Duval y mit toute sa hargne. Ensuite, dans un silence absolu, sous l'œil dubitatif de Moreau, il glissa la pièce de monnaie dans le logement réservé à cet usage. Un simple clic se fit entendre… Par miracle, tout le mécanisme se mit en branle. Un gobelet tomba dans l'étrier et, tandis qu'un bourdonnement se faisait entendre, un filet de café s'écoulait dans le récipient de plastique.

— Et voilà le travail ! dit Joseph Duval, fier du résultat obtenu, battant ses mains comme des cymbales.

Pas si sûr que cela l'eût réellement défoulé…

— Merci Jos ! Ah ! Avant que je n'oublie : le gars est revenu. Il veut absolument te rencontrer.

— Quel gars ? s'étonna Joseph Duval.

— Tu sais bien, Jos, le journaliste !

— Celui qui répertorie les associations ?

— C'est ça.

— Quoi, encore cet emmerdeur ? Qu'il s'adresse à la préfecture ! Ici on recherche des assassins, pas des…

— Il le sait, mais il veut des informations supplémentaires.

— Lesquelles ? s'énerva-t-il. Ici, ce n'est pas un bureau de renseignements !

N'avait-il pas d'autre souci en tête que de s'occuper d'associations ?

Du reste, lui-même avait tenté, et sans ébruiter l'affaire auprès de ses collègues, de mettre la main sur l'une d'elles. Sans succès, hélas ! Elle avait pour acronyme : I.N.R.I. Joseph Duval l'avait relevée dans le livre de Simon Lestrac. Ce dernier n'avait pu inventer une chose pareille ! D'abord, quelle raison aurait-il eu de le faire, hein ? Aucune ! Et puis, c'était sans compter entre les associations déclarées et celles qui ne l'étaient pas. Une vraie jungle.

Sur ce dernier point, il prit le capitaine à témoin : était-il d'accord avec lui ou pas ?

— Bien sûr, Jos, à cent pour cent ! confirma celui-ci pour évacuer le problème.

Parfait ! Joseph Duval était satisfait de la réponse.

— Du nouveau à propos du SDF ? s'enquit-il ensuite.

— Non, répondit Moreau.

Les brigades étaient toujours bredouilles. Pour le capitaine, la vue des uniformes rendait les clochards de la ville irrémédiablement sourds et muets. Franchement, la méthode n'était pas la bonne ! Les hommes perdaient du temps.

— Que faut-il faire ? Se déguiser en clochard pour s'infiltrer dans leur monde ? projeta alors, mais sans trop y croire, Joseph Duval.

— Les volontaires se compteront sur les doigts d'une main. Et encore… estima Paul Moreau.

— À propos d'associations, tu devrais répertorier celles qui vont à la rencontre des SDF. Sait-on jamais…

Son gobelet à la main, le commissaire regagna son bureau. La réflexion faite par le représentant du préfet sur la probabilité d'une quatrième victime ne le quittait plus. Lui-même redoutait le cas fortement. Voilà pourquoi ces paroles l'avaient tant marqué.

En effet, rien n'était moins sûr que l'assassin s'en tiendrait là. Et en l'absence du moindre indice probant, Joseph Duval ne savait pas s'il devait attribuer ces crimes à un individu assouvissant ses instincts de meurtre ou si celui-ci agissait selon un objectif précis, une vengeance, par exemple. Quoi qu'il en fût, dans les deux cas, il était susceptible de passer à l'acte de nouveau et, sans la moindre orientation sérieuse, hormis un clochard introuvable, Joseph Duval le reconnaissait volontiers, cela commençait à le dépasser ou plutôt, les méthodes d'investigation habituelles n'étaient plus adaptées aux faits. Et puis, ce n'était pas tout : il y avait le meurtre troublant de Sophie Camus.

Là aussi, la possibilité d'un recoupement avec le meurtre du quai des Antilles et celui du Jardin des Plantes le questionnait.

Sophie Camus était la seule à avoir été assassinée à son domicile. Cet événement particulier troublait quelque peu l'option retenue de l'assassin unique et, en l'absence d'éléments plus tangibles, c'était le flou le plus complet. Ou alors, il se demandait s'il n'était pas tout bonnement confronté à deux assassins, dont l'un aurait calqué l'acte de l'autre à la seule fin de tromper les enquêteurs. Le tueur de Sophie Camus avait pu prendre connaissance par la presse, quelques mois plus tôt, du mode opératoire du meurtre du quai des Antilles et le reproduire. Somme toute, c'était la version retenue par les hommes de la brigade et à laquelle il avait refusé d'adhérer jusqu'à présent.

« Compliqué tout ça, vraiment compliqué ! » se dit-il.

Il n'admettait pas non plus que l'on mette en doute sa probité et sa conscience professionnelle. Qu'avaient-ils, tous, à exiger de lui un assassin ? Il n'allait pas le tirer d'un chapeau !

— Qu'est-ce que ça veut dire tout ça, hein ? On n'est pas au music-hall, merde alors ! soliloqua-t-il, un brin énervé par la situation.

Pour autant, il ne campait pas sur des positions rigides, pas plus qu'il n'avait la prétention d'être infaillible. Il savait se remettre en question. Toutefois, cette démarche devait émaner de lui et lui seul ! Et non sous la contrainte de fonctionnaires carriéristes, comme ceux présents à la réunion.

Après avoir réfléchi mûrement, il se dit qu'un

conseil était toujours bon à prendre. Ce qu'il fit en décrochant son téléphone pour joindre un ami, commissaire lui aussi, et, qui plus était, de la même promotion. Un tuyau serait le bienvenu…

*

* *

Le crépuscule n'allait pas tarder. Par un effet de contre-jour, le soleil couchant embrasait le ciel. Sur ce fond rougeoyant, des nuages noirs défilaient en surimpression. Les cieux semblaient augurer une fin du monde imminente.

Joseph Duval ne s'était pas attardé sur cette vision apocalyptique. Pressé de regagner son domicile, tout juste l'avait-il remarquée. Battant d'un pas généreux le pont de la Motte Rouge, il rejoignait la station du tramway portant le même nom et située sur l'autre rive de l'Erdre, face au commissariat.

Venue du plus profond de son inconscient, du reste lui-même aurait été bien incapable de dire par quel truchement, une réflexion banale surgit à ce moment-là dans son esprit : « Et dire que les journées raccourcissent déjà ! »

Désarmante par sa simplicité, sa pensée exprimait avant tout l'amer constat de n'avoir pas vu le temps passer. Pas même pris un seul jour de congé au printemps, au grand dam de son épouse d'ailleurs. Non, cette année, il avait sursis à tout repos. Toujours cette certitude de se croire utile, voire carrément indispensable ! Joseph Duval était de ceux qui sont persuadés que rien ne peut se faire sans eux, parce que responsables, trop consciencieux de leur métier. Alors qu'un peu trop vite, on les pense cabochards dans la seule perspective de se faire valoir. C'est une erreur ! Lui était aux antipodes de ce genre de zélateurs, souvent dénués de toute compétence, infatués aussi, cela va de pair. On dit volontiers d'eux qu'ils n'en foutent pas une rame, on les nomme gentiment les brasseurs d'air. Soyons rassurés, Joseph Duval n'était pas de cette famille. Plutôt opiniâtre, âpre à la tâche, ne se laissant détourner par rien, ne passant pas son temps à la vantardise comme la plupart de ses jeunes collègues.

Après un changement de ligne et quelques stations de tramway plus tard, le voilà donc foulant à nouveau allègrement le trottoir sur deux cents mètres encore, avant de franchir le seuil de son domicile.

France, sa femme, était là.

France portait le poids de la mauvaise nouvelle à communiquer, mais sans savoir comment s'y prendre pour y parvenir. Cela se voyait à son air embarrassé. Joseph Duval n'en dit rien, du moins pas dans l'immédiat. Avant tout, il devait se libérer du fardeau de la journée, réintégrer son chez-soi, prendre ses aises, « glisser ses arpions dans ses charentaises », comme il aimait à le dire. Tiens, et pourquoi pas, tant qu'il y était, se servir un apéritif à l'extérieur de la maison, hein ? Le temps s'y prêtait parfaitement.

Ce qu'il fit en se versant un verre de malt écossais de douze ans d'âge, agrémenté d'un glaçon et accompagné de quelques biscuits salés. Face au soleil couchant, il dressa le tout sur la table, cala ses fesses dans un fauteuil, fin prêt à savouver ce petit bonheur sur la terrasse dominant le jardin.

À peine ce cérémonial accompli, France le prévint de la présence de sa belle-mère au dîner. Afin de mieux lui faire accepter l'idée, elle avait débité ça d'une traite et d'un air le plus naturel possible.

Aïe ! L'annonce donna tout à coup un goût d'amertume au whisky.

C'était donc cela qui la minait, la manière de lui annoncer la chose !

À son plus grand désespoir, il allait, dit-il, ne pas pouvoir supporter la vieille à radoter toute la soirée sur son argent placé en actions, sur son état de santé précaire aussi…

— Alors qu'elle est increvable ! persifla-t-il.

— Joseph ! s'offusqua son épouse.

De surcroît, il devrait la raccompagner à son domicile en voiture !

— Hélas oui, reconnut France, une fois n'était pas coutume, que diable !

Elle lui demandait de faire un effort, un petit effort, et même, si ce n'était pas trop lui demander, de se montrer aimable au cours de la soirée. Il exagérait tout de même ! Ce n'était pas souvent qu'il la voyait, sa belle-mère.

— C'est encore une fois de trop ! ronchonna-t-il, complètement remonté par son fond de whisky pris à jeun.

Et ce n'était pas tout ! France avait autre chose à lui dire.

— Quoi donc encore ? s'étonna-t-il, prêt à entendre cette fois la pire des énormités.

Tout d'abord, rassurer Joseph : cela n'avait rien à voir avec leur invitée de dernière minute. Mais voilà, elle n'arrivait plus à mettre la main sur le double du manuscrit de Simon Lestrac. Joseph ne l'aurait-il pas rangé quelque part ?

— Ah, bah ça… m'en souviens plus. Attends que je réfléchisse un peu, ma chérie…

Non, là, comme ça, à brûle-pourpoint, il ne voyait franchement pas… Et pourquoi lui demandait-elle cela ?

Le manuscrit leur avait livré deux assassins, alors, supposait-elle, celui-ci recelait, pourquoi pas, beaucoup plus d'informations qu'ils ne l'avaient imaginé de prime abord.

— À propos de quoi ? s'étonna-t-il.

Elle resta interdite avant de lui rafraîchir la mémoire :

— Comment ça, à propos de quoi ? Mais à propos des crimes, pardi ! Ceux sur lesquels tu enquêtes en ce moment, Joseph !

Ceux-ci n'étaient-ils pas, de manière troublante, les répliques exactes de celui de la jeune femme, l'amie de l'auteur du manuscrit ? Si, reconnut Joseph, signalant au passage ne pas l'avoir attendue pour faire ce rapprochement lui-même. Pas plus qu'il n'était nécessaire d'avoir fait toute une carrière dans la police pour comprendre cela…

Bien sûr, elle n'en doutait pas une seconde. Décidément, son pauvre Joseph ne comprenait rien à rien ou alors, la perspective de devoir endurer sa belle-mère, ne serait-ce que le temps du dîner, le tourneboulait complètement. Elle réitéra son pressentiment : le livre n'avait pas livré toutes ses vérités, une lecture plus attentive s'avérerait assurément très instructive. Elle avait en elle cette intuition.

— C'est tout, Joseph !

— Ah bon, émit-il, sans plus.

D'ailleurs, ce livre, Joseph Duval s'en étonnait, personne ne semblait avoir mis la main sur son original. Ses collègues n'en parlaient jamais. Ce silence le contrariait fortement, car il s'interdisait de faire la plus petite allusion à ces écrits. Cela aurait paru trop suspect. « Bah, oui ! » songea-t-il en s'envoyant une rasade de whisky devant le soleil qui, à présent, battait en retraite derrière la haie du jardin. Du reste, il admettait volontiers s'être fourvoyé dans une situation délictueuse en subtilisant ce livre ; ce geste de prime abord anodin était une énorme bourde ! Pour autant, cette démarche maladroite ne reflétait pas sa véritable personnalité. D'ailleurs, qui n'a pas commis d'acte imprudent aux conséquences fâcheuses durant sa vie, ne serait-ce qu'une fois seulement ? Il justifiait sa conduite ainsi.

L'ouvrage était-il toujours à sa place sur le bureau, là où lui-même l'avait remis ? Rien n'était moins sûr. Depuis la dernière fois où il avait mis les pieds au domicile de Simon Lestrac, pour justement restituer le document, des mois s'étaient écoulés et l'appartement avait très bien pu être entièrement déménagé. Alors, qu'était devenu ce livre ?

La seule personne à pouvoir le renseigner, c'était l'ami du défunt, François Baron.

Il avait rencontré ce dernier quelques jours après l'enterrement de Simon Lestrac. Bien sûr, il avait tenté de le faire parler. Entre autres, d'en savoir davantage à propos de ces week-ends entre amis dont il était fait mention dans le récit et auxquels se refusait à participer Simon Lestrac. Mais ça n'avait pas été facile, Joseph Duval se heurtait toujours à cette impossibilité d'en parler franchement. Et, pour tout dire, cette conversation informelle avait été totalement infructueuse sur le plan de l'enquête. Il lui avait demandé s'il avait entendu parler des dénommés Bremmer et Maréchal. Ces deux hommes étaient décédés. Pour le premier, quant aux causes réelles de sa mort, rien n'était établi avec certitude. Accident ou pas, le doute subsistait. En revanche, pour le deuxième, il s'agissait d'une strangulation. Quant à sa femme, elle était signalée disparue.

François Baron le lui avait affirmé de son air le plus

naturel : bien sûr, il connaissait ces personnes. Bremmer, pour avoir entendu son ami en parler plus d'une fois, et le couple Maréchal, parce l'époux travaillait dans le monde de l'art. C'est ainsi qu'ils avaient été amenés à se fréquenter, mais sans pour autant traiter des affaires ensemble.

D'autre part, François Baron ignorait absolument tout de cette organisation I.N.R.I., révélée par l'insigne accroché au col de la veste de Maréchal, lorsqu'on l'avait retrouvé mort chez lui. Ne l'avait-il pas déjà remarqué, à l'occasion ? Non, avait-il répondu. Jamais, il n'avait vu Maréchal porter cet objet distinctif.

Là, Joseph Duval avait eu recours au mensonge pour tenter de démêler le vrai du faux. Car, à l'arrivée des enquêteurs de la criminelle, cet insigne n'était plus épinglé au col de la veste de la victime. Alors qui, hormis Simon Lestrac, l'avait fait disparaître ? Bien sûr, Joseph Duval s'était bien gardé d'informer François Baron de ce fait important.

Bref, c'est tout ce qu'il avait tiré de cet entretien. C'est-à-dire rien de très instructif concernant I.N.R.I.

D'ailleurs, à propos de cette organisation, la veuve de Bremmer n'avait pas été mise non plus dans la confidence par son mari. Leur relation conjugale était pour le moins exécrable. Mais des photographies où apparaissait Bremmer, attestaient bien qu'il portait cet insigne. Autant le dire, là aussi, personne n'avait fait cas de l'existence de ce détail. Pour Joseph Duval, c'était différent, il l'avait lu à plusieurs reprises dans le livre de Simon Lestrac et celui-ci avait démontré qu'il n'affabulait pas. Alors, pourquoi un tel secret autour de ces quatre lettres ?

Cette inconnue était assurément un lien capital entre ces deux victimes… Cela avait amené Joseph Duval à différencier ces deux disparitions des crimes commis par égorgement. Et tout en ne perdant pas de vue qu'un lien relationnel existait entre Sophie Camus, Bremmer et aussi Maréchal.

*

* *

Assis face au directeur des affaires criminelles, Joseph Duval attendait la réponse à sa requête. Il l'avait présentée comme une idée parmi d'autres. Connaissant son supérieur, tout reposait sur l'art de la nuance : ne jamais lui imposer quoi que ce soit, juste suggérer habilement, jusqu'à ce que celui-ci s'approprie la nouvelle par un revirement dont lui seul avait le secret. Du moins le croyait-il…

De ce jeu, Joseph Duval avait tout à gagner. C'était pour lui l'occasion d'ouvrir le parapluie, car la décision finale n'était jamais prise par lui, mais par son directeur. Donc, en cas de pépin sérieux, il était couvert. Après quelques insistances bien mesurées, d'une manière générale, il obtenait ce qu'il voulait.

Là, à ce moment, attendant que l'idée chemine dans la tête de son patron, il patientait.

— Vous dites que ce… enfin, que votre ami commissaire à Paris a déjà travaillé avec lui ?

Joseph Duval confirma. Son ami était satisfait des services de cet homme.

— Hum… Cependant, vous le savez bien, Duval, l'intervention d'une personne étrangère à nos services n'a pas ma faveur. Imaginez un inattendu qui tournerait, pourquoi pas, en bavure… À coup sûr, ce sera notre mutation assurée pour les îles Kerguelen !

Joseph Duval se projeta, l'instant de quelques secondes, à exercer son métier au milieu d'une colonie d'otaries braillardes. Le directeur poursuivit :

— Vous l'avez constaté vous-même, lors de la dernière réunion, nous n'avons pas manqué de conseilleurs, ceux-ci ne nous rateront pas en cas de problème, je peux vous l'assurer ! D'ailleurs, à ce propos, je m'interroge… Pourquoi n'ont-ils pas choisi le métier de flic, plutôt que le leur ? À les entendre, chacun d'eux détient les bonnes recettes ! Mais c'est ainsi, Duval. Nous n'y pouvons rien, sinon de les subir, n'est-ce pas ?

Concernant une mutation éventuelle aux îles de la Désolation, Joseph Duval y voyait une grande part d'exagération. Bien sûr, le risque n'était pas exclu et croire le contraire eut été irresponsable. Mais l'homme dont il était question, était un criminologue assermenté. Et pour eux, ce serait une expérience nouvelle.

— Oui, en effet, dans des cas bien particuliers, la police recourt parfois à ces spécialistes.

— Justement, nous sommes en présence de l'un de ces cas, lui rappela Joseph Duval.

Il avait fait son possible pour convaincre son directeur. Et si celui-ci prenait l'initiative de lui adjoindre un enquêteur, fût-il hors cadre, on ne pourrait lui reprocher de ne pas avoir utilisé tous les moyens mis à sa disposition pour élucider au plus vite ces trois affaires.

— Bon, après tout, l'idée me paraît séduisante. Je vais tenter l'expérience… C'est une question de budget. Cela ne devrait pas poser trop de problèmes… Cette année, nous ne sommes pas gourmands sur les frais généraux ni sur les fonds spéciaux.

À cette dernière phrase, Duval sut qu'il tenait le bon bout. Il enfonça le clou :

— Je ne peux qu'approuver votre décision. Elle me paraît judicieuse !

— Si vous le dites ! Cet homme est-il disponible actuellement ? s'enquit aussitôt le directeur des affaires criminelles.

— Je n'en sais rien. Je rappelle mon ami, il me mettra en relation avec lui.

IV

Saint-Nic-Pentrez, dans le Finistère.

À l'approche de la plage, les vagues prenaient de l'amplitude. Puis, dans un panache d'écume, elles déferlaient en énormes rouleaux sur le sable blond. De ce grondement sourd, à quelques mètres au-dessus de la mer, perçait le cri des mouettes. Celles-ci, leurs ailes déployées, se laissaient porter par le vent. Elles épiaient les bancs d'alevins pris dans le mouvement des vagues. Subitement, on les voyait fondre en piqué vers l'eau.

Le soleil, estompé par une brume envahissante, diffusait une lumière pâle, irréelle. En soirée, un vent contraire assainirait l'atmosphère. Le soleil brillerait de nouveau. C'était ainsi depuis quelques jours, les touristes s'en accommodaient.

Thomas de Rosmadec* sommeillait à même le sable. Les pages de son livre, abandonné en cours de lecture, tournaient au gré de la brise. Allongée sur un matelas pneumatique, Léa parcourait un magazine.

---

*Lire *Camaret au Vitriol*, même auteur, même collection.

De temps à autre, elle s'enduisait les épaules d'une crème protectrice. Si le soleil ne chauffait pas, il n'en demeurait pas moins traître. Un drap de bain recouvrant ses épaules, Alain, lui, grignotait un biscuit, les écouteurs sur les oreilles. Une famille ordinaire en vacances.

— Alain, mets un T-shirt, tu auras moins froid !

La recommandation de Léa resta sans effet. Alain n'entendait rien. De sa tête, il rythmait la musique. Elle lança une petite coquille vide en direction de l'enfant.

Celui-ci se retourna vivement vers Léa en ôtant l'un des écouteurs.

— Mets ton T-shirt ! répéta-t-elle.

— On part quand ?

Léa, bien qu'habituée, leva les yeux au ciel. Avec Alain, c'était selon : on arrive quand, on repart quand ?

— En voilà une question ! Tu viens à peine de te baigner…

L'enfant ne releva pas. Il remit l'écouteur, puis repartit de plus belle à rythmer par des petits coups de tête chaque mesure, tout en scrutant l'immensité sablonneuse.

Au loin, dans la baie de Douarnenez, à travers la brume, on distinguait, tant bien que mal, les silhouettes des voiliers.

Un ballon termina sa course en heurtant un pied de Thomas. Cela le tira de sa somnolence. Prenant appui sur un coude, il se redressa pour saisir l'objet et le lança à son propriétaire. Le gamin, penaud, repartit aussitôt en courant, son bien précieux calé sous le bras.

Thomas, grimaçant, se plaignit du froid.

— Regarde, c'est la brume, elle se fait de plus en plus envahissante, lui fit remarquer Léa.

Cet été, ils avaient loué une petite maison, non loin de la plage.

Pentrez changeait. L'arrivée sur la lieue de grève avait été transformée. Le mur de béton, vestige de la dernière guerre, n'existait plus. Il avait été remplacé par une barrière bleue en fer forgé, sans conteste plus harmonieuse, et la place centrale, équipée d'un rond-point planté d'arbres exotiques.

Léa crut entendre la sonnerie du téléphone portable. Elle tira le sac de toile vers elle pour y prendre l'appareil. Trop tard !

— C'est pour toi, Tom !

Il râla, déclara être aux abonnés absents.

Elle écouta le message.

— Tu dois rappeler un certain… Léa eut du mal à comprendre. Tiens ! C'est Ferraud, me semble-t-il.

Thomas soupira.

— Ferraud ? Même à Saint-Nic, je ne peux pas avoir la paix ! Je rappellerai ce soir.

— Ça, c'est le problème du portable ; en partant, il fallait l'oublier ! À Saint-Nic ou à New York, tu n'as plus ta liberté, dit-elle en riant.

Dans la soirée, Thomas rappela le commissaire Ferraud. Celui-ci dînait au restaurant.

Thomas lui demanda s'il avait besoin de son aide.

— Pas personnellement, de Rosmadec… Tout est calme sur le front parisien ; il semblerait que la pègre soit partie se mettre au vert pendant les vacances… Je plaisante, mon cher, ces gens-là sont toujours au travail ! Vous est-il possible de joindre un ami, commissaire à Nantes ? Il a, semble-t-il, besoin d'un coup de main. Vous êtes à Paris en ce moment ?

— Pas du tout, je suis en Bretagne. Au vert comme la pègre ! enchérit-il.

Éclat de rire dans l'appareil.

Puis, le commissaire Ferraud s'excusa de l'avoir importuné. Thomas savait : même en congé, il ne pouvait refuser un service à Ferraud. Celui-ci l'avait beaucoup aidé pour la régularisation des papiers d'Alain*. Sans son appui et ses relations, cela aurait viré au parcours du combattant.

Après avoir noté les renseignements utiles, Thomas s'engagea auprès du policier. Après tout, Nantes n'était qu'à trois cents kilomètres, tout au plus, de son lieu de villégiature…

*Lire *Camaret au Vitriol*, même auteur, même collection.

V

Le journaliste se faisait insistant. Une pointe d'agacement gagnait Paul Moreau.

— Pourquoi tenez-vous absolument à rencontrer le commissaire Duval ?

La fois précédente, le journaliste avait été orienté vers Joseph Duval, une erreur de l'accueil du commissariat. De plus, ce jour-là, le commissaire était absent. Voilà la raison pour laquelle il revenait vers lui.

— Inutile de vous entêter, vous perdrez votre temps, vous n'êtes pas dans le bon service. Par ailleurs, j'ai transmis votre souhait au commissaire Duval. S'il ne veut pas vous recevoir, je n'y peux rien. Renseignez-vous plutôt auprès de la préfecture…

Le journaliste passa sa main dans sa tignasse bouclée avant de fixer le policier de son regard juvénile.

— Dommage ! lâcha-t-il.

— Comment ça, dommage ? reprit Moreau.

— Vous, je veux dire la police d'une manière générale, quand vous avez besoin de nous pour un renseignement, vous savez où nous trouver…

— Ho ! Ho ! Pas ce ton-là avec moi, hein ! Vous ne travaillez pas pour l'un des quotidiens du département, n'est-ce pas ?

— C'est exact, mais j'ai ma carte de presse.

— Et moi celle de flic… Si vous avez du temps à perdre, attendez le commissaire dans le couloir… Bon, que voulez-vous savoir à propos de ces associations ?

— Certaines sont illégales.

— Ce n'est pas à notre service d'y mettre bon ordre. Il existe des sociétés dont le siège social n'est qu'une boîte aux lettres, pourtant, elles ont des activités autrement illicites…

— Sur ce dernier point, je ne suis pas en accord avec vous…

— Comment ça ?

— Il n'est pas nécessaire de constituer une société pour exploiter la crédulité de personnes et à la seule fin de gagner de l'argent sur leur dos.

— Où voulez-vous en venir précisément ?

— Si les statuts de certaines associations sont irréprochables, celles-ci n'en cachent pas moins des activités coupables.

— Et pour cela, vous souhaitez à tout prix rencontrer le commissaire ?

— Oui.

— En ce moment, il a d'autres chats à fouetter ! Ces problèmes lui passent au-dessus de la tête…

— Il pourrait changer d'avis…

— Vos sous-entendus me déplaisent, soyez plus clair, je vous donne un conseil : si une association vous semble suspecte, déposez une plainte ! Le procureur décidera de l'ouverture d'une enquête ou pas. Et si c'est une question d'escroquerie, la brigade financière interviendra…

— Je n'ai pas l'intention d'agir ainsi… Cela demande de plus de subtilité.

— Ah ! Si en plus c'est subtil, cela dépasse le cadre de nos compétences. Vous avez frappé à la mauvaise porte. Ici, nous sommes plutôt du genre cartésien, ironisa le capitaine. Vous nous demandez donc de mener une enquête pour votre compte ? Ça ne se passe pas ainsi, Monsieur… rappelez-moi votre nom ?

— Durieux, Victor Durieux.

— Il y a une procédure à respecter, monsieur Durieux. Imaginez chaque policier enquêtant sur ce que bon lui semble…

— Soit ! Je m'attendais à une meilleure collaboration de votre part. Je me débrouillerai seul… Que le meilleur gagne…

— Pardon, vous voulez bien répéter ce que vous venez de dire ?

— Non… C'était une réflexion personnelle. Je m'en vais.

Le journaliste préféra battre en retraite devant le policier de plus en plus soupçonneux.

*

* *

Thomas de Rosmadec gara son véhicule non loin du commissariat. Trois heures passées au volant, il ne souhaitait qu'une chose : se dégourdir les jambes avant de se rendre à son rendez-vous.

L'Erdre coulait à deux pas de là, sous un ciel sans nuage qui laissait la part belle au soleil. Thomas prit la direction du pont de la Motte Rouge.

Ce matin, lorsqu'il avait quitté Saint-Nic-Pentrez, Léa dormait toujours. Alain, un bol de céréales à la main, regardait des dessins animés à la télévision. D'habitude, il n'appréciait pas les absences prolongées de Thomas. Or, aujourd'hui, curieusement, cela n'avait pas paru l'affecter. Cette attitude laissait Thomas songeur. La seule présence de Léa suffisait-elle désormais à Alain ? Tout de même, si Thomas s'en félicitait, cela ressemblait fort à un détachement affectif de la part de l'enfant. Puis, en prenant tout à coup conscience, Thomas se dit qu'Alain grandissait. L'enfant avait d'autres centres d'intérêt en tête. Entre autres, ses petites amies qu'il retrouvait sur la plage… Comme tous les parents, à son tour, Thomas connaissait les premières interrogations avant les premiers tourments.

Quelques minutes plus tard, il revenait vers le commissariat et en gravissait les marches menant à l'entrée.

Au guichet de l'accueil, il déclina son identité à une femme en uniforme. Le commissaire Joseph Duval l'attendait, précisa-t-il.

Simultanément, alors qu'il revenait de l'étage, à la

suite de son entretien avec Paul Moreau, le journaliste à la chevelure bouclée passa tout près de Thomas. Au passage, il saisit le nom de Joseph Duval, marqua un bref temps d'arrêt en tendant l'oreille.

Thomas ne le remarqua pas, il lui tournait le dos.

— Le commissaire Duval ? reprit la fonctionnaire de police… Rappelez-moi votre nom ?

— Rosmadec… de Rosmadec.

Du standard, elle composa un numéro de poste. Deux ou trois mots échangés avec l'intéressé et :

— Le commissaire Duval est prévenu. On vient vous chercher pour vous accompagner jusqu'à son bureau.

Le journaliste dévisagea Thomas avant de quitter le commissariat.

*

*   *

Sur la table étaient étalés les dossiers des trois crimes : les rapports des autopsies, les clichés des cadavres, la synthèse des rapports des enquêtes… tout !

L'une après l'autre, Thomas détaillait les pièces, sous l'œil un tant soit peu intrigué de Joseph Duval. D'avoir devant lui le fameux criminologue n'était pas rien ! De bonne grâce, il se prêtait au jeu des questions, commentait les faits et bien plus qu'il n'en fallait parfois.

Celui-ci ne cachait pas son désarroi. C'était bien la

première fois qu'il était confronté à de telles difficultés. Bien sûr, concernant les trois meurtres, sur la similitude du mode opératoire, le doute n'était pas permis, mais de là à voir l'œuvre d'un tueur unique, un serial killer pour reprendre un anglicisme en vogue, cela ne faisait pas franchement l'unanimité au sein de l'équipe des enquêteurs.

« Deux meurtres, c'est déjà le début d'une série, pensa Thomas. Alors trois… »

Joseph Duval avança ses arguments. Entre lui et ses hommes, les avis divergeaient. Où l'un ne voyait qu'un assassin, les autres, eux, en présumaient deux. Si l'on pouvait affirmer, et sans prendre trop de risques, de la préméditation pour le crime du Jardin des Plantes, en revanche, les deux précédents étaient davantage sujets à caution. Surtout celui commis sur Sophie Camus. Ce meurtre venait brouiller cette donnée. Le seul perpétré au domicile de la victime, et cela leur posait un problème.

Pour l'équipe de Joseph Duval, l'incertitude demeurait. L'assassin avait-il attendu le départ de l'ami de Sophie Camus, un dénommé Simon Lestrac – patronyme relevé par Thomas dans les procès-verbaux d'auditions – qui, lui, s'était éclipsé de chez elle deux heures auparavant ? Autre fait troublant, les traces laissées sur les chairs par la lame du rasoir utilisé pour commettre le meurtre de Sophie Camus, n'existaient pas sur les plaies des deux autres cadavres.

À cela non plus, Joseph Duval n'y voyait rien de

très formel. Lui soutenait volontiers à qui voulait bien l'entendre : un seul assassin et des rasoirs différents ! Au-delà de sa certitude, toute relative bien sûr, un autre décès l'interpellait tout autant, celui de Bremmer. Or, ses collègues, eux, avaient tendance à oublier un peu trop vite cette affaire et, à défaut, l'avaient même reléguée à une banale chute accidentelle dans l'escalier de secours de l'immeuble où se situait le siège social de la société du défunt.

Thomas voulut savoir le rôle du nommé Bremmer dans toute cette histoire. Joseph Duval l'avisa : Bremmer et Sophie Camus se connaissaient dans le cadre d'un partenariat financier de soutien.

Thomas l'écouta, puis livra sa manière de voir.

— C'est une première impression à chaud, détermina-t-il.

L'assassin, s'il avait agi sous l'emprise de pulsions, aurait commis pour le moins une erreur ou laissé après lui une empreinte, un indice, tôt ou tard cela aurait permis de l'identifier. Force était de constater que ce n'était pas le cas…

Pour autant, et même si tout le laissait croire, l'idée du tueur en série ne le satisfaisait pas non plus pleinement.

Les crimes commis par ces derniers ont, d'une manière générale, une connotation sexuelle. Toutefois, dans l'analyse comportementale d'un psychopathe, aucun postulat ne peut-être avancé avec une certitude absolue. Des cas particuliers existent aussi.

Ainsi, pour ce qui est de supprimer un témoin susceptible de les dénoncer, certains d'entre eux dérogent à leurs habitudes meurtrières, ce qui bien souvent déroute les enquêteurs.

Joseph Duval confirma : dans les crimes concernés, aucune des deux femmes n'avait subi de sévices à caractère sexuel.

Là encore Thomas émit une réserve sur ce point. Pour ces malades, le crime remplace souvent l'acte sexuel, mais pour autant, cela n'a pas non plus valeur d'axiome.

— Instinctivement, peut-on dire, ils situent leur champ d'action hors d'un périmètre qui s'étend sur des kilomètres parfois, loin du lieu de leur domicile où ils ont leurs habitudes et où ils sont connus. Dans cette zone, ils se sentent en sécurité, ils y mènent une vie normale, personne ne les soupçonne. Ainsi, ils ont toujours un temps d'avance sur les enquêteurs. Cette technique n'est pas sans rappeler celle du bourdon*. Lorsque l'insecte s'en va butiner, il s'éloigne assez loin de son nid afin de le préserver d'éventuels prédateurs** durant son absence… Revenons à nos tueurs. D'une manière générale, les victimes de ces pervers partagent de nombreux points communs entre elles, poursuivit Thomas. Elles sont issues du même

*Technique dite du bourdon mise en évidence par le détective américain, Kim Rossmo, dans les années 80. Il a abordé différemment la psychologie comportementale des tueurs en série.

**La buse bondrée.

milieu, vivent seules, se ressemblent physiquement, fréquentent les mêmes lieux… C'est par un détail vestimentaire ou encore par leur comportement qu'elles attirent l'attention du tueur sur elles. Quand sa future proie est choisie, la traque du prédateur commence. Il la surveille pour connaître ses habitudes. Ces préliminaires sont déjà une sorte de jouissance parce qu'il sait à quoi ceux-ci vont aboutir et, à force d'observer sa future proie, les phases du désir de possession et les pulsions deviennent de plus en plus aiguës. Puis arrive le moment crucial du passage à l'acte : il attire sa victime dans un traquenard ou s'introduit chez elle pour mettre à profit l'instant opportun avec une parfaite clairvoyance. Ensuite, le criminel reprend une vie à peu près normale, jusqu'à une prochaine fois…

Voilà ce qu'il avait à dire.

— En ne prenant pas en compte l'assassinat du professeur, ceux commis sur les deux femmes pourraient cadrer avec ce que vous venez d'énoncer…

Joseph Duval en avait rencontré des pervers au cours de sa carrière ! Il savait de quoi ils étaient capables. Certains d'entre eux, après avoir séduit des femmes, un peu naïves parfois, n'hésitaient pas à s'installer chez elles dans le seul but de provoquer leur mort. Les archives judiciaires ne manquaient pas de ces monstres tristement célèbres. D'autres demeuraient anonymes et en liberté. Leur violence était insidieuse, parce que psychologique, mais tout aussi destructrice.

— Or voilà ! Le crime commis sur le professeur vient contrecarrer cette théorie de la déviance sexuelle, celle-ci ne tient plus, reconnut Thomas. Nous devons l'oublier une fois pour toutes… En revanche, l'égorgement a certainement une signification.

— J'avoue ne plus savoir quoi penser, dit Joseph Duval.

— Il peut s'agir d'une vengeance… suggéra Thomas.

— Nous avons aussi travaillé sur cette hypothèse. Cela expliquerait le crime du professeur d'Histoire. En lui donnant rendez-vous à l'Île Beaulieu, il aurait été attiré dans un piège. Quant à savoir pour quelle raison…

— Peut-on le croire assez naïf pour se rendre à une heure indue dans un tel endroit ?

— Non, bien sûr. Sauf s'il connaissait la personne…

— Admettons. Donc le professeur, mis en confiance, s'est rendu au quai des Antilles pour rejoindre une connaissance…

— J'ai envisagé cette possibilité. Ce qui nous ramène à un acte prémédité et non celui gratuit d'un rôdeur. C'est tout ce que nous pouvons dire.

— Avez-vous établi si les victimes se connaissaient ?

— Pas le moindre élément ne vient le confirmer. Un enseignant à la retraite, une prof de musique et une comptable… Quelles affinités ou quels liens sont susceptibles de réunir des personnes d'âges différents et aux professions aussi éloignées l'une de l'autre ? Là est notre problème, monsieur de Rosmadec… seuls, Bremmer et Sophie Camus se connaissaient.

— Comment l'avez-vous appris ?

— Par la veuve de Bremmer.

Ce qui était vrai, elle était au courant des activités de mécénat de son époux. Mais Joseph Duval se gardait bien de dévoiler son autre source, le livre de Lestrac.

— Ils étaient amants ?

— Pas du tout !

— Vous en avez la certitude ?

Pour Joseph Duval, la question était embarrassante. Là non plus, il ne pouvait faire référence au livre…

— Ah, bah ça… sa femme vous le confirmera, éluda-t-il. Bremmer était le mécène de Sophie Camus. Ce qu'il faut retenir de tout ça, c'est que l'un et l'autre sont morts. C'est très troublant, il faut bien le reconnaître.

Joseph Duval entra dans le détail de l'affaire.

— Et puis, il y a ce clochard ! finit-il par dire.

— Un clochard ? reprit Thomas qui, de surprise en surprise, découvrait la complexité de l'affaire. Expliquez-moi ça…

Le commissaire rapporta la découverte de l'abri d'un SDF au quai des Antilles, non loin du lieu du crime. L'homme était activement recherché.

La réunion se poursuivit l'après-midi entier. On

échangea toutes sortes d'impressions, d'orientations possibles à donner à la contre-enquête à venir, de suggestions aussi… Thomas releva l'essentiel pour élaborer sa stratégie. Et le voilà, entrant les données dans son ordinateur portable, sous l'œil goguenard de Joseph Duval. Lui, son cerveau ne se détraquait jamais, ne se "déconnectait" pas – ne "buguait" pas, convenait mieux en la circonstance. Dans la soirée, il invita Thomas à dîner, non sans lui avoir réservé une chambre d'hôtel.

VI

Neuf heures. Les commerces rouvraient les uns après les autres. Chloé Forest remontait le rideau métallique de la librairie située Rue de l'Arche. Chaque jour, le grincement des lames rouillées lui était insupportable. Si l'heure n'avait rien de matinal, l'impression de réveiller tout le quartier la mettait mal à l'aise. Il était grand temps que le propriétaire intervienne pour remédier à ce désagrément, encore eût-elle dû le prévenir… Sur le moment, elle y pensait. Par la suite, hélas, cela lui sortait complètement de la tête, bien trop occupée à accomplir une succession de petites tâches avant d'ouvrir la boutique au client ; cela commençait par couper l'alarme, ensuite alimenter les éclairages, ne pas oublier le fond musical, passer l'aspirateur, remettre de l'ordre dans les rayons, les réapprovisionner… Aujourd'hui, elle y était fermement décidée ! Avant d'entreprendre quoi que ce soit, elle allait appeler son patron. Sinon, une fois encore, elle remettrait cela à plus tard.

Certes, monsieur Baron ne rechignait jamais lorsqu'elle lui demandait quelque chose. Non, ce n'était certainement pas son genre. Lui était plutôt réactif. Dans la journée, le nécessaire serait fait auprès d'une société spécialisée. Mais voilà, si elle ne le prévenait pas, évidemment, rien n'avançait…

Monsieur Baron, elle ne le voyait pas souvent. C'était un homme agréable, sympathique. Il passait prendre des nouvelles de temps à autre, lui remettait aussi des nouveautés glanées lors de ses déplacements. En revanche, le dernier jour du mois, il était toujours ponctuel. « Pour faire le point », disait-il. Il fallait entendre : sur le chiffre d'affaires réalisé. Puis, elle recevait sa paie par courrier, deux jours plus tard.

Monsieur Baron avait un associé. Celui-ci se nommait Jansen. Pierre Jansen. Elle l'appréciait moins. Lui aussi passait de temps à autre à la boutique afin de savoir si tout allait bien. Mais sa manière d'être ne plaisait pas à Chloé. Il posait sur elle un regard curieux, soupçonneux était le mot exact. Avec parfois une insistance qui le rendait franchement désagréable. En dehors de ces rares visites, elle gérait la librairie comme elle l'entendait. Elle recevait les commerciaux, organisait des soirées animées par des intervenants reconnus, animait la vitrine sur des thèmes variés, bien sûr toujours en rapport avec la spécialisation du commerce.

Elle s'y plaisait, dans son magasin au cadre médiéval. D'après ce qu'elle avait compris, auparavant, c'était une galerie d'art. L'intérieur était composé de deux salles disposées en forme de croix de tau. Les murs étaient faits de pierres apparentes, les plafonds hauts et en ogive.

« La crypte des sciences paranormales », l'avait-elle baptisée.

À l'extrémité de l'une des pièces, celle qui formait la barre horizontale du T, sur la droite, il y avait une lourde porte de bois. Arrondie dans sa partie supérieure, elle s'intégrait parfaitement à l'architecture des lieux. Elle était maintenue par de gros gonds prolongés par de larges ferrures sur toute sa largeur. Personne n'en possédait la clé. Monsieur Baron en avait parlé au cours de l'une de ses visites. Pour lui, cette porte devait s'ouvrir, selon toute vraisemblance, sur d'autres salles, aujourd'hui désaffectées. Cela remontait, disait-il, à l'époque d'une urbanisation mal maîtrisée. Des merveilles avaient été dissimulées en sous-sol ou encore derrière des façades d'immeubles d'apparence quelconque et il n'était pas rare de découvrir une cour intérieure sur laquelle donnaient d'autres constructions, plus anciennes celles-ci, quand ce n'était pas carrément un hôtel particulier. Quant à cette porte, de ce qu'elle soustrayait réellement des regards, le mystère demeurait entier. Poussée par la curiosité, combien de fois Chloé n'avait-elle pas été tentée de forcer la serrure… Mais son imagination, quelque peu puérile, elle le reconnaissait volontiers, prenait vite le dessus. L'idée de se retrouver face à un monstre la ramenait à la raison. Pour elle, cette porte resterait à tout jamais la frontière infranchissable séparant deux mondes… Et, jusqu'à preuve du contraire, celui dans lequel elle évoluait était plutôt rassurant !

— Allô, monsieur Baron ? Chloé, à l'appareil !

Quelques minutes plus tard, le problème du store métallique était en partie réglé. Voilà une bonne chose de faite ! Elle s'en trouvait mieux, comme allégée d'une corvée à faire et qui, sans cesse reportée à plus tard, finit à la longue par peser. Pourquoi avait-elle tant attendu ? Un simple coup de fil avait suffi ! Elle devait en tirer cette leçon et mettre à profit cette maxime : ne pas remettre à plus tard ce que l'on peut faire à l'instant même. Certes, à ceci près que ces intentions-là sont toujours confiées au futur…

La sonnette de la porte d'entrée tinta. Elle n'avait pas commencé à nettoyer que voici le premier client qui entrait déjà ! Vite, elle devait parer au plus urgent. Avant tout, le fond musical ! Disparaissant dans l'arrière-boutique, elle appuya sur la touche du lecteur de CD. Aussitôt, une musique relaxante fut diffusée dans la boutique.

« En franchissant le seuil du magasin, loin des agressions de la rue, la clientèle doit ressentir une impression de quiétude, celle d'un monde nouveau. » Telle était la façon de voir de monsieur Baron. Il tenait à son concept commercial et avait l'intention de le développer dans d'autres villes.

Mettant à profit sa présence dans la réserve, elle enclencha les interrupteurs du tableau électrique… Après quoi, elle revint dans le magasin pour allumer un bâtonnet d'encens… Petit à petit, tout rentrait dans l'ordre. Elle allait pouvoir se consacrer à son client. Un homme âgé. Comme gêné de l'interrompre dans ses préparatifs, celui-ci semblait attendre un renseignement.

Pouvait-elle l'aider dans son choix ? Le vieil homme au chapeau accepta volontiers son aide, d'une voix douce et chevrotante. Il recherchait un livre se rapportant au tombeau de François II*. Les ouvrages qu'il avait lus jusqu'à présent ne le satisfaisaient pas. Les interprétations de la symbolique des quatre statues, représentant les vertus cardinales, lui paraissaient des plus succinctes, pour ne pas dire simplistes…

Chloé lui énuméra les titres qu'elle possédait en rayon. Hélas, il les avait déjà.

— Malheureusement, je n'ai rien d'autre à vous proposer, dit-elle. Deux journalistes anglais ont bien mis l'accent sur le caractère étrange de la statue aux deux têtes dans un livre intitulé *La révélation des Templiers*** mais…

— Tiens donc ?

— Mais vous seriez déçu ; cela se résume à quelques détails anecdotiques. Il est vrai aussi que ce n'est pas le sujet du livre, admit Chloé.

— Je cherche un ouvrage qui me permettrait d'accéder à un autre niveau de lecture de leur symbolique, vous comprenez ?

---

*Tombeau offert par Anne de Bretagne à ses parents et visible à la cathédrale de Nantes.

**Les auteurs : Lynn Picknett et Clive Prince, des journalistes anglais.

Pour le vieil homme, des quatre statues, la tempérance l'intriguait le plus avec ses deux visages opposés : d'un côté, celui d'un vieillard et, de l'autre, celui d'une jeune femme. Le miroir dans lequel elle se regardait, symbolisait le reflet de l'âme. Quant au compas pendant à sa ceinture, il s'appliquait à la tempérance, fondée sur l'esprit de mesure. D'ailleurs, ce dernier ne s'acquiert-il pas avec la maturité de l'âge, symbolisé justement par le visage du vieillard ? Voilà ce qu'il pensait. Et que dire du serpent, aux pieds de la femme, c'était un symbole chthonien* très complexe. Il y voyait la représentation du psychisme obscur de l'Être, l'incompréhensible, le mystérieux qui habite chacun de nous. Tout cela méritait d'être développé. Curieusement, on retrouvait également ces quatre vertus dans un tableau allégorique de la franc-maçonnerie. Ce devait être une coïncidence en clin d'œil…

— Je l'ignorais. D'après vous, les études faites ne seraient pas assez approfondies ?

— Exactement ! Comme si l'on devait se contenter d'explications destinées à un public profane ! Savez-vous qu'à l'origine, ce tombeau était destiné aux carmes ? À présent, voilà un homme qui repose pour l'éternité au côté de sa légitime, et qui plus est, dans une cathédrale. Qu'espérer de mieux ? ajouta-t-il d'un air ébahi.

---

*Adjectif venant de Khthôn, nom de la terre chez les Titans. Les dragons, comme les serpents, représentent tout ce qui est souterrain, caché, imprévu, donc que l'on redoute.

— De nos jours, l'Église n'accepterait pas un tel arrangement…

— Puissant ou misérable, le traitement n'était pas le même. L'Église, si intraitable avec les humbles, s'effaçait devant les riches, ceux qui la faisaient vivre et finançaient les constructions des édifices religieux !

— Si Michel Colombe était encore en vie, il nous aurait peut-être dévoilé le sens caché de l'œuvre, mais je suis désolée, je ne peux répondre à votre demande, conclut Chloé avec un large sourire.

L'homme souleva son chapeau pour la saluer, puis il repartit, dépité de n'avoir toujours pas trouvé de réponses à ses interrogations.

Vite à la réserve ! Un thé, à présent, elle allait pouvoir se préparer un bon thé. Faute de temps, elle avait quitté son domicile sans même prendre un petit-déjeuner… À peine venait-elle de brancher la bouilloire électrique qu'elle entendit de nouveau le tintement de la sonnette de la porte d'entrée. Décidément, tous les Nantais passionnés d'ésotérisme débarquaient aujourd'hui à la librairie, à une heure inhabituelle ! Si monsieur Baron était là, il serait satisfait. Tous les mois, le chiffre d'affaires augmentait et c'était de bon augure pour elle. Il lui en avait fait la promesse, elle ferait partie du staff du développement des futurs points de ventes.

À trente-deux ans, une licence d'Histoire en poche et quelques années de galère derrière elle, ce n'était pas si mal !

— Je suis à vous dans une minute ! dit-elle à la cliente, tout en sachant qu'il était préférable de laisser celle-ci évoluer seule à la découverte des livres et des CD, encens, objets de relaxation ou reproductions de statuettes…

« Chloé, notre clientèle n'entre pas dans notre magasin par hasard, elle sait ce qu'elle vient y chercher. Nous devons la laisser libre de ses choix sauf, bien évidemment, si elle est demandeuse d'un conseil », lui avait recommandé monsieur Baron.

À peine avait-elle tourné le dos pour revenir dans la réserve que le tintement de la porte se fit encore entendre. « Bon, se dit-elle, le thé ce sera pour plus tard ! »

Elle reconnut un client, d'un genre un peu particulier. Depuis peu de temps, celui-ci venait épisodiquement à la librairie. Parfois, il repartait avec un livre. Sans pour autant faire de la discrimination, elle trouvait qu'il ne concordait pas avec la clientèle habituelle de la librairie. Pourquoi ? Elle ne savait le dire ! C'était une intuition. Une simple intuition. Après tout, il ne faisait rien de mal. Alors, en décalage ou pas en regard des habitués, cela n'avait finalement aucune importance. Il n'était pas non plus à mettre dans la catégorie des clients ennuyeux. D'ailleurs, il ne s'attardait jamais. « Bonjour et au revoir » étaient les seules paroles qu'il prononçait.

Ce n'était pas tout, deux autres personnes franchirent le seuil ! Chloé était aux nues. Autant de clients, à une heure aussi matinale, c'était à ne pas y croire ! D'habitude, ils se répartissaient en deux vagues : l'une se situait en fin de matinée, l'autre, dans le milieu de l'après-midi.

Transportée par la musique, elle savourait son bonheur quand un homme entra. Il devait avoir approximativement le même âge qu'elle. C'était bien la première fois qu'il mettait les pieds dans la librairie ! Elle fut traversée par une sensation étrange. Avec son épaisse tignasse noire, bouclée, et son allure d'ado attardé, curieux de tout, il lui avait aussitôt tapé dans l'œil. Oubliés les autres clients, lui seul existait ! Cela portait un nom, mais très vite, elle chassa cette pensée.

Il embrassait le magasin de son regard vif, comme pour un repérage des lieux, puis porta son intérêt vers les étagères de livres et se mit à les détailler…

« Mon Dieu, cet homme te trouble, faut voir comme… », se dit-elle.

Derrière la caisse, elle s'assit sur son siège, se plongea dans la lecture du catalogue d'un éditeur, histoire de se donner une contenance. Au bout de quelques secondes seulement, le nez toujours collé sur la brochure, elle ne put s'empêcher de lever son regard à la dérobée. Même si à présent, il lui tournait le dos, cet homme dégageait un magnétisme auquel elle ne savait résister.

Et lorsqu'une cliente se présenta à elle, un brûle-encens à la main, elle dut s'y reprendre à trois fois avant de taper le bon prix sur la caisse enregistreuse.

Elle se traita d'idiote… Tout cet émoi pour un homme, alors qu'elle venait tout juste de larguer un fétichiste dont la spécialité était de garder ses chaussettes au lit… Quelle horreur, celui-là !

*

*   *

Au pied de la grue Titan, Thomas mordait un sandwich à pleines dents. Au sol, le tracé du cadavre du professeur d'Histoire avait disparu. Ne subsistaient, çà et là, que quelques marques blanches, à peine visibles. Ce repérage ne lui apportait rien de probant, sinon une idée plus précise des lieux. Puis, longeant la voie ferrée, il partit à la recherche de l'abri du clochard dont Duval lui avait parlé.

Il trouva sans peine ce qu'il cherchait ; c'était un enchevêtrement de matériaux les plus divers : bois, plastique, ferraille, bâche de polypropylène. Cette construction hétéroclite, dissimulée en partie par la végétation poussant entre des pierres, reposait sur des palettes de bois. L'ensemble était adossé à un entrepôt voué à la démolition. De là, il était impossible de voir la grue. Si l'homme avait été témoin du meurtre, ce n'était sûrement pas de cet endroit, mais du bout du quai, où les caches ne manquaient pas non plus.

Cet abri de fortune à l'abandon était pour le moins troublant. Son locataire devait être un brin misanthrope. Un naufragé de la vie échoué sur l'Île Beaulieu. Une île, loin d'être déserte… Thomas disposa, dans un ordre bien particulier, quelques pierres à l'intérieur de l'abri, sur les palettes.

Puis, de retour à la pointe de l'île, formée par la jonction des quais des Antilles et Wilson, il semblait s'attarder sur la vue. Sur la rive gauche, le pittoresque village de Trentemoult. Sur la droite, les chantiers navals, la butte Sainte-Anne et, plus en amont, le centre-ville de Nantes d'où s'élevait un murmure sourd et continu. Thomas ne voyait rien de tout ça. Non, il songeait.

Quand le meurtre avait été commis, le clochard, était-il dissimulé derrière la construction attenante au parking ou avait-il entendu des éclats de voix depuis son abri ? Il faisait nuit, donc il y avait moins de bruit. Mais était-ce suffisant pour que les voix aient porté jusqu'à l'abri ? Par le vent peut-être, mais rien n'était moins sûr…

Et puis, ce n'était pas la présence du clochard qu'il fallait retenir ; après tout, lui vivait ici, on ne pouvait le lui reprocher. En revanche, celle de l'enseignant était anormale, voire on ne peut plus suspecte. Ce dernier était-il un nostalgique des ambiances nocturnes portuaires ? Depuis fort longtemps, la construction navale n'était plus qu'un souvenir, le trafic portuaire inexistant. Le seul témoignage de cette époque glorieuse était un bâtiment qui portait encore sur son fronton le nom des Chantiers de l'Atlantique. Alors, qu'était venu chercher le vieux professeur, ici, à trois heures du matin, l'heure présumée du crime ?

Un moment d'égarement dû à une altération mentale ? Thomas et Joseph Duval en avaient parlé entre eux. D'après ses voisins, le professeur était parfaitement sain d'esprit. Donc il avait rendez-vous avec son assassin. Ou alors, il avait été amené de force ici pour y être exécuté, de manière à laisser croire au crime d'un rôdeur… ou d'un clochard, pourquoi pas…

Contrairement à ce qu'il laissait paraître, cet homme ne menait peut-être pas une retraite aussi paisible… Avait-il une vie parallèle, celle-ci plus secrète ?

Thomas se promit de revenir ici la nuit, afin de mieux comprendre. Pour l'instant, il lui était difficile de se prononcer et surtout d'adhérer à la thèse de Joseph Duval, quand il affirmait que le clochard n'était pas l'assassin.

*

* *

L'heure de la fermeture de la librairie n'allait plus tarder. Chloé glissa dans un sac de papier les deux livres choisis par l'avant-dernier client de la matinée… Après lui, il restait encore cet homme, celui qui n'arrêtait pas de la troubler. Il prenait son temps, passait en revue les livres, quand il ne s'asseyait pas carrément dans l'un des fauteuils pour les feuilleter. De temps à autre, il levait la tête et fixait un point imaginaire comme pour réfléchir à ce qu'il venait de lire. Parfois même, il restait la regarder ainsi, l'esprit ailleurs, comme si elle n'existait pas. Oh, un instant bref, juste le temps de croiser son regard, mais assez pour augmenter le trouble en elle ! À ces moments-là, elle ne savait plus où se mettre ni quelle attitude prendre, jusqu'à perdre ses moyens et s'en trouver stupide. Qu'avait-elle, à perdre la tête à ce point, face à ce parfait inconnu qui, lui, n'avait probablement rien à faire d'elle ?

Soudain, celui-ci jeta un regard circonspect ; d'un air un peu surpris, il parut prendre conscience d'être le dernier client. Il jeta un coup d'œil à sa montre. S'adressant à Chloé, il se confondit en excuses. Certainement la retardait-il pour fermer sa boutique…

— Je suis impardonnable, cette littérature me passionne tellement, plus rien n'existe quand je m'y plonge ! justifia-t-il avec un large sourire découvrant l'alignement impeccable de ses dents blanches.

Là, elle était comblée… Même sa voix était chaleureuse ! Tout chez cet homme la subjuguait ! Ses joues se teintèrent un peu.

— Euh… Vous venez pour la première fois ? demanda-t-elle, un peu gauche.

Dans sa tête, une voix tentait de la raisonner : « Mon Dieu, quelle maladroite tu es, ma fille ! Tu passes pour une demeurée avec tes questions. Ressaisis-toi, que diable ! Dans deux minutes il aura disparu de ta vue et de ta vie certainement ! »

— Oui, j'ai découvert votre librairie en passant, par hasard. Je ne suis pas nantais, précisa-t-il.

— Ah…

« C'est tout ce que tu as à répondre ? Une vraie Bécassine, fais un effort tout de même ! Sinon, à coup sûr, il tourne les talons ! »

— Je me présente : Victor Durieux, je suis journaliste. J'enquête sur un sujet qui me tient à cœur et mes investigations m'ont mené à Nantes.

— Quel est ce sujet qui vous passionne tant et qui vous a conduit dans notre ville ?

La voix la rassura. « Tu le vois bien ! Ce n'est pas la mer à boire. Cet homme est accessible, même s'il exerce sur toi un effet renversant. »

— Excellente question, Madame ! Mademoiselle peut-être ?

— Euh… Oui… Mademoiselle, c'est ça !

« Mon Dieu, quelle cruche ! »

— Parfait ! Enfin je… je ne voulais pas… Bref, malheureusement, il m'est difficile d'y répondre en deux mots… Le sujet est tellement vaste !

« Tiens, lui aussi bafouille ! Si le sujet est si vaste, nous pourrions en discuter… pourquoi pas en déjeunant ensemble ? », suggéra la voix.

Victor Durieux ajouta :

— Si personne ne vous attend, permettez-moi de vous inviter à déjeuner. Ainsi, nous aurons le loisir d'en parler car je suis certain, vous y trouverez un intérêt, dit-il avec aplomb, comme si l'affaire était déjà entendue.

Pour Chloé, la proposition était inespérée.

D'habitude, osant, n'osant pas, elle était toujours dans l'hésitation. C'était un trait de son caractère. Or là, prise dans la confusion de ses sentiments, tout allait trop vite ! Sans trop réfléchir, elle se lança :

— Vous attisez ma curiosité. J'accepte avec plaisir. Mais avant, je ferme le magasin…

« Ouiii… Tu vois, ça marche ! Tu as eu ce que tu désirais secrètement. »

VII

Assis sur le trottoir, Michel Dupré était en pleine réflexion. S'il y avait un mode de vie qui ne lui convenait pas, c'était bien celui du centre-ville. Bien sûr, il s'était fait un ami. Du reste, celui-ci était à côté de lui, l'air de ne pas trop comprendre ce qui motivait le rejet de Michel Dupré.

Trop de bruit, de voiture, de monde, disait-il… Le mauvais climat relationnel avec ses semblables y était aussi pour beaucoup. Sa misanthropie n'était pas en reste non plus. Autant de raisons qui pesaient lourdement sur sa décision : il souhaitait retourner sur son île.

— T'es pas bien, ici ? Tu bouffes gratis tous les jours et plus qu'il n'en faut… Et tu veux te barrer sur l'île ? Franchement, t'es con, Robinson Curosé… non, Crurosé ! J'arrive pas à le dire !

Cela eut pour effet d'énerver Michel Dupré. Si son comparse lui avait attribué un surnom, il se devait de bien le prononcer. Montant sur ses grands chevaux, une fois de plus, il rectifia :

— Crusoé, Robinson Crusoé, nom de Dieu, c'est tout de même pas difficile à dire, quoi !

— J'ai pas fait d'études, moi ! lui rétorqua l'autre, un peu vexé tout de même.

— C'est pas une question d'études, ça relève de l'orthophonie !

— De l'or… quoi ?

Silence.

— La circulation, le bruit… ça ne me plaît pas ! Mais alors, pas du tout ! reprit Michel Dupré. Chui pas habitué, qu'est-ce que tu veux que j'y fasse, hein ? Tiens, passe-moi le kil ! Et puis, je vais te dire une chose : les autres, ils me plaisent pas avec leur sale gueule. Tous des sournois… Toi, t'es sympa, mais eux non… Tu comprends ?

— T'es devenu un sauvage sur ton île. Et va pas dire que t'es mieux à Beaulieu qu'à Talensac ! C'est pas possible, j'y crois pas, non et non ! Regarde le blé qu'on s'est fait hier à la gare. Eh bien, moi, c'est avec ça que j'assure mon carburant de tous les jours… Parfaitement, Cruosé… Non, c'est pas comme ça, non plus… et puis merde, à la fin !

Ils en avaient discuté tout l'après-midi, dressé un tableau des avantages et des inconvénients. Bref, un bilan à faire pâlir un comptable. Certes, si l'île offrait un attrait indéniable pour la tranquillité, pour autant, à lui seul, cet avantage ne compensait pas ceux des halles, loin s'en fallait ! Têtu comme une mule, insensible aux arguments de son compagnon, jusqu'à friser la mauvaise foi, Michel Dupré n'en démordait pas. C'était l'île, un point c'est tout !

Le départ aurait lieu dans deux jours, au plus tard. Il ne pouvait se permettre de déserter son abri plus longtemps, l'immobilier inoccupé se dégradait si vite… Et aussi, la crainte de tomber sur un squatter. Tout cela lui donnait de bonnes raisons de revenir au quai des Antilles. Et puis, il avait réfléchi à sa situation. Cette dernière n'était pas aussi préoccupante qu'il se l'était imaginé. Bien au contraire. De ce côté-là, son nouvel ami était de son avis : il n'avait rien à craindre. L'assassin ignorait totalement son rôle de témoin du crime et, de ce fait, bien loin de savoir qu'il connaissait aussi son nom, pour l'avoir entendu prononcer par la victime.

N'empêche…

— Oh, Double Queue, dis-y à cette andouille : faut pas qu'il parte…

L'animal leva un œil de compassion sur son maître, puis son postérieur en appui sur le macadam, il se gratta énergiquement l'oreille.

— Mais dis quêque chose, bordel !

Le chien se dressa subitement sur ses pattes et se mit à aboyer, comme pour dire à son maître qu'il en avait assez de ses discours d'ivrogne.

*

* *

Face à l'écran, Thomas visionnait, en compagnie de Paul Moreau, les fichiers de la vidéosurveillance du tramway emprunté par la victime du Jardin des

Plantes. Il souhaitait un arrêt sur une séquence précise : celle où l'on voyait la femme sortir de la rame. Paul Moreau revint en arrière. Les images saccadées défilèrent à rebours…

— Stop !

Thomas lui demanda d'avancer image par image. Un travail de recherche long et fastidieux.

— Stop ! ordonna-t-il une seconde fois.

Sur l'écran, la future victime était reconnaissable à ses vêtements. Le capitaine attira l'attention de Thomas sur un homme. Celui-ci se tenait près de la femme. Les bords rabattus de son chapeau de pluie masquaient son visage.

— À ce moment de la journée, le ciel menaçait seulement. Après, oui, un violent orage a éclaté, précisa le capitaine.

Ainsi, dans l'intervalle de quelques minutes, l'heure du crime avait été déterminée. Sur la séquence suivante, ce voyageur quittait également la rame à la station Gare Nord, juste derrière la femme. D'autres vues montraient toujours le même homme entrant, le visage toujours dissimulé par son chapeau, dans le tram à la gare Commerce. La femme pareillement, mais à l'extrémité de la rame. Durant le trajet, l'homme en question s'était rapproché d'elle progressivement. Ce déplacement avait particulièrement intrigué les policiers.

— Ces vues sont difficilement exploitables… admit Moreau. Nous avons un as de l'informatique dans les services, mais pour autant, les agrandissements n'ont pas permis d'établir le portrait l'individu avec certitude, le résultat est décevant.

— Hum… Si ce voyageur avait voulu se cacher des caméras, il ne s'y serait pas pris autrement. C'est ce que vous pensez ?

— On est tenté de le croire…

— Hum… Pas de lunettes ni de système pileux particulier, barbe ou moustache, pour l'identifier…

— Aux heures de pointe, les rames sont prises d'assaut à Commerce, la gare au cœur de la ville où se croisent les lignes. Sur la 1 se situe la station Gare nord. Celle-ci génère un trafic important. Là, beaucoup de clients descendent du tramway pour prendre le train. Or, c'était un dimanche, et ce jour-là, le trafic est moins dense, surtout en milieu de matinée.

Thomas ne savait que penser.

— Cet homme est descendu à cette station pour prendre un train et n'a probablement rien à voir avec le crime. Ou alors…

— Ou alors, il aurait pris un train, une fois son forfait commis, c'est ça ?

— Oui.

— C'est fort possible… admit Paul Moreau.

— La gare SNCF est sûrement équipée d'un système de vidéosurveillance… supposa Thomas.

— Bien sûr. Des caméras rotatives sont situées aux quatre coins du hall. Là aussi, nous avons visionné les enregistrements.

Aucun homme ne portait de chapeau identique, mais il avait très bien pu l'ôter… Ce qui avait amené les policiers à rechercher un individu de la même corpulence, vêtu de vêtements semblables. Aucune image ne l'avait révélé.

Le résultat s'était avéré nul. Les destinations des trains avaient été répertoriées et les chefs des trains, interrogés sans succès.

— Par ailleurs, il est possible de déjouer le système de surveillance de la gare. Il est facile de prendre le train sans se faire repérer, dit Moreau.

— Hum… S'être rapproché de la future victime à l'intérieur de la rame, c'est le seul reproche que l'on peut faire à ce voyageur. C'est maigre.

— Exact ! Et nous n'avons pas non plus la certitude qu'il ait suivi la femme jusqu'au Jardin des Plantes. Bref, rien ne permet d'identifier cet homme comme étant l'assassin.

— Hum… Seul, le SDF serait susceptible de nous informer…

— Tiens ! Parlons-en de ce fantôme, il est introuvable. De temps à autre, je passe au quai des Antilles pour vérifier s'il n'est pas revenu. J'ai pensé à une petite stratégie pour l'inciter à nous contacter… elle peut être efficace.

— Dites toujours…

— Par une annonce dans les quotidiens, sous la forme d'un avis de recherche ou d'un appel à témoin ou que sais-je encore ! Nous devons tout essayer !

— La presse n'est pas au courant de l'existence de ce témoin ?

— Non. Le commissaire a préféré taire l'information.

— Je le comprends. La divulguer comporte un risque, confirma Thomas.

— Comment ça, un risque ? Personnellement, je ne partage pas ce point de vue, reprit le capitaine.

— Celui de mettre cet homme en danger.

— Je ne vous comprends pas…

Pour Thomas, de passer une annonce dans la presse, c'était aussi informer le tueur. Et si ce dernier apprenait que son crime avait eu un témoin, il remuerait ciel et terre pour le retrouver.

— Nous-mêmes n'avons pas réussi avec les moyens et les effectifs mis à notre disposition, alors comment l'assassin y parviendrait-il ?

— Soit ! Alors, comment allez-vous procéder ?

— Un article avec, pourquoi pas, la promesse d'une récompense trébuchante. Notre homme se présentera spontanément au commissariat ou alors les langues finiront bien par se délier…

Thomas eut un petit rire. Le policier lui en demanda la raison. Il répondit qu'il imaginait déjà le commissariat transformé en dispensaire par la venue des SDF se gratifiant tous du titre de témoin pour toucher la prime.

*

*   *

À une heure avancée de la soirée, Thomas quitta son hôtel et partit à pied en direction du centre-ville. Son intention était de dîner à une terrasse.

Après avoir contourné le château par la rue Prémion, il traversa la rue de Strasbourg pour se retrouver au quartier du Bouffay grouillant de monde et où régnait une ambiance festive. Les ruelles piétonnes étaient bordées par les rangées de tables des restaurants. L'embarras du choix ! Pas pressé de s'attabler, il flâna un moment…

Du côté de l'église Sainte-Croix, un groupe de curieux encerclait deux musiciens. L'un à l'accordéon, l'autre à la clarinette, ils interprétaient une musique aux accords slaves.

Les odeurs de cuisine flottaient un peu partout dans les ruelles. De tous côtés, à satisfaire la clientèle, les personnels de service vivaient leur coup de feu.

Depuis qu'il avait délaissé les musiciens, Thomas ressentait une impression étrange au cours de sa déambulation, celle d'être épié. Il chassa cette pensée incongrue.

« Tu deviens parano avec l'âge. Ici, des yeux, il y en a partout ! » se dit-il.

Il consulta, çà et là, quelques suggestions de menus sans pour autant trouver à satisfaire son appétit du moment. À défaut, il se contenta d'une salade composée.

Sur le chemin du retour, vers l'hôtel, il passa cette fois devant la partie sud du château en longeant le cours John Kennedy. Alors qu'il arrivait à l'arrêt de tram Duchesse Anne, il ressentit de nouveau cette impression désagréable d'être épié. Sa raison lui jouait-elle des tours ? À part Duval et Moreau, personne d'autre n'était au courant de sa présence à Nantes !

Il s'arrêta à la station du tramway, se posta face au plan du réseau. Faisant mine de le consulter, il jetait en même temps des coups d'œil discrets en direction du château. Un groupe de personnes, marchant lentement dans sa direction, parlaient entre elles, commentaient les illuminations projetées sur la façade du château. Deux jeunes arrivèrent à sa hauteur en discutant avec véhémence. Ils poursuivirent leur chemin. Rien ne lui parut anormal…

« Curieux tout de même ! S'il y a un suiveur, il s'est immiscé dans le groupe. Comment pourrais-je le savoir ? », se dit-il. D'autant qu'avec la nuit, il distinguait mal.

Il repartit, marqua un temps d'arrêt au feu de signalisation avant de traverser la rue Henri IV. Par précaution, il se retourna une dernière fois, mais ne releva toujours rien d'anormal. L'hôtel était proche maintenant.

VIII

Aujourd'hui, Chloé remontait le rideau métallique avec une facilité qu'elle n'hésitait pas à qualifier de déconcertante. C'en était fini de ces épouvantables grincements qui alertaient le quartier.

« Formidable. Merci qui ? Merci monsieur Baron ! » plaisanta-t-elle pour elle-même.

Ce matin, la vie lui semblait particulièrement agréable, voire légère. Elle n'avait pas besoin d'entendre la musique relaxante du magasin pour être sur un nuage, celui du bonheur. Ah, quel homme, ce Victor Durieux ! Il avait tout pour lui : le charme, la gentillesse… La liste des superlatifs était loin d'être exhaustive ! Tout l'opposait au gringalet qu'elle venait de plaquer, se demandant encore comment ce dernier l'avait séduite. Rien, finalement, il n'avait rien ce pauvre garçon ! Un paumé, un timoré toujours souffreteux. Elle-même s'interrogeait sur son propre comportement. Comment en était-elle arrivée à subir les manies de ce partenaire ? Sinon, probablement, le besoin inconscient de materner. Elle ne trouvait pas d'autre explication à ce moment d'égarement dans sa vie. Cela aurait dû lui mettre la puce à l'oreille. Au début de la relation, ça commence toujours par un petit travers, on le pense anodin, on s'en amuse, on va corriger ça. Du moins, faire en sorte… Hélas, ce TIC ou ce TOC prend une proportion telle qu'il finit par vous révulser, jusqu'à vous faire tout envoyer promener un jour ! Ce qui était arrivé.

En tout cas, c'était terminé. Une fois pour toutes, elle devait chasser de sa tête ce triste épisode de sa vie.

Elle alla dans la réserve pour enclencher le tableau électrique, mit la sono, se saisit de l'aspirateur et commença à nettoyer le magasin avant l'arrivée des premiers clients. Ah ! Aujourd'hui, elle devait mettre en rayons les nouveautés des éditeurs et aussi commencer à élaborer le thème de la prochaine animation de la vitrine. Tiens ! Et pourquoi pas les religions et leurs courants ésotériques ? L'Islam et le soufisme, le judaïsme et la Kabbale, sans oublier, bien sûr, la chrétienté et l'Apocalypse de Jean ou encore l'ancienne Égypte avec ses écoles du mystère. Sur ce dernier sujet, elle mettrait en avant les livres incontournables, ceux de Isha Schwaller de Lubicz *Her-Bak "Disciple"* et "*Pois Chiche*", la biographie d'Akhenaton, le premier pharaon monothéiste. Ce n'étaient pas les ouvrages qui manquaient… Par ailleurs, cela collait parfaitement avec le thème de la prochaine soirée-débat. Ce serait aussi l'occasion de faire la promotion des reproductions des statuettes du musée du Louvre qui dormaient dans la réserve depuis un moment. Une manière de les écouler.

L'esprit accaparé par ce sujet et aussi le bruit fait par l'aspirateur firent qu'elle n'entendit pas le tintement de la sonnette de la porte d'entrée. Se rendant compte tout à coup de la présence d'un homme près d'elle, elle fit un bond et poussa un cri… C'était le facteur ! Mon Dieu, il lui avait fichu une de ces frousses ! À peine le courrier déposé sur le comptoir, il repartit aussitôt.

— Femme de ménage, femme en rage ! Je n'ai pas voulu vous déranger ! lança-t-il avant de refermer la porte après lui.

Elle arrêta l'aspirateur, porta sa main à sa poitrine. Son cœur cognait. Quelle frayeur ! Puis elle réalisa « Femme de ménage, femme en… C'est vraiment n'importe quoi ! » se dit-elle.

*

*   *

— S'il vous plaît, je m'apprêtais à partir !

Le contractuel affecté au stationnement du parking Gloriette sortit son carnet de PV de la poche arrière de son pantalon. Le stylo à la main, il consulta sa montre, nota l'heure, la date.

— Désolé, le tarif est le même pour tout le monde ! dit-il en relevant ensuite l'immatriculation du véhicule.

— J'ai été retardé ! J'étais juste en face, à la médiathèque, tenta de justifier Victor Durieux en désignant l'édifice.

Sans broncher, l'homme continuait à écrire. Victor Durieux tentait d'obtenir sa clémence.

— Vous le voyez bien, je ne suis pas de la région !

— Ce n'est pas une raison, finit-il par dire. Dans toutes les villes, c'est pareil.

Victor Durieux n'insista pas. Il avait tort et l'agent était inflexible. Le combat était perdu d'avance. Il écopa d'une contravention sous l'essuie-glace. Ses recherches à la médiathèque Jacques Demy s'étaient prolongées au-delà du temps prévu. De plus, il revenait bredouille… Aucune trace de ce cercle appelé L'affiliation Catholique*, créé en 1630 à La Flèche par un jésuite, le père Bagot, puis transféré à Toulouse par le père Vincent Le Meur en 1658. Or, cette société secrète toulousaine possédait plusieurs prieurés répartis dans les grandes villes, dont un à Nantes. Pourquoi un tel intérêt ? Parce qu'au cours d'une foire aux livres anciens, il avait mis la main sur un ouvrage se rapportant aux confréries de la région du Midi, dont celles du Languedoc plus particulièrement. Ce livre concernait la création des cercles de Pénitents à partir de 1571**.

---

*Cette société secrète, politiquement très active, comptait plus d'un millier de membres. Ces derniers prêtaient serment et juraient l'obéissance aveugle aux ordres ainsi que le secret absolu, même devant la justice. En cas de trahison, ils acceptaient le châtiment des traîtres, la mort. Faute de recrutement, elle disparut en 1844.

**Ce furent les premières sociétés créées, entre membres choisis, et adoptant la dévotion et la solidarité. Ainsi naîtront les premières mutuelles d'entraide. Depuis Louis XIII, tous les rois de France, à titre symbolique, comptaient parmi les pénitents bleus. Ces cercles s'opposeront à la réforme.

Il ne lui en avait pas fallu plus pour déclencher chez lui la fièvre d'en apprendre davantage. Depuis, c'était comme s'il tirait sur le fil d'une pelote. Cela l'avait conduit à la découverte de la très puissante, *AA*, *Associato Amicorum*, une société secrète, sorte de pieuvre aux nombreuses ramifications, puis d'autres comme Les Chevaliers de la Foi*, La Coterie des Fils Légitimes, L'Institut Philanthropique… pour ne citer qu'elles. Toutes prônaient l'entraide entre leurs membres, étaient ultraroyalistes et pratiquaient, plus ou moins, l'ésotérisme chrétien.

Depuis un an déjà, son enquête le conduisait dans des villes comme Bordeaux, Paris, Marseille, Lyon, Nîmes et Nantes aujourd'hui…

Ces organisations avaient tenu un rôle important dans la société française à partir du XVIe et jusqu'au XIXe siècle. Toutes n'avaient pas totalement disparu et subsistaient sous une autre forme, et avec d'autres idéaux, puisqu'il n'était plus question de légitimité du Roi.

Ses recherches, concernant le prieuré de Nantes, étaient dans l'impasse. Pour autant, il ne baissait pas les bras. Depuis qu'il s'était lancé dans cette aventure, avec le projet d'écrire un livre sur le sujet, la persévérance était une qualité essentielle, car rien n'était évident. Ainsi, au moment où il croyait aboutir, parfois il butait sur un impondérable, un vide quelquefois,

---

*Le maire de Toulouse, comte Joseph de Villèle, en fut membre en 1813.

puis il repartait sur une autre piste. Bien souvent, celle-ci apportait alors la réponse qu'il cherchait. Un univers secret et complexe qui permettait de mieux comprendre certains événements qui avaient marqué l'Histoire secrète de la France. Une véritable passion ! Les villes traversées au cours de son périple n'avaient plus de secret pour lui…

Il monta dans sa voiture, non sans avoir récupéré la contravention qui alla s'ajouter à d'autres dans la boîte à gants. Après qu'il eut ajusté le rétroviseur, se servant de ses doigts comme d'un peigne, il mit un peu d'ordre dans ses cheveux. Après quoi, il tourna la clé de contact, puis s'engagea dans la direction de la préfecture. Tout en roulant, il récapitula son emploi du temps… « Ah ! Très important, je dois aussi passer à la librairie. Cette fois, pour une invitation à dîner… Hier midi, au restaurant, je crois bien que j'ai tapé dans l'œil de la belle libraire. Physiquement, elle est plutôt bien. Elle a un je-ne-sais-quoi de ressemblance avec… avec qui, au fait ? Si ! Elle ressemble à une actrice de cinéma, disparue tragiquement dans la fleur de l'âge… Ah, comment s'appelait-elle ? » Il était incapable de se remémorer son nom.

La belle libraire vivait seule, elle n'avait pas de petit ami. Ça, elle le lui avait fait comprendre d'une manière subtile. Une femme seule, une proie toute désignée. Finalement, Nantes ne manquait pas d'attraits ! se dit-il.

Il se mit à siffloter en conduisant.

*
* *

— Oui, monsieur Baron, les ouvriers sont venus… Oui, le rideau fonctionne parfaitement. Il était temps, encore merci ! Bonne journée, monsieur Baron !

Chloé raccrocha le téléphone, puis reprit son travail.

Avant d'être interrompue, elle classait par rubriques les nouveaux livres réceptionnés, pour ensuite les répartir sur les étagères. Une littérature d'apparence hétérogène, qui n'en cachait pas moins un système de pensée unique. Quelques-uns des ouvrages, consacrés à l'ésotérisme, iraient renforcer ce rayon déjà bien fourni. D'autres constituaient le ferment de l'idéologie du New Age. Une bibliothèque bien garnie de recettes du bonheur : comment maîtriser sa vie, les techniques de la sophrologie*, le rebirth**, comment développer les forces qui sommeillent en nous, sans oublier la pensée positive ou encore l'astrologie etc. toujours sur un fond de mysticité – la formule « le microcosme est comme le macrocosme », si chère aux ésotéristes, n'étant jamais bien loin.

« Bref, le bonheur à portée de main, se dit-elle. Dans ce domaine, les techniques et les conseils pour y parvenir ne manquent pas ! Nous, pauvres Occidentaux,

---

*Technique de suggestion, de relaxation…

**Technique de relaxation et de respiration destinée à guérir le sujet des traumatismes de la naissance.

n'avons rien compris. Cette philosophie du New Age n'a pour but que d'appauvrir notre héritage culturel à travers la fusion d'éléments divers puisés dans la culture orientale. Les charlatans et les gourous tirent tous les avantages de cette supercherie intellectuelle. » Voilà ce qu'elle pensait en se dirigeant vers les étagères, les bras chargés de livres.

Quand elle eut fini, il lui en restait un pour lequel elle hésitait. Son titre : *Rennes-le-Château et son trésor**… Après celui des Templiers ou des nazis, les imaginations n'arrêtaient pas de s'enflammer. « Sous quelle rubrique le classer ? s'interrogea-t-elle. Les énigmes ? »

« C'est ça », elle opta pour les histoires étranges et les énigmes dont le rayon se situait dans l'aile droite du bâtiment.

Après avoir posé le livre sur l'étagère, la première de couverture bien en évidence, il s'agissait d'une nouveauté, elle ne put s'empêcher de jeter un coup d'œil sur la porte en bois. Du reste, c'était devenu un réflexe.

Depuis qu'elle travaillait ici, elle avait établi une sorte de relation avec cette porte et, de temps à autre,

---

*En 1891, l'Abbé Saunière aurait découvert un trésor dans l'église de Rennes-le-Château. Il aurait financé ainsi la construction de la tour Magdala et celle d'une énorme bâtisse, la villa Bethania. Il est plus probable que ces travaux aient été financés par des nobles de la région. L'évêque de Carcassonne somma l'abbé de rendre des comptes sur son train de vie, mais en vain. Saunière semblait jouir de protections en très haut lieu. Il fréquentait aussi les cercles occultes parisiens.

il lui arrivait, comme à l'instant, de s'adresser à elle : « Que peux-tu bien cacher ou receler de l'autre côté ? » À maintes reprises, elle avait bien essayé d'observer par le trou de la serrure, quand ce n'était pas par l'interstice entre le chambranle de pierre et le bois. Hélas, elle ne distinguait rien… C'était le noir le plus complet. Puis, avant de passer à autre chose, elle finissait toujours par dire : « Garde-le, ton mystère ! »

Elle revint dans la réserve pour reprendre son classement.

Soudain, fronçant des sourcils, elle reposa le livre qu'elle tenait à la main. Un signe troublant, auquel elle n'avait pas fait attention sur le coup, venait de lui traverser l'esprit.

Délaissant aussitôt son activité, elle retourna dans l'aile droite du bâtiment et fixa de nouveau la porte… Et plus précisément la poignée… Celle-ci n'était pas comme d'habitude. C'est-à-dire, parallèle au sol. Quelqu'un l'avait actionnée et elle était restée bloquée en position basse. De son épaule, elle exerça une forte poussée sur la porte ; d'un coup, la poignée remonta et retrouva sa position normale, révélant en même temps qu'on l'avait bien actionnée… À coup sûr, le geste d'un client à la curiosité mal placée, sans plus.

Décidément, cette porte la préoccupait, parfois même, elle se demandait si elle ne déraisonnait pas un peu. Après tout, que cette poignée fût en haut ou en bas, cela n'avait aucune importance !

Par ailleurs, la sonnette de la porte d'entrée du

magasin venait juste de tinter. « Allez, au travail, ma fille ! » se dit-elle.

Elle revint vers la caisse et se retrouva nez à nez avec Jansen, l'associé de Baron.

— Bonjour, Chloé !

Elle détestait sa manière d'être ! Bien sûr, il avait l'âge d'être son père, mais était-ce une raison de passer outre ? Il ne s'y serait pas pris autrement, s'il avait voulu l'infantiliser !

— Bonjour, monsieur Jansen… s'efforça-t-elle de répondre aimablement, bien que l'envie de lui dire ses quatre vérités fût au bord de ses lèvres…

Tandis qu'il laissait traîner son regard dans la librairie, elle l'informa : monsieur Baron venait juste de lui téléphoner, elle lui avait annoncé la réparation du rideau métallique…

— Hum ? exprima-t-il, sourcils froncés, hochant légèrement la tête… Ah oui, Baron, dites-vous ? Excusez-moi, je pensais à autre chose, Chloé. Quel est le prochain thème de votre réunion ?

— Les principales religions ou l'Égypte et les origines de la chrétienté. Je n'ai rien décidé encore… Le conférencier vient de Paris. Il développe la thèse selon laquelle le Christ aurait été initié aux mystères d'Isis et d'Osiris.

— Ah oui ! La fameuse thèse tirée du *Levitikon.* Soi-disant, une version gnostique de l'évangile de Jean, contestée par les spécialistes, et à laquelle les chapitres XX et XXI manqueraient…

— Je l'ignorais, avoua-t-elle.

— Des écrits trouvés chez un bouquiniste par un certain Fabré-Falaprat* qui s'est servi d'eux pour créer une église johannite néo-templière en 1828**. Cet ordre, lié à une loge maçonnique, Les Chevaliers de la Croix, du Grand Orient, contrairement à ce que l'on pourrait penser, n'avait rien de clérical ni d'ultraroyaliste, même s'il était fréquenté par des aristocrates.

— Selon vous, le *Levitikon* serait donc une supercherie ?

— Probablement… Il est difficile d'établir une vérité, ma petite Chloé. C'est une histoire très complexe… Il y aurait une confusion entre Jean l'évangéliste et le baptiste.

Mon Dieu, comme elle le trouvait désagréable avec cette façon de dire à chaque instant dans la conversation : « ma petite Chloé ! » Elle n'était plus une gamine ! Quel dommage, c'était pourtant un homme intéressant, il connaissait beaucoup de choses.

— Voyez-vous, ma petite Chloé, sur quels critères un collège d'ecclésiastiques a reconnu les quatre évangiles comme étant les seuls incontestables… À n'en

---

*Un médecin. Il prétendait à une filiation directe avec l'ancien ordre des Templiers par une charte rédigée en 1324 par Johannes Marcus Larmenuis, le successeur de Jacques de Molay. Une mystification selon les spécialistes.

**Cet ordre fut proche des milieux libéraux bonapartistes et orléanistes. Actuellement, il est connu sous le nom d'ordre souverain et Militaire du temple de Jérusalem. Cette inscription est taillée dans la pierre du château de Brest, le siège de la préfecture maritime.

pas douter, leur sélection a été arbitraire ! Ces écrits, les évangiles, ont été traduits du grec en latin, le *Levitikon,* lui, c'est le contraire. Il se serait ensuite transmis au fil des générations au sein d'une secte d'initiés, les Johannites, détenteurs de la véritable histoire du Christ… Certains datent ces écrits du XIe siècle, d'autres du XVe. Leur authenticité reste un mystère. Il s'agit sûrement d'une œuvre apocryphe* destinée à donner du crédit à une organisation secrète. Et, bien sûr, toujours avec une référence aux Ordres du Temple et de la Rose-Croix.

Il resta un moment songeur, puis ajouta :

— Votre conférencier vous éclairera peut-être sur le sujet… Vous attendez beaucoup de visiteurs ?

— C'est toujours difficile à prévoir. Je compte sur une vingtaine de participants, environ…

— Personnellement, je n'ai pas le temps d'assister à ces réunions À propos, François Baron y assiste-t-il, lui ?

— Il n'en manque pas une seule.

— Parfait ! Je vous laisse, ma petite Chloé, j'ai à faire !

Contenant son envie de lui manifester son agacement de l'entendre prononcer : « ma petite Chloé ! » elle bouillait intérieurement tout en gardant le sourire.

— Au revoir monsieur Jansen, à une prochaine fois !

Il sortit du magasin.

---

*Dont l'authenticité est mise en doute.

Hormis cette information sur le *Levitikon*, la visite inopinée de Jansen lui apparaissait, pour le moins, surprenante.

Elle ne put s'empêcher de le mimer, grimace à l'appui : « Et gnian, gnian, gnian, ma petite Chloé, et gnian… » Elle en était à cette réflexion quand, par la vitrine, elle aperçut Victor Durieux. Celui-ci se dirigeait droit sur le magasin. Un peu paniquée sur le coup, elle remit sa coiffure en ordre, ajusta son jean à la taille.

Et lui, toujours aussi mal coiffé ! Mais que dire ? Ça lui allait si bien ! Il entrait ! Dans la poitrine de Chloé, c'était une explosion.

— Bonjour ! lança Victor Durieux, d'un air de conquérant qui lui allait si bien, aussi.

— Bonjour, monsieur Du…

— Victor, Victor en toute simplicité ! Je passais tout près d'ici, alors je me suis dit : Victor, tu dois inviter cette charmante libraire à dîner !

Elle resta muette de surprise, puis bredouilla :

— Euh, je… C'est-à-dire que…

Allons bon, elle n'allait pas, une fois encore, se laisser envahir par ses tergiversations ! Ce fut lui qui coupa court :

— Taratata ! Vous ne pouvez pas me le refuser. Hier, au restaurant, nous n'avons pas terminé notre conversation. Voyons, oseriez-vous me laisser dîner seul ? Je ne connais personne dans cette ville, votre compagnie me sera agréable !

Comment résister à un tel déferlement de compliments ? Toutefois, elle n'était pas aussi naïve qu'elle le laissait paraître. Le coup du passage dans le quartier était certainement prémédité.

— Si c'est uniquement pour vous être agréable, je veux bien faire un petit effort ! répondit-elle, sous-entendant qu'elle n'était pas crédule à ce point, et non sans une pointe d'humour.

— Je ne connais même pas votre prénom…

— Chloé…

— Râââ-viii-sssant ! Eh bien, Chloé, je viendrai vous chercher à dix-neuf heures trente, ici, à la librairie. À plus tard !

« Il en fait un peu trop. Quel culot ! » se dit-elle.

Il disparut comme il était venu, par enchantement, laissant après lui un rayon de soleil dans le magasin.

Un peu retournée par cette visite impromptue, les gestes fébriles, elle se remit à trier les livres.

La sonnette de la porte d'entrée tinta. Un client entrait.

IX

Au volant de sa voiture, Thomas revenait du quai des Antilles. Ce matin, sa première initiative avait été de se rendre à l'abri du SDF.

Profitant de la nuit, ce dernier pouvait y revenir pour dormir. Hélas, aucune preuve n'était venue confirmer cette supposition. Les pierres, disposées par Thomas, étaient toujours sur les palettes. Pas une seule n'avait été déplacée.

À présent, il filait sur la voie de la Prairie au Duc, décidé à rejoindre rapidement la rue Gambetta où l'attendait le capitaine Moreau. Entre cette intention et sa mise en application, sur le parcours, il se heurta à pas mal d'obstacles.

Débouchant sur le rond-point de la République, à l'heure où les Nantais se rendent à leur travail, le piège de la circulation se referma très vite sur lui. Si une bonne dose de patience est le seul remède à ce genre de situation, rares sont ceux qui possèdent cette vertu. Thomas ne fut pas épargné par le coup de fièvre de l'automobiliste de base. Lui aussi avait tendance à considérer que ce sont les autres les mauvais conducteurs. Après bien des difficultés, et de nombreux détours aussi, il parvint enfin au pied de l'immeuble où avait habité la victime du Jardin des Plantes. Il se gara le long du trottoir.

À peine sorti de l'ascenseur, il se heurta au capitaine.

— Ah, vous voilà ! dit le policier. Je m'apprêtais à partir.

— Veuillez m'excuser, j'ai été retardé par les embouteillages… Je reviens du quai des Antilles.

— J'y suis passé aussi, de très bonne heure. Jamais un SDF n'aura reçu autant de visites… Alors, qu'en pensez-vous ?

— Du clochard ?

— Oui.

— Il a vraiment déserté son abri, confirma Thomas.

— C'est aussi mon opinion.

L'appartement était meublé avec goût. Rien à redire. En revanche, la propriétaire était une maniaque de l'ordre, c'était indéniable. Chaque objet donnait l'impression d'avoir une place.

Paul Moreau avisa Thomas.

— Le contenu des meubles a été passé au peigne fin et les documents personnels, vérifiés avec soin. Factures, relevés bancaires etc. Tout était parfaitement classé. Rien de surprenant, cette dame était comptable dans une société d'import-export avec les pays asiatiques. Son employeur, un Chinois, dit n'avoir jamais eu le moindre problème avec elle. Quant à la vie privée de son employée, celui-ci nous a dit tout ignorer.

Thomas examinait la pièce, tout en questionnant le policier.

— D'après Duval, elle vivait seule…

— Oui. Elle était divorcée depuis une quinzaine d'années. Son ex-mari vit à Cauterets, dans les Pyrénées. Nous l'avons joint, il est hors de cause.

— Pas de relation sentimentale ?

— Les voisins l'ont toujours vue seule.

— Hum… Pas de famille proche, non plus ?

— Si, une fille. Elle vit et travaille en Allemagne. Sitôt le décès de sa mère appris, elle est venue à Nantes. Elle logeait chez des amis, dans la périphérie de la ville. Nous l'avons rencontrée. Sa mère ne lui a jamais confié avoir reçu des menaces. Sa vie était des plus normale. Toujours selon sa fille, elle projetait de se rendre en Allemagne pour les vacances.

Tout en écoutant, Thomas réfléchissait. Puis il fit cette réflexion :

— La vie professionnelle et sentimentale de cette femme paraît tellement parfaite qu'elle en devient presque suspecte !

— Si vous faites mieux que nous, ne vous gênez surtout pas…

La remarque surprit Thomas.

D'une pièce à une autre, il poursuivait sa visite. Et, bien que les services de Duval eussent fait leur travail, il ne se priva pas d'ouvrir les portes et les tiroirs des meubles, de jeter un rapide coup d'œil à leur contenu, histoire de se faire lui-même son opinion.

Paul Moreau posa une question d'une manière quelque peu brutale. De nouveau, cela interpella Thomas.

— Votre métier ne consiste-t-il pas à définir le profil psychologique des assassins et non à reprendre le travail des enquêteurs ?

C'est vrai, Thomas reconnaissait qu'il débordait du cadre de sa mission. En même temps, de s'immerger dans la vie des victimes était nécessaire aussi. L'environnement des victimes était, plus qu'on ne le pensait, révélateur de précieux indices sur leur mode de vie, leurs habitudes, ce qui amenait à mieux les cerner psychologiquement. Par ailleurs, n'en déplaisait à Moreau, sa présence sur les lieux n'était pas fortuite, mais consécutive au manque de résultats des policiers. Il fut tenté de remettre le capitaine à sa place, mais s'abstint.

Après quoi, planté au milieu du salon, il s'attarda sur des bibelots décoratifs, des sculptures, et aussi sur des tableaux accrochés aux murs, des huiles représentant des paysages champêtres. Il se rapprocha de l'une d'elles, détailla la signature de l'artiste, puis passa à la suivante…

— Vous avez vu le nom de l'artiste sur les toiles ? fit-il remarquer au capitaine.

— Oui. Ne vous méprenez pas, c'est celui de la fille, confirma le policier.

— Ah…

Sur les étagères d'une bibliothèque, il passa en revue les titres des ouvrages. Des romans de la littérature française, classiques pour les uns, contemporains pour d'autres, et aussi quelques-uns à caractère religieux ou philosophique.

Non, de cette inspection, Thomas n'en ressortait rien de significatif, sinon de s'être fait une idée du mode de vie mené par l'habitante des lieux. Une femme qui travaillait, qui soignait son intérieur, qui aimait à se cultiver, qui appréciait l'art, qui… Bref, une vie on ne pouvait plus normale.

— À première vue, c'est décevant ! finit-il par conclure.

Le policier eut un haussement d'épaules.

— Je vous l'ai dit, nos équipes ont visité de fond en comble les pièces de l'appartement, elles n'en ont rien ressorti !

— Hum… Un indice, un tout petit indice doit nous échapper. Celui-ci est tellement banal que nous ne le voyons pas…

À la recherche de ce petit signe, Thomas tourna sur lui-même pour tenter une fois encore de le découvrir. Toujours rien.

À défaut, il se dirigea vers la baie vitrée du salon et écarta le rideau.

— Dites-moi, c'est le Jardin des Plantes, sur la droite, après le cimetière ?

— Exact, répondit le capitaine en s'avançant à son tour vers la porte-fenêtre.

— Une entrée du parc donne sur la rue de l'immeuble ?

— Oui, celle des serres. Du côté est, on peut aussi quitter le parc par la rue Cailliaud. En la remontant, on accède aussi sur le boulevard. En revanche, venant de la gare, il est plus agréable de traverser le parc du sud au nord. La femme a été assassinée, alors qu'elle suivait ce trajet pour regagner son domicile. Il n'y a pas l'ombre d'un doute là-dessus.

— En partant d'ici, je me rendrai au Jardin des Plantes pour me faire une idée plus précise de l'itinéraire. Demain, dans l'après-midi, pourrions-nous nous retrouver chez le professeur ? Je souhaiterais visiter également son appartement. Du moins, si c'est possible…

— Je suis à votre disposition. Là encore, je crains que vous ne rentriez bredouille…

— Peu importe, j'y tiens.

Thomas suivait son idée avec une sorte d'entêtement.

Il y eut un moment de silence durant lequel germèrent en lui des questionnements. Il se tourna vers le capitaine qui, lui, regardait le cimetière de la Bouteillerie par la baie vitrée.

— C'est curieux, ces analogies…

— Lesquelles ? demanda le policier en se retournant à son tour. Thomas livra le fond de sa pensée : les existences des victimes étaient en apparence, et jusqu'à preuve du contraire, aussi limpides les unes que les autres. Ces dernières n'avaient jamais fait parler d'elles, étaient d'une discrétion exemplaire d'après leurs voisins. Bref, des gens bien sous tout rapport ! Si tout les opposait : l'âge, le sexe, la profession, il en était autrement de leur mode de vie. L'un était veuf et l'une divorcée ; or, aucun des deux n'avait refait sa vie sentimentale. Du moins, on ne leur connaissait pas de liaison sentimentale. Ces personnes vivaient donc seules. Et du reste, la pianiste aussi, même si elle ne menait pas une vie de nonne.

Concernant cette femme, Thomas avait noté cette particularité : un ex-amant et un mécène, dont on ne savait pas si ce dernier entretenait une relation intime avec la victime, étaient décédés dans des circonstances particulières. Un suicide à l'arsenic et une chute mortelle…

— Le tueur le savait…

— Savait quoi ? demanda Moreau.

— Que les trois victimes vivaient seules ! Il est peut-être là le point commun. J'ai l'impression que tout ce beau monde se connaissait.

— Pas évident… Donnez-m'en la preuve et j'y croirai !

— Ce n'est qu'une intuition, Capitaine !

Celui-ci sourit. C'était bien insuffisant.

— Vous y croyez vraiment à ce suicide à l'arsenic ? voulut savoir Thomas.

— Jusqu'à présent, rien n'est venu contredire ce fait. Bien sûr, ça interpelle. Mais chez une personne dépressive, les moyens pour mettre un terme à ses jours ne procèdent pas nécessairement de la cohérence et échappent à l'entendement. Demain, en soirée, ça vous convient pour visiter le domicile du professeur ? proposa-t-il ensuite à Thomas.

— En soirée ? Oui.

— J'ai également lancé un avis de recherche dans la presse.

— Concernant le présumé témoin du quai des Antilles ? s'enquit Thomas.

— Oui.

— Hum… c'est de votre responsabilité…

— J'en ai parlé à Duval, il est d'accord. Est-il plus raisonnable d'attendre sans agir ?

— Non plus. Mais je vous ai donné mon avis sur la méthode : vous mettez la vie de cet homme en danger.

— Quel que soit l'endroit où il se trouve en ce moment, il ne court aucun risque. Nous n'avons pas réussi à mettre la main sur lui, alors je ne vois pas pourquoi l'assassin serait plus apte à le faire…

— D'accord, mais on peut très bien imaginer une conjonction des événements : si l'assassin lit la presse, il apprendra que son crime a eu un témoin et si ce dernier regagne tôt ou tard son abri, vous aurez réuni les acteurs d'un drame à venir.

— Quand bien même, il m'est impossible d'affecter un policier en permanence devant l'abri pour surveiller un hypothétique retour de son locataire. Au mieux, je peux demander aux patrouilles de nuit d'effectuer des rondes.

— Si vous y croyez réellement à l'efficacité de cette annonce… soit ! C'est de votre responsabilité.

— Nous devons tout tenter. Cet homme ne s'est tout de même pas évaporé !

*

* *

Huit heures avaient sonné au réveil depuis un moment déjà. Après avoir fait taire la sonnerie, dérogeant à ses habitudes, Chloé s'était accordé un moment de paresse. La nuit avait été courte, trop. Et, ô combien, exquise ! Elle s'étira dans le lit… Une fois n'étant pas coutume, aujourd'hui, le magasin ouvrirait avec cinq minutes de retard tout au plus. Un détail, voilà tout ! Cela ne bouleverserait pas le cours de l'humanité ! Bien qu'à présent, il fût grand temps de se lever, avant tout, elle allait préparer le petit-déjeuner. Ce serait une surprise pour lui, lorsqu'il ouvrirait l'œil.

À regret, elle se glissa hors de la couette et, nue, fila directement sous la douche. Cinq minutes après, vêtue d'un peignoir de bain, elle ressortait de la salle de bain pour préparer le café tout en essuyant de temps à autre ses cheveux à l'aide d'une serviette qui reposait sur ses épaules. Par la fenêtre de la cuisine, le ciel ne lui parut pas engageant.

« L'été a été annoncé maussade, il le sera », se dit-elle. D'ordinaire, son moral en aurait été affecté. Aujourd'hui, cela n'avait aucune importance pour elle, mais alors, absolument pas ! Deux jours avaient suffi pour qu'elle soit submergée par le bonheur. À présent, elle évoluait dans un état d'apesanteur. Une sorte de nirvana lui était tombée dessus, comme ça, alors qu'elle ne s'y attendait pas du tout ! Et si c'était trop beau pour être vrai ? Non ! Elle devait chasser cette rengaine défaitiste, savourer l'instant pleinement sans se soucier de l'avenir. Pourtant…

Si la veille on lui avait dit qu'elle aurait à préparer le petit-déjeuner pour deux, elle ne l'aurait pas cru ! Chacun de ses gestes était empreint d'une sorte de fébrilité, aussi un bol finit-il par lui échapper des mains et fit-il un boucan d'enfer lorsqu'il tomba dans l'évier en inox…

Réveillé en sursaut, Victor Durieux, se redressa dans le lit. Que se passait-il, où se trouvait-il ? En tout cas, pas dans sa chambre d'hôtel… Ah oui… Quelle nuit ! Après le dîner en tête-à-tête, la suite de la soirée s'était déroulée de façon on ne peut plus logique. Il se laissa retomber brusquement en arrière en faisant couiner le sommier. Le même bruit qui, à plusieurs reprises et en rythme, avait poussé sa plainte au cours de la nuit.

Évidemment ! Au fil de la conversation, concernant ses enquêtes à lui, Chloé avait dit posséder un livre : *Toulouse capitale mystique**. Quelle coïncidence, lui aussi venait de Toulouse ! Ce livre était devenu tout à coup indispensable à ses recherches, il souhaitait tant

---

*De Jean-Claude Danis, aux éditions L'Adret.

le consulter ! Ce n'était pas un problème, lui avait-elle assuré. Cet ouvrage, elle le lui prêterait volontiers. D'accord, mais quand ? Sans paraître pressant, il avait vraiment hâte de le lire. Qu'à cela ne tienne, devant l'urgence, elle pouvait s'arranger ! Ainsi, elle lui avait proposé de la raccompagner chez elle, aussitôt après avoir dîné, et elle le lui remettrait…

Il n'en espérait pas tant ! Ce livre tombait vraiment à point. C'était l'alibi inespéré, le sésame pour parvenir à ses fins ! Cela le fit sourire. De plus, il ne s'en plaignait pas, elle était plutôt agréable physiquement !

De retour dans la chambre, d'un geste énergique, elle écarta les tentures de la fenêtre pour laisser pénétrer la lumière du jour. La conséquence de l'effeuillage de la veille lui apparut alors. Ses vêtements étaient dispersés çà et là sur le plancher. Elle s'empressa de les faire disparaître.

La tignasse plus ébouriffée qu'à l'ordinaire, Victor Durieux, lui, émergeait de sa somnolence. Arborant un sourire un peu niaiseux, gêné par la clarté soudaine, il cligna des yeux.

À tâtons, il chercha ses lunettes sur le plancher. Ces dernières tout juste posées sur le nez, il repéra le plateau du petit-déjeuner. Servi au lit, la prestation était totale ! Quelque part, cela le dérangeait. Ça frôlait le cynisme de sa part…

Il se redressa, regarda autour de lui, sur le plancher, sous le lit.

Chloé lui demanda ce qu'il cherchait.

Son pantalon ! Où était passé son pantalon ? Hier soir, tout était allé si vite. Il était bien incapable de dire comment il s'était déshabillé. De plus, dans le noir…

— Le voilà, il est là, dit-elle en tirant le vêtement de sous le lit. Peut-être préfères-tu te lever pour déjeuner ? lui proposa-t-elle, pensant qu'il voulait s'habiller.

— Non, c'est juste pour prendre mon couteau. Il est dans l'une des poches.

— Ton couteau ? J'en ai mis deux sur le plateau, nous avons chacun le nôtre…

— Tss, tss ! Je ne démarre jamais la journée sans m'assurer de l'avoir.

« Mais, qu'est-ce que c'est que ce drôle de zig ? » se demanda-t-elle sur le coup. Après avoir subi celui avec ses chaussettes, voilà maintenant celui avec son couteau ! Décidément, elle avait le chic pour tomber sur des maniaco-fétichistes… À choisir, une paire de chaussettes était tout de même moins inquiétante pour elle… Enfin, pour l'instant, il n'y avait pas non plus de quoi en faire un drame, car pour le reste, le joueur de couteau était à classer dans la bonne catégorie…

Elle lui tendit son pantalon. Il tâta les poches, glissa sa main dans l'une d'elles et ressortit un canif de bonne taille. Après l'avoir regardé brièvement, il le serra dans sa main, comme pour se rassurer, puis le remit dans la poche.

— C'est quoi, cette manie ? s'enquit-elle en le regardant faire.

— Je te l'expliquerai…

Oui, elle ne demandait pas mieux !

L'instant d'après, il beurrait une tartine grillée en se servant de l'un des couteaux disposés sur le plateau. Non du sien. C'était à n'y rien comprendre !

— Depuis combien de temps es-tu à Nantes ? s'enquit-elle.

— Trois semaines environ. Au gré de mes recherches, il m'arrive de m'absenter… Puis je reviens.

— Et ces recherches, elles vont déboucher sur quoi ?

— Sur un livre…

Chloé ne releva pas.

— Le travail en amont est fastidieux… J'y prends, avant tout un grand plaisir. Ton petit-déjeuner est excellent !

— Merci.

— Le reste aussi, ajouta-t-il d'un air polisson. Puis de poursuivre : tu imagines la torture du type qui veut écrire un livre, uniquement pour en écrire un ? L'enfer !

— Oui, ça n'a aucun sens…

— Ton appartement est bien décoré.

Elle ne réagit pas, continua de déjeuner. Ce qui la frappait, chez lui, c'était sa promptitude à changer de sujet de conversation, pareil à un pianiste faisant des gammes.

— Je me dépêche, je dois être à l'heure à la librairie. Tu peux prendre tout ton temps, si tu le souhaites. En partant, tu mets la clé dans la boîte aux lettres, lui recommanda Chloé.

— Ton patron est rigoureux sur les horaires ?

— Depuis que je travaille à la librairie, il n'a jamais eu de remarque à me faire sur ce sujet. J'ai toujours été ponctuelle.

— Il est sympa ?

— Ils sont deux. Baron, le gérant, est plutôt cool, oui. C'est à lui que je rends compte de mon travail. Jansen, son associé, me plaît moins… Un type bizarre.

— À quel point de vue ?

— Je ne le sais pas moi-même. Comment te dire ? C'est indéfinissable. Quand il vient au magasin, il ponctue chacune de ses phrases par « ma petite Chloé » par-ci, « ma petite Chloé » par-là. Elle mima en grimaçant ; chaque fois qu'elle y pensait, elle ne pouvait s'empêcher de l'imiter… Il m'horripile, tu comprends ! Je n'ai pas d'atomes crochus avec lui, voilà tout !

Il éclata de rire.

— Moi, à force, ça ne me fait plus rire du tout, se plaignit Chloé.

— Et tu les vois souvent ? insista-t-il.

— Nooon ! Heureusement ! C'est très irrégulier, sauf pour Baron, lui passe systématiquement toutes les fins de mois pour les comptes.

Elle le regarda, étonnée.

— Dis donc, il t'intéresse tant, mon travail ?

De nouveau, il se mit à rire. Puis il prit le plateau, le déposa sur le sol. Il glissa sa main entre les pans de la robe de chambre de la jeune femme. D'un mouvement brusque, elle fut sur pied. Ce n'était plus le moment, sinon elle serait franchement en retard…

— Ton livre sur Toulouse, celui auquel tu tenais tant hier soir, tu t'en souviens au moins ? ironisa-t-elle.

— Bien sûr !

— Eh bien, il est sur l'une des étagères de la bibliothèque !

Elle disparut pour s'habiller.

Cinq minutes plus tard, elle dévalait l'escalier de l'immeuble, le cœur en fête.

*

*   *

Traversant le parking de l'Île Gloriette, Michel Dupré poussait son landau d'un pas lent. On eût dit qu'il avançait, la mort dans l'âme. Ce qui n'était pas loin de la vérité.

Ce matin, il était parti très tôt des halles de Talensac. Dans une ultime tentative, son ami l'avait mis en garde : retourner au quai des Antilles c'était aussi revenir sur les lieux du crime. « Cela ne se fait pas, n'importe qui sait ça ! » lui avait-il conseillé.

Usant de son langage, il lui avait rétorqué qu'il s'en foutait royalement, tout ça n'était que des conneries ! D'ailleurs, tous deux en avaient longuement débattu, alors il n'allait pas tout remettre en question. Il ne risquait absolument rien. Et du reste, son ami l'avait conforté dans ce sens. Il ne s'était pas privé de le lui rappeler.

— J'ai jamais dit ça ! avait nié faussement le maître de Double Queue, dans sa démarche pour retenir Michel Dupré.

Lui s'était emporté.

— Ah si, c'est toi, bordel !

Et ainsi de suite. Un dialogue de sourds, comme d'habitude ponctué de gorgées de rouge, qui n'avait mené à rien. Quand on est un homme de la rue, on se doit de ne pas étaler ses sentiments. Surtout, et quoi qu'il en coûte, les garder pour soi, ravaler sa fierté, taire son souhait de ne pas voir l'autre partir. Si le maître de Double Queue le lui avait énoncé clairement, Michel Dupré aurait peut-être fléchi, va savoir ! Hélas, il n'en avait rien été. Un peu déçu, surtout après avoir annoncé son départ comme indispensable, il ne pouvait le remettre à plus tard. De part et d'autre, les choses en étaient restées là. On s'était séparés.

Or là, il commençait un peu à le regretter, ce départ. Déjà, il sentait le rafraîchissement de l'air, le fleuve courait le long du quai de la Fosse, non loin d'ici. Ensuite, il emprunterait le pont piétonnier sur vérins, face au palais de justice. Et là, il poserait de nouveau le pied sur l'île. Chez lui, quoi !

Il marqua une pause pour prendre sa bouteille de vin dans le landau. En avalant sa gorgée, il avisa deux policiers, leur carnet à souches à la main. Une idée un peu folle lui traversa l'esprit : pourquoi ne provoquerait-il pas un incident pour se faire conduire au poste ? Là, à demi-mot, il leur ferait comprendre qu'il détenait un secret. Ils seraient aux petits soins pour lui, le cajoleraient même. Tiens, avec un peu de chance, il tomberait sur une femme flic qui lui consentirait une séance de "câlinothérapie"… Il serait enfin quelqu'un d'important. Le moment d'exécuter son plan ne pouvait plus attendre…

— Mort aux vaches ! se mit-il à brailler.

L'un des policiers se retourna, regarda son collègue, puis acheva de remplir la contravention, comme si de rien n'était.

— Mort aux cons !

Le policier se retourna de nouveau vers l'énergumène. Visiblement, le pauvre bougre cherchait à se défouler sur eux. Les moyens légaux de rétorsion n'avaient aucune prise sur un SDF, c'était peine perdue, il le savait. Pas plus qu'il n'avait l'envie de le prendre en charge dans la voiture de service, toute rutilante. Un nouveau modèle tout juste affecté aux missions.

— Maintenant, ça va, on t'a assez entendu !

Michel Dupré ne comprenait plus.

— Ben quoi ! Vous m'embarquez pas ?

— Désolé de te contrarier, mais c'est non !

— J'suis l'témoin de quèque chose… Parfaitement ! soutint-il en pointant son index sur les policiers, en signe d'avertissement.

— Pourquoi pas, certains se disent bien Témoins de Jéhovah ! répliqua le policier, se croyant malin lui aussi.

Cela fit tordre de rire son collègue, prêt même à se taper sur les cuisses.

— Ben merde alors… Tas de faignasses ! insista-t-il.

— Bon, ça suffit ! Maintenant, tu nous laisses travailler !

Tout foutait le camp ! Même les flics ne réagissaient plus quand on les insultait. Mais bon sang, où allait le monde ? Pour le coup, il en resta muet d'étonnement. Non, décidément, rien n'était plus comme avant. Il reprit une rasade de vin pour s'en remettre. Les policiers, eux, étaient remontés dans leur véhicule, ils s'éloignaient du parking.

Dépité, il les gratifia d'un magnifique bras d'honneur. Il venait de rater son coup… Tout bien réfléchi, il était mieux sur son île, loin de tous ces fous. Il chassa définitivement de sa tête l'image de la femme flic le câlinant. Depuis bien longtemps, la tendresse avait disparu de sa vie.

Après quoi, déviant de l'itinéraire qu'il s'était fixé, il poursuivit son chemin le long du quai de la Fosse, côté fleuve, en direction du pont Anne de Bretagne.

*

*   *

En fin de matinée, quand les deux policiers rentrèrent au commissariat, ils ne purent s'empêcher de raconter à leurs collègues l'anecdote du clochard, sans oublier la réplique, de l'un d'eux, concernant les Témoins de Jéhovah. Cela fit rire beaucoup. Comme peut circuler n'importe quelle boutade sur un lieu de travail, celle-ci chemina dans le commissariat jusqu'à tomber dans l'oreille d'un policier plus consciencieux. Le commissaire Duval n'était-il pas sur la piste d'un SDF, spectateur d'un crime malgré lui ? Or, un clochard s'était vanté d'être le témoin de faits importants ! Était-ce un simple délire dû aux effets de l'alcool ou la vérité était-elle sortie du fond de sa bouteille ?

Dès qu'il fut prévenu, il n'en fallut pas plus à Joseph Duval pour provoquer le branle-bas de combat. Des patrouilles s'organisèrent. L'individu à présent identifié, un peu de chance aidant, on allait peut-être lui mettre la main dessus…

*

*   *

Durant combien de temps avait-il dormi, allongé sur ce banc près de la capitainerie ? Michel Dupré aurait été bien incapable de le dire quand il souleva une paupière, puis l'autre. En tout cas, le soleil avait fortement décliné. Où était-il ? Dans le fond, de le savoir lui importait peu. D'ailleurs, en se redressant, en face, sur l'autre rive, il venait d'apercevoir le palais de justice. Donc il était toujours quai de la Fosse.

Le pont enjambant le fleuve était à deux pas de là. Pour autant, il ne se sentait plus le courage de le franchir pour regagner son île, même s'il s'était fait la promesse de dormir sous son abri cette nuit.

Reprenant peu à peu ses esprits, quelque chose ne tournait pas rond, se dit-il. C'était indéfinissable, il chercha…

Voilà, il réalisa enfin, c'était l'animation urbaine qui l'avait tiré de son somme. Une sorte d'excitation régnait dans la ville. Alors qu'il dormait, toute cette agitation avait envahi sa tête. Elle semblait être partout dans la ville. On eût dit une chasse à l'homme organisée. Au loin, on entendait les sirènes d'alarme des véhicules. D'ailleurs, peu de temps après, juste derrière lui, une voiture de police passa sur le boulevard, avertisseur hurlant.

Que se passait-il ? D'accord, il l'admettait, ce matin, il avait un peu exagéré avec les flics, mais bon, ce ramdam, ce n'était tout de même pas pour lui ? Quoique… N'était-il pas quelqu'un d'important, porteur d'un secret ? Ce matin, lorsqu'il le leur avait dit, ils n'avaient pas voulu le croire. Pire, ils s'étaient moqués de lui ! Et à présent, peut-être bien qu'ils lui couraient après. Il ne lui en fallut pas plus pour ricaner de satisfaction. Ça, son pote devait à tout prix l'entendre !

Remettant à plus tard son projet de retour au quai des Antilles, il fit demi-tour et remit le cap vers les halles.

Sans oser se l'avouer franchement, il tenait là un

bon prétexte pour revenir la tête haute à Talensac. À la condition de se faire discret pour y parvenir…

Les retrouvailles aux halles furent tout d'abord l'occasion d'un échange de quelques railleries bien gratinées.

— Si, j'leur ai dit aux flics, parfaitement ! se mit à gueuler Michel Dupré pour conclure la narration de ses exploits du matin. Le commentaire qui suivit révéla le fond de sa pensée :

— Mais toi, ça t'emmerde de reconnaître que t'es content de me revoir, hein ?

— Et toi, de me dire que t'es revenu parce que t'avais la trouille de te retrouver seul, une fois de plus, comme un con sur ton île ! Dis voir un peu que c'est pas vrai non plus ?

Plus bourrique qu'eux, c'était difficile. Aucun ne confessa la satisfaction qu'il avait à retrouver l'autre. Ils en restèrent là. En revanche, une décision importante fut prise et sa mise en exécution prévue dès le lendemain. Et sans faillir cette fois…

X

Entendant le tintement de la sonnette de la porte du magasin, Chloé se retourna.

— Bonjour Chloé, comment allez-vous ?

— Bien, monsieur Baron, parfaitement bien, et vous ?

Mimant un mouvement de recul, l'esquisse d'un sourire complice au coin des lèvres, il la dévisagea d'un œil interrogateur.

— Dites-moi, Chloé… cela ne me regarde pas, mais vous ne seriez pas amoureuse, hein ?

Gênée, elle ne savait plus où se mettre.

— On ne peut rien vous cacher, monsieur Baron !

— Ah, l'amour ! Moi, je l'ai rencontré tardivement. Je parle du véritable amour. Quel état merveilleux ! C'est une alchimie de sentiments, ils rayonnent en vous et vous font pousser des ailes, abattre les montagnes ou que sais-je encore…

« Quel lyrisme pour décrire un sentiment normal ! » se dit-elle.

— Attention tout de même, Chloé… Restez prudente ! Bien, passons à un tout autre sujet, beaucoup plus terre à terre celui-ci.

— Les comptes de fins de mois, je présume, monsieur Baron ?

— Exact, Chloé.

— Vous allez être ravi, le chiffre d'affaires a progressé une fois de plus !

Il pianota sur le clavier de la caisse informatisée.

— Formidable, Chloé ! J'ai pour projet d'ouvrir une seconde librairie, à Angers, cette fois. Dans un premier temps, vous formerez l'employée, ici à Nantes. Par la suite, je vous confierai le suivi de ce nouveau point de vente. Le moment venu, nous étudierons l'évolution de votre rémunération. Êtes-vous d'accord ?

— Bien sûr, monsieur Baron.

— Pour le principe, j'en parlerai à Jansen…

— À ce propos, monsieur Jansen est passé au magasin en début de semaine…

— Ah ? Pour acheter un livre ?

— Non, il passait non loin de la librairie, alors il…

— Tiens donc ? l'interrompit François Baron, surpris.

Ce fut au tour de Chloé de s'interroger sur la réaction de son patron.

Que Jansen soit passé à la librairie n'avait rien de surprenant en soi.

« Oh, après tout, cela ne regarde qu'eux », se ditelle.

Elle prévint François Baron, elle se rendait dans la réserve pour préparer les commandes reçues sur le site Internet, le coursier n'allait pas tarder.

— Je vous en prie, Chloé. Si vous avez un travail urgent, faites-le ! Pendant ce temps, je jette un coup d'œil aux rayonnages.

« Comme chaque fois que tu mets les pieds ici », pensa Chloé en disparaissant dans la réserve.

À peu de temps d'intervalle, deux clients entrèrent. Chaque fois, Chloé regardait par l'entrebâillement de la porte, elle ne la fermait jamais complètement. Cela lui permettait de garder en même temps un œil sur le magasin. Elle avait reconnu l'un des deux clients. Elle le laissa faire son choix.

François Baron, lui, s'était désintéressé du contenu des rayonnages. Laissant son regard errer, il semblait réfléchir à des projets d'aménagement. Puis elle le vit s'approcher de la réserve.

— Chloé ! chuchota-t-il, comme s'il craignait de troubler la sérénité des lieux.

— Oui ?

— Je m'en vais… Pour la prochaine conférence, n'oubliez pas de me prévenir !

— Je n'y manquerai pas. Je la prépare, monsieur Baron. Je suis en relation avec un intervenant parisien. C'est promis, je vous tiens au courant.

— Parfait. Et quel sera le thème ?

— L'Égypte et les origines de la chrétienté. J'attends une confirmation.

Elle avait l'impression de se répéter. N'avait-elle pas tenu exactement les mêmes propos à Jansen, lorsque celui-ci était passé la voir la fois dernière ?

— Intéressant, très intéressant ! Vous me communiquerez la date par courriel. Comme d'habitude, je serai là. Au revoir et bon courage !

Elle sortit de la réserve pour le saluer. Sa manière d'être était totalement opposée à celle de Jansen ! Si François Baron avait l'esprit ouvert, dynamique, avec toujours des projets fourmillant en tête, en revanche, son associé c'était tout le contraire. Lui était plutôt distant, paraissait l'air toujours soucieux, voire tracassé par quelque chose. Pourtant, François Baron et Jansen avaient sensiblement le même âge et l'on pouvait se demander comment ces deux hommes, aux caractères si différents, avaient pu s'associer dans cette affaire.

*

*   *

Thomas patientait devant l'un des immeubles du boulevard Guist'hau, là où avait vécu le professeur d'Histoire, quand le capitaine se présenta au volant d'une Renault grise à l'aile cabossée, le gyrophare en action. Il se gara à cheval sur le trottoir étroit.

Il serra la main de Thomas, le pria de l'excuser pour ce contretemps. Comme il l'avait précisé dans son message téléphonique, laissé sur le portable de Thomas, hier en fin d'après-midi, un vent de folie avait soufflé sur le commissariat.

Il se fit plus précis. Il s'en était fallu de peu qu'ils

mettent la main sur le fameux témoin, celui qu'ils recherchaient depuis des mois, telles des fourmis obstinées. Si seulement l'information leur était parvenue plus rapidement, cela aurait pu se faire ! Depuis, ils étaient à l'affût.

— Votre annonce a donc porté ses fruits ?

— Vous n'y êtes pas du tout, c'est le hasard !

— Vous avez retrouvé sa trace, alors ?

La certitude n'étant pas là, le capitaine répondit :

— Il se pourrait…

C'était à prendre au conditionnel. Un clochard, à demi ivre, avait agressé verbalement deux policiers distribuant des PV à des voitures mal stationnées. L'individu s'était prétendu témoin d'un fait important, or, il s'était fait rabrouer par les agents. Quelle guigne les tenait ? Un manque de bol total, auraient dit certains. Ils étaient à deux doigts de la vérification !

— Et vous n'avez pu la faire parce que vous avez raté votre homme de peu… présuma Thomas.

— Hélas, oui !

Et il expliqua comment l'information était remontée jusqu'à Duval.

— Où a-t-il été localisé ?

Le capitaine indiqua le lieu à Thomas, puis relata la scène rapportée par les deux policiers. Un homme assez grand, poussant un landau, dit-il. Les doigts d'une seule main suffisaient amplement à recenser ceux qui possédaient un tel engin. C'était le point positif. Mais voilà, un autre l'était beaucoup moins, le personnage s'était évanoui à nouveau, ramenant la confiance, un temps retrouvée, à une peau de chagrin.

— À présent, nous avons son signalement, nous finirons bien par le choper, ce bougre ! conclut le capitaine en introduisant la clé dans la porte de l'appartement.

Une légère odeur de renfermé flottait dans le vestibule. Le logement semblait spacieux. Les hauts plafonds n'étaient pas étrangers à cette perception. Une pièce, la plus grande, avait été divisée par une cloison : salon et partie repas. Il y avait aussi un bureau, une cuisine, voilà pour les lieux à vivre. Plus une chambre et la salle de bain.

Thomas ne s'attarda pas dans la chambre, équipée du strict nécessaire. Il la verrait plus tard. Avant tout, le bureau retenait son attention. Les étagères croulaient sous le poids des livres et sur trois pans entiers de murs ! Seul, celui situé derrière le fauteuil du bureau était épargné. Une carte de la France y était fixée. Des punaises à tête colorée étaient fichées sur des villes des départements de l'Ouest.

— Il voyageait ? s'informa Thomas.

— Probablement… Une manière comme une autre d'occuper son temps disponible de retraité… Quant à savoir ce qui l'attirait dans les villes mentionnées sur cette carte, plusieurs hypothèses ont été envisagées, pas une n'a été retenue, sauf le tourisme.

— Avait-il de la famille ?

La femme du professeur était décédée à la suite d'une longue maladie. Les enquêteurs l'avaient appris par les voisins. Sinon, pas d'enfants, plus de fratrie non plus, sa seule parenté était un lointain neveu…

Rien de plus que ce qu'il savait déjà par Duval.

— Hum, acquiesça Thomas succinctement, passant en revue les titres des livres, tout en continuant à interroger Paul Moreau qui, en retour, lâchait ses réponses de manière laconique en regardant l'animation du boulevard par la fenêtre.

Le policier ne cachait pas son désintérêt pour les recherches entreprises par Thomas, comme si l'appartement n'avait plus rien à révéler. Tout au plus le capitaine se tenait-il disponible.

Des livres, il y en avait partout, c'était une folie ! Toutes les périodes de l'Histoire de France, puis des pays européens. L'Égypte pharaonique occupait une place importante, l'époque des campagnes napoléoniennes aussi… Sur le bureau, Thomas remarqua quelques objets décoratifs sans valeur, des accessoires nécessaires à l'agrafage et la reliure. Quelques dossiers étaient entassés pêle-mêle sur un angle du bureau opposé à celui de l'écran de l'ordinateur.

— Il est inutile de vous demander si l'ordinateur à fait l'objet d'un intérêt tout particulier de la part de vos services ? avança Thomas en cachant son irritation.

Le capitaine cessa d'observer la rue. Un demi-sourire aux lèvres, il fit face à thomas.

— Bien sûr ! Nous avons surtout relevé des dossiers sur l'Égypte ancienne, notamment sur la conduite des rites initiatiques liés aux écoles du mystère*, ils ont été extraits des livres qui sont sur les étagères. La passion de cet homme, puisqu'il était professeur d'Histoire… On peut tout imaginer, notamment qu'il s'apprêtait à rechercher un trésor, comme celui de Toutankhamon par exemple. Mais je vous rassure, la légende ne s'est pas répétée** ! Il eut un petit rire et se reprit : Non, le contenu du disque dur ne présente aucun intérêt pour l'enquête.

Moreau commençait à lui taper sur les nerfs. Tout avait été fait, dit, vérifié… Si c'était le cas, Thomas était à deux doigts de lui dire que sa présence à Nantes n'était pas indispensable. Il était aussi bien à farnienter sur la plage de Pentrez ! Mais n'était-il pas venu à la demande du commissaire ? Alors, il se contint.

Il quitta le bureau pour inspecter la dernière pièce, la chambre.

*

*   *

Chloé terminait un emballage cadeau pour une cliente. Un autre entrait alors qu'elle collait la petite rosace décorative sur le paquet. Elle leva la tête et

---

*Ces écoles ont existé dans toutes les civilisations (Exemple : chez les Grecs, les mystères d'Éleusis…)

**Ceux qui ont découvert le tombeau de ce pharaon ont connu une mort prématurée, voire inexpliquée pour certains. Ce qui est vrai. Mais faut-il y voir forcément un lien de cause à effet ? Cela ajoute du mystère à l'affaire, le mythe perdure.

reconnut aussitôt un habitué. Celui dont le comportement lui paraissait anormal, du moins qui ne correspondait pas du tout à celui de la clientèle habituelle.

« Ce n'est qu'une impression idiote. Si ce malheureux savait ce que je pense de lui… », se dit-elle.

— Voici, Madame ! Cela fait vingt-trois euros, annonça-t-elle. Avez-vous notre carte de fidélité ?

— Non !

— Si vous le souhaitez, je vais vous en établir une, ainsi vous bénéficierez d'une remise sur vos prochains achats. Vous serez également informée par courrier de nos nouveautés et aussi de nos animations…

Rapidement, elle exposa à la cliente la tenue de mini-conférences, suivies de débats, organisées certains soirs au magasin. « Oui, pourquoi pas », accepta la femme. Trois minutes, pas plus, suffirent à Chloé pour lui délivrer une carte.

— À bientôt, Madame !

« Bien, où donc est passé ce client ? Probablement au fond du magasin… Ah oui, le voilà qui apparaît sur l'écran de surveillance… »

Il explorait les rayons, s'arrêta, prit un livre, le feuilleta.

Elle devrait lui donner un surnom ! En tout cas, pour lui, pas question de carte de fidélité. Ne voulant entendre aucun des arguments lui vantant les avantages d'en posséder une, d'emblée, il l'avait refusée ! Voyons voir… Ne le connaissant pas, c'était donc pour elle un inconnu. En latin, cela donnait : *incognitus*.

« Très bien. Va pour *Incognitus*, ça lui convient parfaitement ! » se dit-elle.

À peine eut-elle fini sa réflexion, le client, l'*Incognitus* en question, se rapprochait de la caisse.

— Bonsoir !

À son tour, elle le salua. Il lui tendit un livre, elle scanna le code-barres, glissa l'ouvrage dans un sachet avec le ticket de caisse, remit le tout au client qui, lui, en retour, régla avec un billet de vingt euros.

— Merci, dit-il en récupérant sa monnaie.

Le titre n'avait pas échappé à Chloé.

« Tiens, se dit-elle, *Bréviaire du Rose-Croix**... »

Elle le regarda s'en aller. Aujourd'hui, il avait fait un achat. C'était rare...

Elle avait hâte de finir sa journée, une seule idée lui trottait en tête, retrouver Victor. Elle jeta un coup d'œil à sa montre – d'ordinaire, un geste qu'elle ne faisait pas – l'heure de la fermeture n'allait plus tarder. Elle pria le ciel de ne pas subir un client tardif. En attendant, elle entreprit de remettre un peu d'ordre sur les étagères. Cela l'avancerait sur le travail du lendemain, à l'ouverture. Ensuite, il ne lui resterait plus qu'à

---

*Du docteur Édouard Bertholet, aux éditions Genillard de Lausanne. Bertholet était un admirateur de Joseph Péladan, fondateur d'un Ordre de la Rose-Croix du Temple et du Graal, qui compta dans ses sympathisants, Jean-Paul Roux, Élémir Bourges, un des fondateurs de l'Académie Goncourt, Barbey d'Aurevilly, Erik Satie... Péladan était un catholique qui s'opposait à l'affairisme judaïque et à la laïcité de la franc-maçonnerie.

éteindre l'électricité et, enfin, elle mettrait un terme à cette journée en baissant le rideau.

Elle constata pas mal de désordre sur les étagères. C'était pour elle un désagrément, beaucoup de clients ne se donnaient même pas la peine de remettre les ouvrages à leur place après les avoir consultés. Elle y voyait là un manque de respect envers son travail. Mais bon…

D'un rayon à l'autre, y mettant bon ordre, elle se retrouva dans l'aile droite du magasin. Là où se trouvait la porte de bois. Tout en regardant cette dernière – c'était devenu une manie – elle s'apprêtait à pousser de son index un livre, afin de bien l'aligner avec ceux de la rangée, quand elle figea son geste… Ses yeux étaient braqués sur la poignée. Délaissant son activité en cours, inconsciemment, elle recula d'un pas, comme si elle s'attendait à ce que la porte s'ouvre brusquement.

Non, elle ne rêvait pas ! Une fois de plus, cette poignée n'était pas à sa place. C'est-à-dire dans la position horizontale, telle qu'elle l'avait vue la dernière fois, au tout début de l'après-midi, après qu'elle eut ouvert la librairie et fait le tour du magasin comme à son habitude !

Quelque chose d'indéfinissable et d'hostile à la fois, lui semblait-il, prenait possession des lieux. Elle se sentit mal à l'aise. Puis, elle se traita d'idiote. Elle pouvait se tromper aussi… Elle nourrissait une peur qui n'avait pas lieu d'être et se demandait si elle n'était pas tout bonnement en train de basculer doucement dans une sorte de paranoïa, réalisant combien un simple objet, en l'occurrence une poignée de porte, pouvait l'entraîner dans la spirale d'une obsession destructrice.

Elle en était là, lorsqu'elle sursauta au tintement de la sonnette de l'entrée. Son cœur se mit à cogner.

— Il y a quelqu'un ?

Elle reconnut la voix et éprouva une sorte de soulagement de n'être plus seule dans le magasin, face à ce problème. Elle se montra à Victor Durieux.

— Toi, tu as des soucis ! remarqua-t-il aussitôt.

— N… Non…

— Alors, je n'ose imaginer la tête que tu fais lorsque tu en as vraiment… Que se passe-t-il ?

— Oh ! Des idioties, sans plus, avoua-t-elle en secouant la tête, montrant par là qu'il était inutile d'en parler.

— Si ce n'est que ça… mais j'en doute !

— Puisque tu tiens à le savoir, j'ai l'impression d'avoir des idées fixes, elles vont finir par me pourrir la vie !

Elle lui montra la porte et plus exactement la source de son inquiétude du moment, cette fichue poignée ! Non seulement, celle-ci ne servait à rien, mais de plus, elle n'était jamais à sa place ! C'était à ne rien y comprendre.

— Elle bouge toute seule, tu comprends ça, toi ?

Il éclata de rire. Effectivement, elle exagérait un

peu avec cette histoire. Que cette poignée fût baissée ou pas, où se situait le problème ? Poussé par la curiosité, n'importe quel client pouvait essayer d'ouvrir cette porte, voilà tout ! Et il ne voyait pas pourquoi Chloé se mettait dans un tel état. À la suite de quoi, il lui demanda ce que cette porte cachait.

— Ah, tu vois, toi aussi, tu te laisses prendre ! lui reprocha-t-elle.

— Mais non, c'est juste pour savoir.

Elle-même n'en savait rien. Du reste, personne non plus. Alors, son patron pourrait le lui dire sûrement, supposa-t-il. Non plus, lui répondit-elle. Et pourquoi ne pas joindre l'ancien propriétaire des lieux ? On en saurait davantage.

— Alors là, tu ne devineras jamais ! lâcha-t-elle en riant à son tour.

— Comment ça, alors là ? reprit-il, étonné de la voir rire : qu'avait-il dit de si drôle ?

— L'ancien propriétaire de la galerie n'est autre que mon patron, François Baron. Avant, ici même, il gérait une galerie d'art, révéla Chloé.

Plus ils en parlaient, plus cette histoire de porte apparaissait dans toute son absurdité, Chloé avait le sentiment d'être en proie à des obsessions.

— Pour te changer les idées, je t'invite à dîner au restaurant, ensuite j'irai à la gare, j'ai un train à prendre ! Tu m'accompagneras ?

— Tu… tu pars ? s'inquiéta-t-elle.

— Oui, ce soir. J'ai déjà mon billet en poche.

D'un coup, le monde s'écroulait autour d'elle. Quittant son nuage, elle n'en laissa rien paraître malgré tout.

« C'était trop beau pour que ça dure… » voilà tout ce qu'elle trouva à se dire en ravalant sa peine. Pourtant, depuis le début, elle était habitée par ce double sentiment : cet instant des adieux devait arriver, elle le pressentait, mais elle n'osait trop y croire quand même. Elle refusait de voir la réalité, voilà tout !

Cet homme dont elle était amoureuse, comme jamais elle ne l'avait été, allait la quitter. Ce bonheur s'enfuyait aussi brutalement qu'il lui était tombé dessus, une aventure de plus dans sa vie. L'échéance était arrivée bien trop vite, elle tombait comme un couperet. Une fin pourtant entrevue, sinon attendue. Qu'avait-elle à espérer de plus, hormis de passer un dernier moment avec lui ? Puis, demain, de s'immerger de nouveau dans le quotidien qui, au fond d'elle, lui apparut alors dans toute sa banalité. Elle en avait mal, en aurait pleuré, mais à quoi bon ? Par pudeur, elle ne voulait pas exposer ce genre de sentiments. Pourquoi ? Parce qu'à force d'être déçue par ses relations sentimentales, et au risque de cultiver l'échec d'une vie en couple, elle s'était forgé une carapace, s'interdisant d'exprimer ce qu'elle ressentait sincèrement, or c'était contraire à sa véritable personnalité.

— Pour deux jours, pas plus… Ensuite, je reviens à Nantes ! précisa-t-il en passant ses doigts dans sa tignasse.

Elle faillit laisser exploser sa joie, lui sauter au cou, le couvrir de baisers. Là encore, elle se retint. Après tout, ce n'était qu'un sursis…

— Un correspondant m'a téléphoné de Paris, je dois absolument le rencontrer. Il possède des documents très intéressants pour mes recherches, m'a-t-il dit.

Il justifia ainsi son absence qui, somme toute, serait brève. Puis il mit ses mains en porte-voix.

— Mesdames et Messieurs, on ferme la boutique ! Tiens, une table au Bouffay, ça te dit ?

— Et comment donc !

Pour Chloé, c'était trop d'émotions en peu de temps.

Avant de quitter le magasin, elle ne put s'empêcher tout de même de lancer un dernier regard à la poignée de la porte de bois…

XI

Thomas enfila un peignoir de bain puis se frictionna les cheveux à l'aide d'une serviette. Ensuite, face au miroir de la salle de bain, exécutant quelques grimaces, il passa sa main sur sa barbe râpeuse… Le cap de la cinquantaine était franchi, quelques rides apparaissaient.

Il brancha son rasoir, pensa à Léa…

La veille, elle lui avait téléphoné, un brin affolée. Elle avait perdu sa carte bancaire, du moins elle n'arrivait plus à mettre la main dessus. Elle avait passé sa journée à la chercher. Thomas lui avait conseillé de prendre son sac à main par le fond et d'en vider le contenu… La carte y était ! Ah, Léa ! Imprévisible, parfois la tête ailleurs… Et Alain ? Alain c'était un peu comme la carte bancaire. Disparaissant en fin de matinée, il réapparaissait par enchantement dans la soirée pour s'écrouler complètement lessivé dans un fauteuil, devant la télé. Les vacances se déroulaient normalement. Tout allait pour le mieux…

Puis, débranchant son rasoir, Thomas revint à ses préoccupations du moment. Il se fit cette réflexion :

« Pourquoi le tueur a-il tenté de camoufler en suicide le meurtre de Sophie Camus, alors qu'il ne s'est pas donné cette peine pour les deux autres ? » Jusqu'alors, l'équipe de Joseph Duval pensait à un meurtre contrefait, destiné à égarer les enquêteurs. Du reste, les policiers semblaient toujours y croire et c'était certainement l'objectif recherché par l'assassin… « Mais un élément est venu perturber la stratégie de ce dernier… Et si le meurtre du Jardin des Plantes n'était pas prévu ? Auquel cas, celui-ci a tout remis en question… »

Son rasoir lui échappa des mains alors qu'il le nettoyait. De justesse, il le rattrapa, le rangea dans sa housse. Quelques aspersions d'after-shave sur le visage et il s'habilla tout en poursuivant son raisonnement :

« Le simulacre de la décapitation a une signification précise. Soit ce geste particulièrement atroce s'inscrit uniquement dans la folie de l'assassin, auquel cas il n'a d'intérêt que pour lui, soit il cherche à délivrer un message, mais à qui le destine-t-il ? Il y a certainement un point commun entre les victimes, mais lequel ? Pour l'instant, toute la difficulté pour le mettre au jour réside justement dans leurs vies apparemment trop tranquilles… C'est ça : des existences bien rangées qui cachent autre chose ! »

Fin prêt, il s'apprêtait à quitter la chambre pour prendre son petit-déjeuner quand le téléphone sonna.

— Oui ?

Il reconnut la voix de Joseph Duval.

Tout en écoutant le policier, Thomas fit trois pas en arrière, à tâtons, il chercha le lit pour s'asseoir… La journée débutait mal… très mal…

*

* *

De nombreux véhicules de police, de secours aussi, avaient investi la pointe de l'Île Beaulieu, du côté du quai des Antilles. Un peu plus loin, des rubans de plastique zébrés jaune et noir, délimitaient une zone autour de l'abri du clochard. D'un geste péremptoire, Thomas fut stoppé par deux policiers en tenue. L'interdiction d'aller plus loin lui fut intimée. Les curieux n'étant pas les bienvenus, on lui ordonna de faire demi-tour. Il déclina son identité, dit qu'il était attendu par le commissaire Duval.

— On va vérifier, lui fut-il répondu.

L'un des policiers gagna le véhicule de service pour joindre le commissaire par la radio. De retour, il se pencha vers Thomas, resté au volant de sa voiture.

— C'est bon, vous pouvez y aller. Mais vous laissez votre véhicule ici, dit-il en désignant l'emplacement.

Déjà le policier, gestes et coups de sifflet autoritaires, ordonnait à d'autres véhicules de ne pas s'attarder. Comme toujours, les amateurs de sensationnel, les curieux ne manquaient pas.

Parvenu à l'abri du clochard, Thomas reconnut tout d'abord le capitaine Moreau. Joseph Duval était là aussi.

Le visage fermé, il s'adressa à Thomas :

— À moins d'avoir sous nos yeux un squatter, voici celui que nous recherchions, abattu de deux balles dans la tête… Elles ont traversé la boîte crânienne de part en part. Elles ont été tirées à bout portant, les chairs sont particulièrement brûlées autour des orifices. L'expert en balistique nous le confirmera. J'ai prévenu le procureur. Nous l'attendons d'une minute à l'autre, le juge d'instruction l'accompagne. La série noire continue…

— Comment l'avez-vous appris ? s'informa Thomas.

— Par Paul Moreau, répondit Joseph Duval.

Pensif, il ajouta :

— L'affaire se complique.

Thomas le pensait aussi. Il se tourna vers le capitaine.

— Vous l'avez découvert ce matin ?

— Oui.

— Raconte-lui, Paul, le pria Duval.

— Hier soir, j'étais chez moi, la patrouille m'a signalé son retour mais malheureusement mon portable était coupé. J'ai seulement entendu le message ce matin, à mon réveil. Aussitôt, j'ai alerté le commissariat pour dépêcher un fourgon et faire embarquer ce malheureux. Je n'ai pas tardé à recevoir un appel pour me dire qu'il était trop tard. Je suis venu directement ici. Si seulement je n'avais pas coupé mon téléphone…

— Si on savait tout d'avance, soupira Duval, un brin dépité.

Certes, pensa Thomas, mais ce manque de prévoyance s'apparentait fortement, en la circonstance, à de la négligence… L'unique témoin, sur lequel reposait l'espoir de connaître la vérité, avait été exécuté. Comme le commissaire s'accommodait du fatalisme, il se garda d'en faire la remarque au capitaine. Et quand bien même, c'était à son supérieur de le faire, pas à lui. Mais il ne put s'empêcher cette remarque :

— Pourquoi la patrouille ne l'a pas embarqué pour le mettre en cellule où il aurait été en sécurité ?

— Sous quel prétexte ? Elle n'avait pas reçu l'ordre de le faire, seulement de signaler sa présence. Ce qu'elle a fait, précisa Joseph Duval. Même si c'est contestable, on ne peut rien reprocher à ces hommes.

Moreau regrettait amèrement la disparition du clochard, il s'en mordait les doigts, disait-il. Cependant, il tenta de se défausser en prétextant qu'une arme à feu avait été utilisée pour commettre cet assassinat. Pour lui, ce crime n'avait donc rien à voir avec les autres, exécutés, eux, à l'arme blanche. Donc il n'était pas franchement convaincu qu'un lien existait. Joseph Duval, lui, se perdait en conjectures, pas la moindre trace d'un landau, ainsi que l'avaient rapporté les policiers verbalisateurs. D'où sa perplexité d'être en présence du véritable témoin. Si ce dernier avait assisté au crime du quai des Antilles, la question ne se posait même plus, il avait emporté définitivement son secret avec lui. Mais rien n'était moins sûr, il n'avait peut-être pas devant ses yeux l'homme recherché par lui et son équipe… Donc Joseph Duval cessa toutes les spéculations sur le malheureux qui gisait à leurs pieds. Thomas leur rappela l'avis de recherche paru dans la presse et cette coïncidence des faits, pour le moins étrange. Cependant, et il reconnaissait volontiers, l'arme utilisée jetait le trouble.

À l'aide de détecteurs de métaux, des policiers sondaient le sol à la recherche des balles et des douilles parmi les mauvaises herbes envahissantes et la caillasse.

Joseph Duval se retourna. Il faillit avoir une attaque.

— Que fais-tu encore là, Furet ? dit-il en soupirant.

— Mon boulot, Commissaire.

Bardé de toute part, le journaliste était une salle de rédaction ambulante à lui seul : appareil photo en bandoulière, carte professionnelle pendant à son cou, téléphone portable, dictaphone, sacoche à matériel, plus une autre dont on ne savait trop ce qu'elle contenait. Duval pensait à des effets personnels. Son imperméable devait être équipé de poches intérieures bourrées d'accessoires les plus divers, utiles à son métier.

Joseph Duval le prit par le bras pour l'éloigner du groupe. Baissant la voix, il lui confia :

— Ta présence, sur tous les mauvais coups, est des plus suspecte, Furet. Je me demande si ce n'est pas toi qui…

— Plaisantez pas avec ça, Commissaire ! C'est quoi, cette fois ?

— Un tir au pistolet à eau qui a mal tourné. Il y a un noyé, Furet.

— Whoua ! Je peux ? demanda-t-il en montrant son appareil photo.

— Une vue d'ensemble, pas de détails morbides. D'accord ?

— Vous le savez, c'est pas le genre de la maison, Commissaire.

— Après, tu t'en vas, pour ne pas polluer la scène du crime.

— Déjà ?

— Oui. Passe me voir plus tard au commissariat. Je te donnerai des éléments pour ton papier. Et, puis, nous discuterons… de certaines choses, Furet…

Le procureur arriva à son tour, suivi du juge, lui-même talonné par deux pompiers équipés d'une civière.

Thomas se retira du groupe pour se rendre à la grue Titan.

L'étrave du Navibus de Trentemoult fendait les eaux de la Loire. Deux vagues se formaient dans le sillage du bateau. Sur bâbord, une gabare fut ballottée par l'onde. Si on avait demandé à Thomas de décrire la scène qui se déroulait devant lui, il en aurait été bien incapable. Il était ailleurs. Il songeait. Il repartit vers l'entrepôt, vers le pignon du bâtiment plus exactement. Pour tenter de comprendre, s'était-il dit. Parvenu sur place, il fut particulièrement intrigué par la présence d'un petit chien noir. De voir un chien errant à cet endroit n'avait rien d'anormal en soi, mais là, on eût dit que l'animal assistait à la scène, à la dérobée. Apeuré par tant de présence humaine, il tendait le cou en direction de l'abri, remuait sa truffe pour capter les odeurs. Puis, ne quittant pas l'abri des yeux, l'air désemparé, il s'assit sur son postérieur et se mit à frémir de tout son corps. Usant de mille précautions, Thomas s'approcha de l'animal effarouché. Il s'accroupit, tapota sa main sur sa cuisse pour inciter le chien à venir vers lui. Celui-ci portait un bandana rouge, noué autour de son cou, les bouts de ses pattes étaient blancs…

XII

Ce soir, Chloé était plutôt satisfaite. Une vingtaine de personnes assistait à la soirée thématique organisée, une fois par mois, dans la librairie.

Avant tout, le conférencier avait prévenu son auditoire, faire un grand retour dans le temps s'avérait nécessaire pour mieux comprendre les fondements de la civilisation occidentale, reposant sur un unique personnage, et pour qui, plus d'un millénaire après sa mort, l'Ordre des Templiers* verrait le jour…

À présent, l'exposé touchait à sa fin. Dans l'assistance, on en était aux questions. Une femme leva la main pour demander la parole. Le conférencier, d'un signe de la tête, l'invita à s'exprimer.

— Par qui le Christ aurait-il été initié ?

— À cette époque, répondit-il, les sectes étaient nombreuses, ce mot n'avait rien de péjoratif, comme c'est le cas de nos jours. Nombreux sont ceux qui ont vu en lui un membre de la secte des Esséniens. Or, le comportement de Jésus était en totale contradiction

---

*À l'origine, les Pauvres Chevaliers du Christ. Vingt ans plus tard, en 1128, ils prirent le nom de l'Ordre du Temple. Le concile de Troyes en codifia l'organisation.

avec celui de cette communauté. Cette dernière vivait en autarcie, elle tournait le dos au public… La version suivante me paraît plus crédible : pour ne pas subir la colère d'Hérode, les parents de Jésus ont fui en Égypte avec lui. On ignore tout de son enfance passée dans ce pays. On peut supposer qu'il aurait été initié dans une des écoles du mystère, avant de réapparaître, à l'âge adulte, en Galilée.

Un invité se leva pour prendre la parole à son tour :

— De nos jours, beaucoup de sociétés initiatiques s'inspirent des rites de ces écoles du mystère, quand elles ne se réclament pas carrément d'en être les dépositaires légitimes. Il est difficile d'admettre que ces enseignements aient perduré au cours des siècles…

L'intervenant ne répondit pas. Tout au plus, d'une mimique, il exprima une incertitude, puis il dévia la conversation vers une autre invité.

— Oui ?

— Est-il sérieux de croire le Christ initié aux mystères d'Isis et Osiris ?

— C'est une hypothèse à retenir. Les temples d'Abydos*, de Busiris ou de Karnak, pratiquaient un rite associé au mythe d'Osiris. Le Christ aurait reçu ou parfait un enseignement ésotérique de l'un d'eux…

Un auditeur lui coupa la parole :

---

*L'une des plus anciennes nécropoles, gardienne de la tête d'Osiris, sauveur, qui conduisait les hommes à l'immortalité. Cf : Max Guilmot, *Les rites initiatiques en Égypte ancienne*. Éditions Robert Laffont.

— Comment pouvez-vous l'affirmer ?

— Je n'affirme rien. Mais il se trouve que le mythe de la résurrection d'Osiris ressemble de manière étrange à celui du Christ. Lui-même n'a-t-il pas été divinisé après sa mort ?

Un participant, profitant d'un instant de répit du conférencier, prit la parole pour contester :

— Avancer de telles hypothèses n'est, ni plus ni moins, qu'une ineptie ! s'indigna-t-il.

Il se leva, endossa sa veste et quitta la salle, renversant une chaise à son passage. Le conférencier l'ignora et ne fit rien pour le retenir.

Bien sûr, la scène n'avait pas échappé à Chloé. Elle fut surtout surprise par l'indifférence de l'animateur. L'incident prêta à sourire dans l'assemblée et bien vite, tout rentra dans l'ordre.

Les questions se succédèrent. Le conférencier s'en tirait avec habileté ou parfois ne répondait pas clairement, comme si cela méritait une réflexion plus approfondie, et dans un contexte autre. Avant de clore définitivement la soirée, il proposa de dédicacer son dernier ouvrage intitulé : *Religion, culpabilité et doutes de l'Homme*. Puis il annonça sa prochaine conférence dont le thème serait une suite à celui de cette soirée : le mystère des fouilles du temple de Jérusalem ou le premier cercle des Neuf Chevaliers du Temple. À la suite de quoi, il y eut un petit temps de flottement durant lequel le conférencier s'installa à une table pour la séance de dédicace de son livre.

Chloé et François Baron, eux, s'étaient mis un peu en retrait. Chloé ne put s'empêcher de faire cette remarque à propos du conférencier, elle chuchota :

— Mais pourquoi a-t-il laissé partir cette personne au lieu d'argumenter, cela aurait pu nous éclairer aussi ?

— Laissez donc, lui dit François Baron avec un léger haussement d'épaules et en souriant à Chloé. Certaines personnes n'admettent pas le principe de la remise en cause. C'était probablement un de ces rigoristes défenseurs du dogme de l'Église et notre conférencier a bien réagi en éludant.

L'épouse de François Baron, Ingrid Dorléac, était là aussi. Elle donna sa version à Chloé :

— L'Église a fait du Christ sa référence, tout aurait été plus clair si elle avait choisi un autre personnage. Jean le baptiste, par exemple…

— Oui, lui aussi a connu une fin tragique par la décapitation ! confirma François Baron. Celle du Christ a été beaucoup plus théâtralisée.

— Il aurait donc, en quelque sorte, usurpé le titre de messie ?

— De ce fait, oui.

Sur la vingtaine de personnes présentes, la moitié s'était réinscrite pour la prochaine soirée. Chloé, sur les recommandations de François Baron, avait noté leurs noms et les adresses afin d'expédier les invitations le moment venu. La date n'était pas encore retenue.

Les participants quittèrent un à un la librairie.

Chloé, l'auteur conférencier, François Baron et son épouse restèrent parler un moment, puis :

— Chloé, mon épouse et moi dînons avec notre invité avant qu'il ne reprenne la route. Je vous laisse le soin de fermer le magasin. Bien que je me mêle de ce qui ne me regarde pas, il s'agit là de votre domaine, n'est-ce pas ? Quoique, j'y pense tout à coup, rentrer seule, à une heure aussi tardive, ne soit peut-être pas raisonnable… Je vous dépose à votre domicile ?

— J'ai l'habitude, monsieur Baron ! La ville n'est tout de même pas un coupe-gorge !

— Voyons, Chloé, vous pratiquez l'humour noir à présent ? plaisanta l'épouse de François Baron.

— C'est involontaire. Mais c'est aussi la vérité, non ?

— C'est certain ! Justement avec les événements du moment, je m'en voudrais qu'il vous arrive quoi que ce soit… qui plus est, une jeune femme seule… Ou alors vous avez d'autres projets pour le restant de la soirée ?

— À cette heure ? Aucun, madame Baron !

— Eh bien, dans ce cas, nous vous attendons. Activez-vous pour fermer la boutique ! Nous vous déposerons devant votre domicile ! N'est-ce pas, François ?

— Certainement.

— Que se passe-t-il à Nantes, pour vous inquiéter à ce point ? s'enquit le conférencier auprès des époux Baron.

— Trois meurtres, mon cher, trois meurtres dans l'intervalle de quelques mois seulement… Et pour reprendre la formule de circonstance, l'assassin court toujours ! Cela ne semble pas effrayer Chloé ou alors, c'est de l'inconscience de sa part. Pourtant, bien des femmes ne seraient pas rassurées de se promener seules dans les rues et à cette heure… Mon épouse la première, n'est-ce pas, Ingrid ?

Celle-ci confirma.

— Trois meurtres, dites-vous ? Vous n'êtes donc pas au courant, monsieur Baron ? Un quatrième a été commis à l'Île Beaulieu ! lui rappela Chloé. C'est dans les journaux !

— Vous voulez parler de ce SDF ? Je ne crois pas à un lien entre ce meurtre et les autres. En tout cas, voilà une bonne raison de plus pour vous raccompagner…

— J'ai terminé ce que j'avais à faire, je vous mets tous à la porte ! dit Chloé en plaisantant. Demain matin, dès mon arrivée, je rangerai les chaises dans la réserve.

— Alors… je vous reconduis, oui ou non ?

— Oui, puisque vous y tenez tellement, monsieur Baron…

— Sincèrement, c'est préférable, Chloé !

François Baron s'installa au volant de sa voiture, mit le contact, puis se retourna vers le siège arrière, son index dressé pour une ultime recommandation à l'attention de Chloé.

— Arrivée chez vous, n'oubliez surtout pas de bien verrouiller votre porte !

Puis il démarra.

— Chez moi, j'ai un chevalier servant pour me protéger, répliqua Chloé avec une pointe de fierté.

— Ah oui, votre nouveau petit ami ! Alors, c'est sérieux, cette fois ?

— Trop tôt pour le dire.

— Pourquoi donc ?

— Il est journaliste. Une enquête l'a conduit à Nantes… Après, il repartira, soupira Chloé, eh oui…

— Vous me semblez résignée, il ne le faut pas. Vous verrez, si c'est le début d'une belle histoire d'amour, elle aura forcément une suite ! Je suis indiscrète, mais quel type d'enquête mène-t-il ? s'enquit l'épouse de François Baron.

— Il a pour projet d'écrire un livre, il collecte des informations d'une ville à l'autre.

— Écrire, c'est fou, maintenant tout le monde veut écrire ! J'ai eu un ami, il écrivait, lui aussi. Je parle de ce pauvre Simon, rappela François Baron à l'adresse de son épouse.

Compatissante, elle acquiesça de la tête.

— Aujourd'hui, il est décédé, dit-il, un regret dans la voix. Eh bien, lui, c'était sa biographie qu'il écrivait. Et quand je lui demandais s'il la faisait dans l'intention d'être publié, il me répondait que non. Ça m'avait surpris. Beaucoup d'écrivains sont en décalage avec la réalité ! ajouta François Baron.

Pour se défausser, il éclata de rire quand il se rendit compte de l'incongruité de ses paroles en présence d'un auteur, assis sur la banquette arrière de la voiture.

— Il y a une différence entre l'imagination débridée de l'auteur d'une fiction et la rigueur de celui qui traite des sujets demandant des investigations, rectifia le conférencier en esquissant un sourire ironique et pour remettre les choses à leur place.

— Bien évidemment, je plaisantais, se rattrapa aussitôt François Baron avant de s'adresser de nouveau à Chloé :

— Ainsi, votre ami a l'intention d'écrire un livre ?

— Oui.

— Quel en est le sujet ?

— Cela concerne les cercles ésotériques ultra-catholiques de la région toulousaine ou quelque chose d'équivalent…

— Très intéressant, tout ça… Mais quel est le lien avec Nantes ?

— Un de ces cercles aurait établi un prieuré dans les villes les plus importantes de France, dont Nantes.

— Je comprends mieux. Lui avez-vous dit que nous sommes bien achalandés à la librairie ? Certains de nos ouvrages sont susceptibles de l'intéresser… Mais dites donc, Chloé… je réalise seulement à l'instant, vous l'avez rencontré à la librairie ou je me trompe ?

— On ne peut rien vous cacher, monsieur Baron…

— Si c'est le cas, tant mieux ! Ce magasin aura été le lieu d'une idylle naissante et je m'en félicite… Voilà, nous sommes arrivés chez vous…

Chloé monta les marches menant à son étage. Elle avait un peu menti aux Baron, cela n'avait aucune importance. Son chevalier servant, comme elle l'avait appelé, n'était toujours pas revenu de Paris.

De se retrouver seule dans son appartement lui apparut presque insupportable. Avant, oui, elle n'aurait pas renié cette part de solitude. Être face à elle-même ne lui déplaisait pas, bien au contraire. Maintenant, elle voyait les choses différemment, du moins, elle commençait à les entrevoir tout autrement. Comme à l'instant, l'appartement lui paraissait triste, sans vie ! Victor lui manquait terriblement. Elle aurait souhaité qu'il soit là, qu'il la prenne dans ses bras, l'entendre parler, plaisanter, rire, et aussi la rassurer… Mais il y avait cette fichue incertitude, toujours présente, pareille à l'épée suspendue au-dessus de la tête de Damoclès, pour lui rappeler, à elle aussi, la précarité de son bonheur. Quand lui annoncerait-il : « Mon travail sur Nantes est terminé, je rentre chez moi, à Toulouse… » Elle n'osait imaginer cet instant, si ce n'était rejeter carrément cette pensée, comme on le fait d'une idée qui dérange. L'annonce du départ de Victor pour Paris avait été pour elle un avant-goût de ce qu'il adviendrait sûrement dans les jours à venir.

L'air était lourd. Elle avait chaud, ne se sentait pas à son aise. Et puis elle avait faim. Non pas une grande faim, justement à cause de cette chaleur étouffante, mais, de n'avoir rien pris depuis le déjeuner, elle ressentait un petit creux à l'estomac.

Avant tout, elle prit la décision de se rafraîchir sous la douche. Ce qu'elle fit dans la minute qui suivit. Offrant son visage au jet d'eau, elle se prit à espérer qu'il lui téléphonerait, bien qu'il fût tard à présent. Et puis non, elle s'en souvint, c'était impossible pour la simple raison qu'ils n'avaient pas échangé leur numéro de téléphone. À présent, vêtue d'un vêtement léger de coton, la voilà dans sa cuisine à se préparer une salade composée, ne se privant pas au passage de grignoter des ingrédients prélevés çà et là au cours de leur préparation. Et cette mèche de cheveux qui la gênait, qu'elle relevait sans cesse pour la voir retomber aussitôt. Bref, un enchaînement de gestes accomplis inconsciemment tandis que l'on s'affaire.

Assise sur le canapé, son assiette sur les genoux, elle mangeait en repensant à la soirée, au couple Baron et à leur manière d'être. Et là, franchement, elle avait du mal à s'imaginer leur racontant l'anecdote de la porte du magasin. À n'en pas douter, ils se seraient moqués d'elle. Victor avait raison, autant chasser cette porte de sa tête ! Ah, Victor ! Elle se mit à penser à lui. Il envahissait sa vie… Il était, comment dire ? C'est ça, il possédait tout ce qu'elle avait souhaité secrètement chez un partenaire, l'entrain, la gentillesse… tout, quoi ! Ah si ! Elle allait oublier cette histoire de couteau. Alors là, elle ne comprenait pas, mais n'avons-nous pas tous nos petits travers ? Du reste, il lui avait promis de lui donner l'explication.

La fatigue la gagnait. Elle bâilla longuement, passa sa main sur sa nuque et remonta ses cheveux, puis d'un coup, laissa retomber son bras, comme si ce simple geste était épuisant. Une heure à sa montre. Elle posa son assiette sur la table basse, tendit le bras pour éteindre le lampadaire et s'allongea sur le canapé, un coussin calé sous sa tête. Dans la pénombre de la pièce, elle était bien comme ça. Un temps encore elle se laissa porter par ses idées ; au fur et à mesure celles-ci se firent plus incohérentes. Elle finit par lâcher prise et sombra dans le sommeil sans s'en rendre compte.

Elle s'était endormie depuis un bon moment déjà, quand un bruit la fit sursauter. Elle cligna des yeux. Le voilage de la fenêtre ondulait sous l'effet d'un courant d'air. De s'être endormie sans avoir pris la précaution de fermer la fenêtre était déraisonnable de sa part. Un échafaudage était dressé sur la façade pour un ravalement, n'importe qui pouvait y grimper.

Elle frissonna. La température avait chuté. « On doit être au milieu de la nuit », supposa-t-elle en se levant. Elle se dirigea vers la fenêtre, pareille à une somnambule. Elle la referma. Le pas mal assuré, elle gagna sa chambre, se glissa dans son lit.

XIII

Tout en longeant la ligne du tramway, Thomas se hâtait sur le cours des Cinquante Otages. Tête levée, il regardait la tour de Bretagne, comparant volontiers l'édifice à un totem érigé par la civilisation communicante ou tiens, osa-t-il même, pourquoi ne pas y voir un symbole phallique de toute-puissance ! Jamais une femme architecte n'aurait conçu une telle horreur en plein centre-ville.

Puis, marchant toujours, il aperçut enfin, plus loin devant lui, le Mémorial des victimes des nazis. Le réceptionniste de l'hôtel lui avait indiqué le monument comme point de repère. Parvenu au carrefour, dans la foulée, il remonterait sur sa gauche la rue Bellamy. Celle-ci le mènerait aux halles de Talensac situées tout près de là, juste au premier rond-point et, toujours sur sa gauche, il les apercevrait. Rien de plus facile. Se tromper, c'était à désespérer de soi !

L'assassinat du clochard épaississait un peu plus le mystère des autres meurtres. L'incertitude régnait quant au nombre de tueurs. Après s'être concertés, policiers et juge d'instruction avaient fait le choix de dissocier ces affaires. Pour la bonne gestion des enquêtes, avaient-ils décidé d'un commun accord. En les concentrant en une seule, au contraire, c'était réduire le champ des investigations. Une cellule d'enquêteurs se focalisait sur les meurtres par égorgement et une autre, sur le meurtre du SDF, avec le commissaire Duval nommé à leur tête. À charge pour lui de recouper les informations rapportées par ses équipiers. Dès que des points concorderaient entre les deux affaires, il devait avertir le magistrat instructeur. Pour les autorités judiciaires, le temps pressait.

En cette période estivale, l'assassinat du SDF n'avait pas fait les choux gras de la presse. Celui-ci était presque passé inaperçu, noyé dans l'actualité des festivals organisés et à venir. Vu le contexte, c'était préférable…

Et pour Joseph Duval, les nuits d'insomnie, broyeuses d'idées noires, se succédaient. France n'était pas à la noce lorsqu'il rentrait le soir à la maison ! Son Joseph, d'humeur exécrable, était à prendre avec des pincettes.

Quand il arriva aux halles, Thomas fut un peu désorienté. Il ne s'attendait pas à autant de monde aux abords des bâtiments. Se fondant dans la foule, il sinua entre les étals des marchands ambulants à la recherche d'éventuels clochards. Il n'en vit pas.

Pourtant, le doute n'était pas permis, le chien retrouvé au quai des Antilles avait sûrement un lien avec ces lieux. Sous son bandana, l'animal portait un collier confectionné d'un ruban utilisé pour ficeler les boîtes de pâtisseries et sur lequel l'inscription Talensac était encore lisible. Tout juste, certes, mais exploitable encore. Le reste, effacé par l'usure, devait mentionner le nom du commerçant ou l'enseigne de son magasin, cette partie importait peu. L'essentiel était le nom du quartier. Les SDF, comme tout un chacun, ont tendance à fréquenter des lieux qui leur sont familiers.

S'aidant de la partie saillante d'une pierre, Thomas s'était empressé de couper cette parure de fortune, puis l'avait glissée discrètement dans la poche de sa veste. Face à un capitaine Moreau, peu enclin à une franche collaboration, « À chacun sa méthode » s'était-il dit.

N'en voyant pas un seul dans les parages, Thomas supposa que les clochards pouvaient aussi déserter les halles aux heures d'ouverture, puis revenir plus tard, au tout début de l'après-midi, pour s'approvisionner en marchandises périmées, laissées sur place par les commerçants, avant d'être enlevées par les services de nettoyage. Il en profita pour se familiariser avec l'endroit. Une demi-heure plus tard, il entrait dans un café. Au comptoir, il passa sa commande :

— Un express, s'il vous plaît !

Un brouhaha permanent s'élevait dans la salle, brisé parfois par des éclats de rires et de voix. C'est que, dans l'exubérance, on refaisait le monde, on rejouait le dernier match de foot ou encore on débitait des banalités. C'était selon.

Le plus proche voisin de Thomas tenait sa cigarette éteinte entre son pouce et son index, quand il ne la tétait pas comme un crapaud, un geste compulsif résultant d'un tabagisme excessif. Sa respiration, courte et haute, était semblable à une dyspnée douloureuse. De profil, la peau de son cou pendait, flasque, pareille à une membrane innervée. À l'instant, sa vision se bornait au mur de couleur indéterminée – de pisse, pouvait-on dire – qu'il avait devant lui. Et que dire de ses projets d'avenir, si ce n'était qu'ils se limitaient au fond de son verre.

Usant d'un poncif du tout premier degré, Thomas entreprit de le soustraire de ses pensées.

— Il fait beau aujourd'hui…

Le regard toujours rivé au mur, entre deux souffles asthmatiques, le voisin répondit d'une voix éraillée :

— Normal… c'est l'été…

— Je t'offre un autre verre ?

L'homme tourna lentement la tête, fixa Thomas de ses yeux globuleux. Ceux-ci révélaient une nécrose avancée du foie.

— S'tu veux, ouais…

— Un muscadet ! cria Thomas en désignant le verre de son voisin.

— Voilà, voilà ! confirma le patron du bar en se précipitant, la bouteille à la main.

Ce dernier se démenait de tous bords, soulageant les portefeuilles de ses clients, et eux leur amertume, il emplissait les verres tout en remplissant son tiroir-caisse, simple échange de liquide.

— Il n'y a aucun SDF autour des halles… demanda Thomas à son voisin décidément peu disert.

L'homme fixait à nouveau le mur. Il alternait les bouffées de cigarette et les respirations, buvait à petits coups en humectant ses papilles comme s'il mâchait quelque chose. Il répondit :

— Si… T'as pas bien vu !

— C'est ça, j'ai mal vu, reprit Thomas qui commençait à perdre patience.

— Tu ne les vois pas, parce qu'il y a beaucoup de monde… Mais regarde bien les portes d'entrée des immeubles…

À travers la vitrine, Thomas scruta les alentours. En effet, plus vite qu'il ne fallait pour le dire, il en repéra deux, pas loin de l'entrée d'une banque.

— Qu'est-ce qu'ils t'ont fait ?

— À moi ? Rien. Je demandais ça, histoire de causer un peu.

— Ah…

Thomas avala sa tasse d'un trait. Il salua le batracien fumeur. Le temps que celui-ci tourne la tête pour lui répondre, Thomas avait déjà disparu. Il filait droit, le cap fixé sur des deux SDF.

— Bonjour ! lança-t-il à leur adresse.

Le plus grand des deux, le cheveu hirsute, le faciès bouffi, couvert de croûtes et d'ecchymoses, resta le dévisager sans trop comprendre la raison de cette amabilité soudaine. À n'en pas douter, il la jugeait même suspecte à voir la tête qu'il faisait. Avait-il seulement compris ?

Se tournant vers son compagnon, il voulut le prendre à témoin, mais celui-ci, le dos tourné, trop occupé à autre chose, ne réagit pas.

— Salut ! répéta Thomas, un peu plus fort.

Cette fois, le compagnon avait entendu. Sec et nerveux, il braqua alors sur Thomas des yeux noirs chargés de violence.

— Ouais, tu veux quoi, toi ? demanda-t-il d'une voix cassée, métallique.

— Un de vos collègues avait un petit chien noir, je le cherche.

— Tu cherches qui, le chien ou le mec ?

Plié en deux, plus rien ne semblait pouvoir arrêter son rire exagéré. Loin d'avoir compris la réplique, son complice le considéra de son air ahuri. Puis, vacillant sur sa base, il évita de justesse de s'étaler par terre en ayant recours au mur.

Contre toute attente, l'autre cessa d'un coup son hilarité grotesque.

— Le mec, précisa Thomas, pressentant qu'il ne tirerait rien de ces deux-là.

— Des mecs avec des chiens, y en a partout. T'as qu'à chercher toi-même !

— Un petit chien noir, avec le bout des pattes blanc, ça ne te dit rien ?

Avant qu'il ne lui tourne le dos, l'homme maugréa

quelque chose d'inaudible, certainement de malveillant. Thomas comprit qu'il était indésirable. Ce n'était pas la bonne méthode, il n'insista pas.

Il redescendait vers la rue Paul Bellamy quand il entendit la sonnerie de son portable.

— De Rosmadec ?

C'était Joseph Duval.

Le rapport de l'expert en balistique venait de lui être communiqué. Le SDF avait été abattu avec une arme de calibre 9 mm, quasiment à bout portant. Joseph Duval l'avait remarqué. Il s'agissait d'un calibre courant, nécessitant tout de même un port d'armes. Les possesseurs, en majorité des licenciés des clubs de tir, seraient vite identifiés. En revanche, aucune balle n'avait été retrouvée sur place. Cette preuve manquante aurait pu confondre le propriétaire. Les armes laissent toujours des marques qui leur sont propres, sur les projectiles. Sans vouloir anticiper sur les résultats de l'enquête, ce dernier crime était tout de même troublant en regard des trois autres.

— Rien au sujet du chien ? s'enquit Thomas.

— Rien, de Rosmadec ! Nous avons questionné les hommes qui étaient au parking de la Petite Hollande, aucun d'eux n'a remarqué d'animal qui aurait accompagné le SDF. Ils vont tenter d'identifier l'homme à la morgue.

— Et le landau ?

— Ah, bah ça… Là, comme ça, je n'ai pas non plus la réponse.

Par prudence, Thomas restait neutre sur ce sujet. Sans pouvoir se l'expliquer, il pressentait une situation beaucoup plus complexe… Pour l'heure, sa préoccupation était de savoir si le clochard abattu par balles était l'homme qui avait déserté son abri pour s'installer à Talensac, avant de revenir à l'Île Beaulieu.

D'aborder les SDF ne menait à rien. Il venait lui-même d'en faire l'amère expérience. Les policiers ne s'étaient-ils pas déjà attelés à ce travail, sans pour autant obtenir de résultat ?

En revanche, il avait un avantage sur eux. Il possédait un indice, certes maigre, mais sérieux. Le ruban récupéré sur le chien lui avait permis de localiser le quartier où le malheureux était censé s'être expatrié, après avoir quitté son île.

Mais ici, aux halles, la tâche se compliquait. Il y avait beaucoup de monde et on ne portait pas forcément une attention particulière à un SDF, fût-il propriétaire d'un chien ou d'un landau. Une idée lui vint : au quai des Antilles, aux alentours de l'abri, une personne avait certainement aperçu, à un moment ou à un autre, un clochard avec un petit chien noir. Thomas revint au Cours des Cinquante otages et monta dans le premier tramway afin de revenir à l'hôtel pour y récupérer sa voiture.

*

*   *

Dans le train qui le ramenait à Nantes, Victor Durieux prenait connaissance des copies des documents qu'il avait acquises lors de son rendez-vous dans la capitale. Ceux-ci apportaient la preuve de l'activisme d'organisations secrètes catholiques, œuvrant principalement dans le Languedoc dès la fin du XVIe siècle. Leur vocation était l'entraide entre leurs membres, sorte de mutuelle avant l'heure, un goût prononcé pour le catholicisme et un soutien à la monarchie. Elles se nommaient les confréries des Pénitents noirs, blancs ou encore gris… L'une d'elles, connue sous le nom de la Compagnie Royale de ces Messieurs les Pénitents Bleus, était composée d'aristocrates et, depuis Louis XIII, les rois de France en étaient membres. À la révolution française, la loi Le Chapelier de juin 1791, interdisant les associations, fit que toutes ces confréries entrèrent dans la clandestinité, mais n'en demeurèrent pas moins actives. Certaines d'entre elles projetèrent même de restaurer la royauté. Puis, ces organisations réapparurent sous l'Empire. Ainsi les Pénitents reprirent officiellement leurs processions dans leurs costumes traditionnels. Ils ne furent pas les seuls. C'est alors que d'autres cercles, plus ou moins occultes, se multiplièrent dans la région. Ainsi, il fallut attendre la fin du XIXe siècle pour découvrir, à l'ouverture de ses archives, l'existence d'une société importante et puissante restée totalement secrète depuis le milieu du XVIIe siècle. Elle était composée d'ecclésiastiques théologiens qui s'opposèrent notamment à la Constitution civile du clergé. Cette société secrète, *l'Associato Amicorum,* avait des liens avec l'Institut Philanthropique – composé lui-même de plusieurs coteries* – qui porta et participa de 1797 à 1800 à l'insurrection dans tout le sud-ouest du pays et fut la farouche partisane de l'établissement de Louis XVIII sur le trône.

Victor Durieux, insatiable d'en savoir davantage, parcourut un peu plus rapidement les documents.

Au début des années 1800, il était question d'ordres structurés, comme La Congrégation ou Les Amis de la Foi avec des grades se référant à la chevalerie. Ceux-ci avaient œuvré à la chute de Napoléon et à sa destitution, puis ils semèrent en 1815, à la tête des Verdets, la Terreur Blanche dans le Midi de la France. Ce mouvement catalysait de nombreuses oppositions à la république, à Napoléon, au parisianisme et créa à Toulouse un gouvernement ultraroyaliste favorable au comte d'Artois, Charles X.

Au début de la Restauration apparut l'Ordre des Francs Régénérés. Première organisation maçonnique à faire référence à l'Ordre du Temple. À l'époque, le chef de la police, le duc Decazes – lui-même affilié à un ordre maçonnique, le Rite de Misraïm – dissolvait cet ordre jugé politiquement trop activiste. Ses membres rallièrent d'autres loges maçonniques ou les Chevaliers des Amis de la Foi et cooptèrent ainsi, sous

*Dont Les Fils Légitimes qui assassinèrent, près de Bordeaux, l'ancien maire de Toulouse, monsieur Groussac, le 22 juillet 1797.

Louis XVIII, toute l'aile droite de l'Assemblée. L'arrivée sur le trône de Charles X – le frère de Louis XVIII – consacra la victoire de ces ultraroyalistes. Alors, ces cercles catholicos-royalistes se réorganisèrent en œuvres de charité, telle l'Immaculée Conception, la Société Saint-Vincent-de-Paul ou la loge La Sagesse ou encore l'Académie des Jeux Floraux. Certains des membres côtoyaient à la fois plusieurs de ces cercles.

Après son abdication en 1830, Charles X, réfugié en Angleterre avec la duchesse de Berry, avait entrepris de reprendre le pouvoir à Louis-Philippe en donnant son accord pour que soit créé un réseau de sociétés secrètes fédéré par Les Amis de l'Ordre, constitué en son sein par deux groupes : Les Chevaliers de la Légitimité, dite la branche politique, et les Chevaliers de la Fidélité, prêts à prendre les armes.

Le complot, mené par la duchesse de Berry pour soulever la Vendée et d'autres régions légitimistes aux Bourbons, échoua en 1832.

Après ce passage, Victor Durieux fut plus attentif.

À Toulouse, deux membres très actifs des Amis de l'Ordre, Léopold de Rigaud et Joseph de Villèle avaient créé en 1831, parallèlement et indépendamment, leur propre cercle baptisé l'Affiliation Catholique. Ce cercle comptait en 1833 plus d'un millier de membres et rayonnait en grands prieurés dans les principales villes de France, dont Nantes, divisés en petits prieurés dans les villes de moindre importance.

L'activité de l'Affiliation Catholique était évidemment religieuse mais aussi politique. Sa police infiltrait et surveillait les milieux républicains. Pour en être membre, il fallait prêter serment, jurer de garder le secret, y compris en justice, et exécuter sans faille les ordres des supérieurs en acceptant de subir la peine des traîtres en cas de violation, c'est-à-dire la mort. Cette société continua bien au-delà de 1833, la date de sa dissolution reste inconnue.

Concernant l'Affiliation Catholique, Victor Durieux resta sur sa soif d'informations. Il était quelque peu déçu, mais poursuivit sa lecture.

En revanche, toutes ces sociétés qui naissaient, se succédaient, puis disparaissaient, bien qu'indépendantes les unes des autres, n'en étaient pas moins inextricablement liées, car leurs fondateurs et leurs membres les plus influents étaient souvent les mêmes personnages. De 1830 à 1848, les loges maçonniques de Toulouse étaient orléanistes à deux exceptions près : la loge des Vrais Amis de tendance, républicaine, et la loge de La Sagesse, proche de Charles X. Par ailleurs, cette dernière était étroitement liée à la loge de l'Ordre du Grand Orient de France mais à cette époque, être tout à la fois monarchiste, catholique et franc-maçon n'était pas incompatible parce que la maçonnerie soutenait, et quel qu'il fût, le pouvoir en place. L'Église, elle, se tenait à l'écart de ces luttes souterraines et garda toujours ses distances avec ces cercles prétendus catholiques. Ce n'est qu'après 1850 que la franc-maçonnerie, celle influencée par le modèle des initiations égyptiennes*, se laïcisa et devint l'ennemi à abattre pour les monarchistes catholiques.

Curieusement, à la même époque, naissait un nouvel ordre mené par le vicomte Édouard de Lapasse…

L'arrivée à la gare de Nantes venait d'être annoncée par le chef de train. Victor Durieux referma son dossier.

Tous ces cercles constituaient autant de strates sur lesquelles une nouvelle organisation mondiale**, à caractère ésotérique, allait quelques années plus tard en France, et plus précisément à Toulouse, légitimer ses origines auprès de ses adeptes…

*

*   *

Après avoir roulé sur le boulevard de la Prairie au Duc, Thomas gara sa voiture devant un bâtiment abritant une pépinière d'entreprises. Il se mit en quête d'informations auprès des personnels. Tous ignoraient la présence d'un SDF dans les parages. Bredouille, il repartit et poursuivit sa route jusqu'à un rond-point

---

*Rites de Misraïm et de Memphis. Ce dernier comptait quatre loges qui furent ralliées au Grand Orient.

**Il s'agit de L'AMORC (Ancien et Mystique Ordre de la Rose-Croix). Le siège social est à San José en Californie. Cette référence aux Rose-Croix européens n'a aucun sens.

aménagé, lorsque, au pied de la grue, côté quai Wilson, il aperçut un pêcheur. Il s'arrêta.

L'homme remontait sa ligne pour l'appâter de nouveau.

— Ça mord ? s'enquit Thomas.

— Aujourd'hui, c'est moyen.

— Les poissons… ils sont équipés de lunettes de plongée pour repérer l'hameçon ?

L'homme leva la visière de sa casquette d'un coup de pouce et dévisagea Thomas avec un sourire.

— C'est sûr, l'eau n'est pas claire. Que voulez-vous, ce fleuve charrie son lit depuis le mont Gerbier-de-Jonc. C'est ce que l'on apprend à l'école primaire, non ?

— Hum… acquiesça Thomas, se souvenant des leçons de géographie avec une pointe de nostalgie. Le bourrage de crâne avec le nom des fleuves, le lieu de leur source, leur longueur, leur débit respectif…

— Le plus long fleuve, un peu plus de mille kilomètres ! Alors, à l'arrivée, il ne faut pas s'attendre à une eau de source limpide !

Faisant mine de prêter un intérêt tout particulier à l'activité du pêcheur, Thomas marqua une légère pause dans la conversation, puis :

— Vous pêchez souvent ici ?

— Dès que j'ai un moment de libre !

— Auriez-vous aperçu un clochard ? Son abri est adossé à ce bâtiment, là-bas…

Thomas désigna au pêcheur l'entrepôt désaffecté.

— Vous parlez de l'homme qui s'est fait assassiner ?

— Oui, c'est ça.

— Les flics m'ont déjà interrogé. Oui, je l'ai aperçu. Oh, de rares fois ! Il n'était pas très causant. Et puis, entre nous, qu'est-ce que j'ai à raconter à un clochard, hein ? De plus, je suis bien incapable de me souvenir de son physique. Vous êtes de la police, aussi ?

— Non.

Le pêcheur fixait un appât sur l'hameçon.

— C'était un parent à vous ?

— Non plus, lui dit Thomas.

— Oh ! Il ne faut pas en avoir honte. Des personnes qui plaquent tout volontairement, ça existe. Personnellement, je n'en connais pas, mais j'ai entendu dire.

L'homme, après avoir vérifié le moulinet de sa canne à pêche, conseilla à Thomas de s'écarter. D'un geste assuré, il relança sa ligne à l'eau. La canne en matériau composite siffla dans l'air et le fil de nylon se dévida du moulinet. Puis, de nouveau, il s'assit sur son siège pliant. À petits coups contenus, il ramenait la canne vers lui, laissait filer un peu le fil, le rembobinait lentement pour le tendre et recommençait.

Il reprit :

— Pour tout dire, je ne vais pas vous être d'un grand secours. Ce type, je l'ai aperçu… Oh ! Tout au plus deux ou trois fois en venant pêcher. Mais sans vraiment prêter attention à lui… Ne me dites pas que vous recherchez ses héritiers parce qu'il a laissé une fortune derrière lui ? Parfois, ça arrive aussi.

L'homme se mit à rire jusqu'à s'étouffer, puis se mit à tousser à en cracher ses poumons.

— Hi hi hi ! reprit-il après sa quinte de toux.

— Je vous rassure, l'interrompit Thomas, il n'a rien laissé derrière lui. À ma connaissance, son seul héritier est un petit chien noir. À présent, l'animal est à la SPA.

— Un petit chien noir ?

— Oui… ça vous étonne ?

— Comme je vous l'ai dit, je ne l'ai pas vu souvent cet homme, mais ça, je peux vous l'assurer, il n'avait pas de chien !

— Un petit chien noir… avec un bandana rouge autour du cou… vraiment, ça ne vous dit rien ?

— Ben, non… Je vois pas, dit le pêcheur tout en se creusant la cervelle. Non, je ne vois vraiment pas, réitéra-t-il. Et puis, ça m'aurait marqué. Moi, j'adore trop les petits chiens. Surtout les p'tits kikis, parce que les p'tits kikis, eux, ils sont affectu…

— Oui, on sait tout ça : les petits kikis, ils sont charmeurs, ils foutent aussi le bordel parce qu'ils gueulent pour un oui ou un non, mais le problème n'est pas là. Donc vous soutenez qu'il n'en avait pas ?

— De quoi ? reprit le pêcheur.

— Mais un kiki, nom de Dieu ! Un kiki tout noir avec le bout de ses pattes blanc et un foulard rouge ! finit par s'énerver Thomas.

— Drôle de dégaine pour un chien… Et puis, faut pas vous mettre dans cet état-là pour une histoire de clébard ! Moi, j'avais pas compris !

Non, franchement, il ne voyait pas. Ou alors, le propriétaire avait acquis l'animal depuis peu de temps.

— Ça m'étonnerait, reprit Thomas.

— Eh ben, dit' donc, vous avez l'air de bien le connaître ! Vous êtes flic, ça c'est sûr…

— Non. Mais je travaille pour eux.

Le pêcheur leva un œil suspicieux sur Thomas.

— Ah ! Je me disais, aussi… En tout cas, pour le chien, je suis formel, il n'en avait pas. Non et non ! insista-t-il. Mes amis pêcheurs vous l'auraient confirmé, ils sont partis en vacances, les veinards… Ah si ! Ça y est, ça me revient, votre clochard, parfois il poussait un, comment dit-on… une poussette, c'est ça, une poussette.

— Plutôt un landau, non ?

— Voilà ! Je cherchais le mot juste : un landau. Une antiquité de landau !

Après lui avoir souhaité une pêche miraculeuse, Thomas le salua puis regagna sa voiture.

Si le clochard n'avait pas de chien, à qui appartenait celui qui croupissait à cette heure au chenil de la SPA ? Thomas se remémora l'instant où il avait vu l'animal pour la première fois. Apeuré par tout ce remue-ménage, celui-ci regardait bien en direction de l'abri. Là où était son maître. Ce dernier se serait-il fait assassiner à la place de l'homme au landau ? Dans ce cas, comment avait-il appris que l'abri, construit dans un endroit aussi isolé, était libre ? Un squatter venu de Talensac ? Non, pour Thomas tout ça ne collait pas… Ou alors, le ruban passé autour du cou du chien n'avait pas été trouvé aux halles, mais tout aussi bien dans un autre lieu de la ville…

XIV

Chloé tira les doubles-rideaux pour laisser pénétrer la clarté du jour dans la chambre. Le ciel, plombé par des nuages capricieux, menaçait. Cette année, l'été n'était vraiment pas terrible. Même si elle ne prenait pas de vacances, elle aurait préféré des journées plus ensoleillées. Le soir, après son travail, dans la douceur vespérale, elle aurait pu flâner dans les rues du centre-ville. Mais bon, elle était bien obligée de s'accommoder de ce temps chagrin ! Avant, oui, cela l'aurait contrariée un tant soit peu. À présent, rien n'avait de prise sur son humeur. Tiens ! Il pouvait bien pleuvoir des cordes tous les jours, elle n'en aurait même pas été affectée ; toute à son bonheur, elle avait la tête ailleurs !

Sans se soucier de sa nudité, elle évoluait dans la pièce avec une grâce innée.

Victor Durieux, toujours au lit, les mains croisées derrière la nuque, se réjouissait de la plastique du corps qui s'offrait à ses yeux. Jugulant son désir montant, il se mit à déclamer :

— Ô femme, Ô nymphe !

Totalement surprise, Chloé poussa un petit cri et se

précipita pour enfiler un grand pull qui la couvrit jusqu'au haut des cuisses.

— Je… je croyais que tu dormais encore !

— Le sais-tu au moins ? Tu es renversante !

— Profiteur, obsédé, lubrique !

— Non, expert en esthétique corporelle. À vue de nez, je n'hésite pas à le dire : ton corps possède la proportion dorée. En as-tu seulement conscience ?

— Mais… que racontes-tu là ?

— Si… Tu portes en toi les canons de l'esthétique, comme la Vénus de Botticelli.

— Arrête de délirer, veux-tu !

— Entre la hauteur totale de ton corps et celle du sol à ton nombril, il existe un rapport phi*, appelé aussi le nombre d'or. J'en suis certain ! Tu es une représentation divine !

Elle éclata de rire.

— Celle-là, Je ne l'ai jamais entendue ! Je vais avoir du mal à m'en remettre. Ressembler à Vénus, et divine de surcroît, ce n'est pas rien, tu sais ! Je ne sais pas si je vais pouvoir assumer…

— C'est ça, moque-toi ! Je dis divine parce que l'on retrouve cette proportion dans la nature, notamment dans les fleurs à cinq pétales ou encore dans les spirales des coquillages. On retrouve aussi ce rapport dans la construction des pyramides, des cathédrales ou dans des tableaux de maîtres. Cette proportion équilibre

*Le nombre d'or : 1,618 033…

toute œuvre, c'est elle qui attire l'œil. Tiens, on la retrouve aussi dans le dessin de Léonard de Vinci. Tu sais, celui où un homme est inscrit à la fois dans un carré et dans un cercle… Le génie a repris la proportion de l'architecte Vitruve et c'est ainsi que le cercle et le carré ont, à huit centièmes de millimètre près, le même périmètre ! Ça te parle ?

— Oui, bien sûr !

— En dehors du nombre d'or, appliqué à ce dessin, on y retrouve surtout un message ésotérique très fort.

— Ah, et quel est-il ? À la librairie, je n'ai aucun livre traitant de ce sujet.

— Le cercle représente l'univers, c'est le macrocosme. Le carré symbolise la terre donc le microcosme. Cela traduit la célèbre pensée d'Hermès Trismégiste* : Ce qui est en bas est comme ce qui est en haut et inversement.

— Et l'Homme, dans tout ça ?

— Il fait partie du tout, il en est indissociable. Membres écartés, avec sa tête, il représente l'étoile à cinq branches. C'est la partie divine de l'Homme, elle est associée au cercle. Son autre représentation est une croix, soit la partie physique de son être ou encore les épreuves qu'il subit ici-bas. Il s'inscrit à la fois dans le cercle et le carré. Il est l'intermédiaire entre la terre et l'univers. Il en est aussi la quintessence.

---

*Un sage d'Alexandrie dont la pensée a fortement influencé celle du Moyen Âge.

— De Vinci a certainement voulu transmettre qu'il y a du divin dans l'Homme, qu'il n'était pas uniquement cette créature de Dieu dont la vie devait être consacrée à la rédemption de ses péchés comme l'imposait l'Église.

— Léonard de Vinci était certainement un initié, membre d'une société secrète, avança Chloé.

— Bien plus : un illuminé. Un *illuminati*, celui qui a reçu la lumière. Son nom apparaît dans les dossiers secrets*, déposés à la Bibliothèque Nationale, lui confirma Victor Durieux. Il aurait été nautonier** du prieuré de Sion. Personne n'en a la preuve. En toute logique, quand on est membre d'une société secrète, on ne le crie pas non plus sur tous les toits, surtout à l'époque où vivait Léonard de Vinci… À Florence, Cosme de Médicis a fait traduire par Marsile Ficin le *corpus hermeticum* écrit en grec et attribué à l'Égyptien Hermès Trismégiste. De Vinci a lu les textes de ce sage et les a symbolisés par ce dessin. Il était certainement un esprit supérieur, très éclairé.

— Puisque son dessin condense la pensée des alchimistes, c'est une évidence, De Vinci les côtoyait et

*On ignore d'où proviennent ces dossiers. Pierre Plantard, un personnage intrigant, serait à l'origine de cette fable et de la mystification du prieuré de Sion.

**Vieux terme pour désigner le Grand Maître. De Vinci l'aurait été de 1510 à 1519. Autres noms connus de cette liste : Victor Hugo, Claude Debussy, Jean Cocteau… Et, en remontant la liste, de 1637 à 1654, on retrouve aussi Jean Valentin Andreae, à l'origine de l'énigme des Rose-Croix avec le désormais célèbre cercle de Tübingen.

approuvait leurs préceptes. Il a adressé un message au monde. Te rends-tu compte, à l'époque, son dessin, pour le moins étrange au profane, remettait le dogme de l'Église en question ! Si l'Homme avait sa part de divinité, celui-ci devait donc la chercher en lui et non par l'intermédiaire d'un prêtre. Ce qui était considéré comme une hérésie !

— Exactement. De même, le Christ n'aurait jamais dû être divinisé par sa résurrection mais rester un exemple en tant qu'homme physique.

— C'était la vision des Ariens ! Ils voyaient en Jésus un prophète sans nature divine. L'arianisme a fortement menacé l'orthodoxie chrétienne de Rome durant le premier millénaire. C'était une religion très répandue en Occident et dans le sud de la France, et les Mérovingiens y étaient favorables jusqu'à ce que Clovis signe son pacte avec Rome.

— Il fallait diviniser le Christ pour mieux faire oublier Jean le baptiste dont l'exécution par décapitation, à cause du caprice d'une femme*, n'avait même pas fait l'objet d'un simulacre de procès, ni la mort n'avait été mise en scène comme celle du Christ. Jean, le baptiste, a baptisé Jésus, mais quand il dit : « Celui qui vient après moi est plus fort que moi », ne parle-t-il pas de Dieu et non du Christ ?

— Durant ton absence, nous avons organisé une soirée-débat à la librairie. Il était question des origines

*La fille d'Hérodiade.

de la chrétienté et le conférencier a comparé la résurrection du Christ avec celle d'Osiris. Ce que tu viens de dire, à propos de l'arianisme, tombe à point car Arius est né en Égypte aussi. La civilisation égyptienne aura eu une forte influence…

— Alexandrie est aussi le berceau de l'alchimie et les sociétés à caractère initiatique font aussi référence à des origines, des rites et des symboles égyptiens. Nous revenons toujours à eux !

— Depuis ton retour, nous n'en avons pas parlé, mais à Paris, as-tu obtenu tous les renseignements pour ton travail ? lui demanda Chloé, tout en choisissant ses vêtements pour s'habiller.

— Je les qualifie de moyens.

— Tu es déçu ?

— Un peu, dit-il.

— Et pourquoi ?

— Je n'ai rien appris de plus sur ce grand prieuré qui m'a mené à Nantes. En revanche, ici, j'ai découvert quelque chose d'intéressant…

— Moi ? dit-elle en affichant une mine ingénue.

Il éclata de rire.

— Non, troublant est le mot qui convient le mieux.

— Tu deviens mystérieux… Explique-moi ça.

— Trop tôt pour le dire ! Une enquête journalistique est pareille à une enquête policière, sujette à réserve tant qu'elle n'est pas achevée.

Puis, passant à un tout autre sujet, Chloé lui proposa :

— Tiens, regarde la divine proportion, avant qu'elle ne s'habille !

Elle se dévêtit de l'unique pull-over, enfilé cinq minutes auparavant. Nue, campée sur ses jambes, elle fit tournoyer le vêtement au-dessus de sa tête, puis le lança en direction de Victor Durieux qui le reçut en pleine figure.

— Ouahououou ! hurla-t-il en se redressant dans le lit, les yeux exorbités, imitant le loup de Tex Avery.

Chloé se glissa dans son jean, enfila un t-shirt et une paire de sandales. Après quoi, elle disparut dans la cuisine pour avaler une tasse de café. Non sans avoir embrassé son amant, elle s'en alla faire l'ouverture de la librairie.

À son tour, Victor Durieux se leva. Depuis qu'il était à Nantes, il le reconnaissait volontiers, la vie était plutôt agréable pour lui. Loin de subir la solitude d'une chambre d'hôtel, il logeait chez l'habitante et, qui plus est, parfaite à tout point de vue ! Belle, sensible, intelligente et agréable à vivre. Mais hélas, il ne s'était pas introduit chez son hôtesse dans le seul but de la faire succomber à ses charmes. Il avait une décision à prendre et cela l'ennuyait. Son voyage à Paris, loin d'avoir été à la hauteur de ses espérances, lui avait au moins permis d'analyser, avec du recul, des découvertes récentes. Il devait élaborer une stratégie avant de passer à l'action. Une fois levé, son premier geste fut de palper la poche de son pantalon. Le couteau y était… Cela le rassura.

*

* *

Chloé traversa la petite place circulaire, ombragée par des arbres où, par beau temps, il lui arrivait de s'asseoir sur l'un des bancs pour manger un sandwich à l'heure du déjeuner. Ensuite, elle gagna la rue de l'Arche.

Elle remonta le rideau métallique de sa boutique, non sans avoir salué puis échangé quelques mots avec son voisin. Un commerçant en objets de décoration pour l'habitat. Cette période de l'année était particulièrement calme pour son activité. Il s'en plaignait.

Enfin, à pied d'œuvre dans la boutique, elle entama la succession des tâches quotidiennes avant de commencer sa journée. Si auparavant, elle les exécutait sans se poser la moindre question, depuis quelques jours, ces actes lui semblaient répétitifs, voire pesants. De cela, elle s'en était rendu compte depuis sa rencontre avec Victor Durieux. Cet événement inattendu lui avait ouvert les yeux sur un autre mode de vie. Du moins, son quotidien s'en trouvait perturbé, mais d'une manière jugée positive par elle. Pour autant, elle devait se garder de considérer ses répétitions journalières comme une corvée, pensait-elle. Dans peu de temps, lorsqu'elle se retrouverait seule, celles-ci la rassureraient de nouveau. Concernant la date de départ de Victor, elle n'osait lui poser franchement la question de crainte de l'entendre dire : « Demain, c'est pour demain ! » Elle préférait conjuguer son bonheur au temps présent pour mieux oublier le futur qu'elle savait cruel d'avance. Bien malgré elle, il lui arrivait parfois de songer à cet instant fatal, celui où il lui annoncerait son retour à Toulouse.

Ce jour-là, elle braverait son émotion, n'en laisserait rien paraître par vaine crânerie, s'interdisant de ne pas dévoiler ses sentiments profonds, de crainte d'être ridicule, fleur bleue. S'il n'éprouvait aucun remords à la quitter, c'est qu'il n'était pas amoureux d'elle. Alors, de son côté, elle ne ferait rien pour le retenir non plus. À choisir, elle ne voulait pas de scène de rupture, souhaitait plutôt, au retour de son travail, trouver un simple mot d'adieu posé sur la table. Être seule face à son chagrin… Qui sait, ce soir ou demain…

Là, sur le moment, d'y penser l'attristait. Elle préféra chasser ces idées dont il ne résultait rien de bon. Elles sapaient son moral et son énergie et n'infléchiraient pas non plus le cours du destin. Victor Durieux était une aventure sans lendemain. Passagère, dit-on. Pourtant, elle l'aimait. C'était bien la première fois qu'un homme la hantait à ce point…

« Oh ! Et puis assez de sentimentalisme », finit-elle par se dire. Il ne lui avait rien promis. De ce côté-là, elle n'avait rien à lui reprocher. Il était honnête !

Elle était dans la réserve, à consulter le catalogue d'un nouvel éditeur, quand la sonnette de la porte tinta. C'était le facteur. Toujours pressé, celui-là ! Déjà, il lui tendait un colis. Elle reconnut l'étiquette d'une maison d'édition. C'était la commande d'un client qui lui parvenait avec du retard. Depuis, ce dernier l'avait annulée.

— Oh, il pleut ? s'étonna-t-elle, surprise de voir perler des gouttes sur le vêtement synthétique du facteur.

— Quelques petites ondées par-ci par-là, pas de quoi rebuter un facteur ! assura-t-il en lui tendant un document à signer.

— Ce temps-là c'est bon pour le commerce, lui confia-t-elle en griffonnant ses initiales dans la case prévue à cet effet.

— Temps de grenouille et le commerce s'en met plein les fouilles ! déclama-t-il avant de tourner les talons.

Le regardant fermer la porte après lui, Chloé en était éberluée.

« Non, mais… il en a beaucoup à sortir, des comme ça ? » se dit-elle. Le dicton improvisé finit par la faire rire.

Elle défit l'emballage du livre. Un ouvrage de plus à reléguer provisoirement au rayon des invendus avant de trouver une rubrique appropriée à son titre *L'ésotérisme du Graal**. Elle alla dans l'aile droite de la librairie pour l'insérer entre deux ouvrages remisés, eux aussi, sur la plus haute des étagères. En descendant de l'escabeau à roulettes, elle faillit perdre l'équilibre, son cœur se mit à cogner dans sa poitrine. La cause de

*De Philippe Lavenu. Éditions Trédaniel.

son émotion ? Son regard s'était heurté inévitablement à la poignée de la porte… condamnée. Elle était en position basse… Cette fois, elle en était sûre, ce n'était pas le fait d'un client curieux. Hier, sa journée terminée, toujours ce réflexe, elle avait vérifié la porte avant de quitter le magasin. Or depuis, personne, hormis elle et le facteur, n'avait mis les pieds dans la librairie…

*

* *

On l'avait prévenu par téléphone. Joseph Duval se précipita vers la porte de son bureau pour accueillir Thomas.

Soucieux, Joseph Duval l'était assurément. Mine renfrognée, peu enclin à sourire. Certes, d'ordinaire peu porté sur la plaisanterie, mais là, ça virait à la catastrophe. Pour qui le connaissait, ce n'était plus le même homme.

Il se rassit dans son fauteuil en soupirant, comme s'il portait toute la misère du monde sur son dos. Conséquence de ses nuits passées à ruminer, à soupçonner, à conjecturer inlassablement, l'œil ouvert sur l'obscurité de la chambre. Moins de repos, donc moins de capacité à appréhender les événements avec lucidité, fussent-ils professionnels ou personnels. Il en était là, Joseph Duval, complètement à cran, un rien l'irritait. Et c'était peu de le dire ! D'ailleurs, France avait fini par prendre le large pour s'installer dans leur maison de vacances au Croisic. Un bien immobilier hérité de sa famille et où elle avait passé toute sa jeunesse. Elle s'y sentait vraiment chez elle, surtout quand son Joseph lui tirait la tête.

« Quand tu auras écroué ton assassin, tu me feras signe ! » Lui laissant entendre qu'il n'était pas près de la revoir, du moins tant qu'il montrerait cette tête renfrognée ! Elle n'y était pour rien, elle n'était tout de même pas la criminelle, si ? « Non, non », avait-il répondu benoîtement. Trop tard, sa valise bouclée, elle avait claqué la porte derrière elle.

Au-delà de tout ça, il était aussi en rogne parce qu'il n'arrivait plus à remettre la main sur le manuscrit de Simon Lestrac. « Mais enfin, où est passé ce putain de manuscrit ? » ne cessait-il de répéter en mettant la maison sens dessus dessous, et non sans soupçonner un peu trop vite sa femme d'être l'unique fautive. « Va savoir, peut-être à la décharge avec les vieux papiers dont elle s'est débarrassée dernièrement… » Voilà ce qu'il pensait, lui. Et elle de se défendre bien sûr. Grand Dieu, jamais elle n'aurait commis une telle négligence ! Elle était prête à assumer pas mal de bourdes, mais pas celle-là. « Non, Duval, pas celle-là ! » lui avait-elle asséné. Et lui, figé droit dans ses bottes, qui n'en démordait pas. « Où veux-tu qu'elles soient, sinon à la décharge, hein ? » Bref, tout avait fini par tourner à l'aigre. Si Lestrac les voyait de là-haut, il devait bien se marrer !

— Ainsi, vous rejoignez votre famille pour le week-end ? dit-il à Thomas.

— Oui. J'ai promis à mon fils de lui apprendre à nager. Je serai de retour lundi.

Comme si rien n'était, histoire de sauver la face, à son tour, Joseph Duval fit part de ses projets. Sachant d'avance qu'il marinerait seul dans son pavillon de la banlieue nantaise. Peut-être même se risquerait-il à jardiner, mais sans grand enthousiasme, histoire de passer le temps… Jamais il n'avait eu la main verte. France, elle, possédait ce don. Toujours France… D'ailleurs, lui, à part le métier de flic, savait-il faire autre chose ? Un tournevis ou un marteau en main, c'était la catastrophe assurée !

Il ne se priva pas d'un petit mensonge.

— Pour ce qui me concerne, je vais au Croisic rejoindre mon épouse… En espérant n'être pas importuné par un événement précipité. Prions le ciel que l'assassin ne récidive pas durant ces deux jours ! Du côté du témoin, nous n'avons plus de bile à nous faire, n'est-ce pas ? Lui ne parlera plus, dit Joseph Duval, résigné à la fatalité.

— Pas si sûr…

— Tiens, tiens ? Qu'est-ce qui vous fait dire ça ?

— Rassurez-vous, je ne parle pas de ce malchanceux.

Joseph Duval paraissait pour le moins intrigué par cette annonce. Son sourcil se haussa, interrogateur.

— Vous avez du nouveau ?

— Il semblerait… Le témoin serait toujours en vie… se risqua Thomas.

— Mais… quoi… Vous en êtes certain ?

— Pas encore. Si le chien récupéré sur le quai des Antilles pouvait parler, il aurait beaucoup de choses à nous apprendre.

— Vous me surprenez de plus en plus ! dit Joseph Duval.

— Notre témoin, le vrai, ne posséderait pas d'animal…

— Dites-moi… il serait toujours en vie ?

— Le témoignage d'un pêcheur à la ligne viendrait renforcer ce fait. Ceci est à prendre au conditionnel, bien sûr. Il dit avoir aperçu quelquefois le véritable locataire de l'abri. Si l'homme poussait parfois un landau, jamais il n'était accompagné d'un chien, il est formel sur ce point. C'est troublant, n'est-ce pas ?

— Qu'est-ce que c'est cette histoire ? dit Joseph Duval en détachant chaque mot, de plus en plus étonné. De plus, pour l'avoir seulement aperçu quelquefois, comment peut-il en être sûr ? Je me méfie de certains témoins…

— Tout ça demande à être vérifié du côté de Talensac, ajouta Thomas.

— Vous avez localisé notre homme à Talensac ? Comment avez-vous fait ?

— Nous en reparlerons plus tard, éluda aussitôt Thomas.

— Nous devons saisir cette chance inouïe ! Croyez-moi, ça ne va pas traîner, je vais faire embarquer toute la cloche du secteur, les interroger un à un et, croyez-moi, je ne vais pas m'emmerder avec des formalités de garde à vue ! prévint Joseph Duval en tapotant nerveusement le dessus de son bureau à l'aide de son index, pour mieux se persuader d'un procédé qu'il savait illégal d'avance.

Cette histoire de SDF commençait à lui chauffer le sang et on allait voir ce qu'on allait…

— Non, Duval. Agissons avec tact ! trancha Thomas. D'abord, vous commettriez une erreur, vous le savez bien. Une association de défense des plus démunis, ou que sais-je encore, aura tôt fait de mettre son nez dans cette affaire et ne manquera pas d'évoquer des histoires de maltraitance exercée sur ces malheureux. Même si ce n'est pas vrai. Puis, à faire trop de vagues, nous risquons d'éveiller de nouveau les soupçons chez l'assassin.

— Ce crime n'a peut-être aucun lien avec les trois autres… Un hasard, monsieur de Rosmadec, un hasard qui vient tout compliquer ! Pourquoi pas un règlement de compte entre deux clochards ?

— Un clochard porte-flingue, vous y croyez vraiment ?

— Nooon… pas plus que ça, admit-il. Mais comprenez, tout cela finit par m'exaspérer !

— Cette fois, nous devons agir avec plus de discrétion. Je vous demande de garder toute la confidentialité sur notre entretien.

— Vous voulez dire… celui-ci ? s'étonna Joseph Duval.

— Oui. En restreignant le nombre de personnes informées, nous évitons d'éparpiller nos sources et peut-être bien un autre drame.

— Ah ?

— Je ne peux vous en dire plus.

— Bon, finit par admettre Joseph Duval, tout en ne voyant pas très bien la raison d'une telle restriction, mais il faisait confiance à Thomas… Quant à ne pas renouveler l'erreur de l'appel à témoin dans la presse, il était entièrement d'accord. Puis il reprit :

— Dans le département, tous les possesseurs d'une arme de calibre 9 ont été entendus. Il n'est rien ressorti des auditions. L'assassin n'est peut-être pas d'ici. Pourquoi pas un marginal itinérant qui posséderait une arme ? Il appartient au juge d'élargir les recherches aux départements limitrophes.

— Sincèrement, vous croyez à la version du SDF armé ?

— Je dois tout vérifier ! Quand je dis marginal, je ne veux pas dire pour autant un clochard.

Quand bien même, cela n'apporterait rien de plus, pensa Thomas.

Lui ne suivait pas Duval sur ce terrain.

— Avez-vous abordé l'éventualité de deux tueurs ? suggéra-t-il à Duval.

— Oui, mais rien ne vient étayer cette thèse.

Thomas développa :

— Les trois premiers crimes procèdent d'une sorte de rituel de la décapitation. Ils ont été commis certainement par le même individu. En revanche, il a très bien pu commanditer le meurtre par balles.

— Pourquoi déléguer, si je puis dire ? l'interrompit Duval.

Ce quatrième meurtre, pour des raisons que nous ignorons encore, ne relève pas de la mise en scène de la décapitation. Alors, l'assassin, celui des trois premiers crimes, a fait appel à tiers pour faire exécuter le témoin. Ce tiers a utilisé une arme qu'il possède ou qu'on lui aurait remis… supposa Thomas.

— En l'occurrence un 9 mm…

— Oui, puisqu'il s'agit de ce calibre.

Joseph Duval suggéra une autre possibilité. Il n'y avait qu'un seul assassin et celui-ci avait abandonné le rituel de la décapitation parce qu'il ne s'appliquait pas au témoin, ainsi que venait de le dire Thomas.

— C'est plausible aussi… admit Thomas.

— De plus, il se méprend sur la personne… Hum… Et vous me demandez toute la discrétion possible pour qu'il ne sache pas qu'il a commis une erreur, c'est ça ?

— Exactement. Gardez cela pour vous !

— Aucun problème… Si ce n'est de ne toujours pas comprendre la raison réelle et d'être dans le flou le plus total, reconnut Joseph Duval avec un fond de fatalisme.

— Pour la raison, nous verrons plus tard…

XV

Samedi soir, dix-neuf heures trente. Finie la semaine de travail ! Chloé revenait de la librairie. Marchant d'un bon pas, portant son sac en bandoulière, elle rejoignait Victor Durieux. Il l'attendait chez elle.

Pour la soirée, elle avait prévu une séance cinéma. Ensuite, pourquoi pas un dîner en tête-à-tête à la terrasse d'un restaurant ? Après quoi, la nuit entière serait à eux ! La nuit tiède, électrique, leurs corps fiévreux, avides d'étreintes. Puis, au petit matin, libérée de la tension du désir, assoupie dans des bras de Victor, elle écouterait l'ondée orageuse crépiter.

Elle verrait bien.

Elle voulut ouvrir la porte de son appartement, mais se heurta à une résistance, tourna la poignée plusieurs fois sans succès. La porte était verrouillée. Victor était donc en retard. Dans son sac, elle chercha le double de la clé.

Elle entra, eut un léger pincement au cœur. Victor n'était pas là pour l'accueillir…

Aussitôt, elle ressentit une sensation étrange, celle du vide autour d'elle. Pas un bruit pour témoigner d'une présence humaine.

Chloé vivait l'instant de l'incertitude, prélude aux déceptions auxquelles on n'ose croire encore.

Dans l'attente, elle s'occupa : fit avant tout du rangement dans la cuisine, puis revint dans le salon où elle prit un livre, s'allongea sur le canapé, suréleva ses jambes pour les soulager d'avoir piétiné toute la journée.

Le nez dans son livre, elle ne s'était pas rendu compte du temps écoulé. Vingt et une heures à sa montre quand elle y jeta un œil ! Elle abandonna sa lecture et se leva d'un bond.

À présent, tout était vraiment anormal.

Tout d'un coup, ce qui n'était qu'une intuition, se révéla à sa conscience. Ses projets pour la soirée, ses rêves s'écroulaient, n'étaient plus que des fantômes. Son livre glissa de sa main et tomba sur le plancher. Le cœur serré, espérant malgré tout, elle visita les pièces, l'une après l'autre. Elle n'y croyait pas, ce n'était pas possible ! Pas un signe, rien ! Le silence lui revenait comme en écho à sa détresse. Elle accusait le moment si redouté, celui de se retrouver face à elle-même. Désemparée, elle ne savait que faire ni quoi penser.

Un retard ? Victor avait été retardé, oui, ce devait être ça… Et puis, tout compte fait, c'était impossible, plus à cette heure-ci ! Un mot, il avait sans doute laissé un mot d'adieu, elle ne l'avait pas vu, n'osait trop y croire pour garder une lueur d'espoir. Elle eut envie de repartir, de fuir son appartement. À son retour, il serait là ! Mais trop anéantie, elle ne se sentit pas le courage de le faire.

L'homme qui avait illuminé sa vie durant quelques jours, était reparti sans rien dire, sans même laisser une lettre, un petit mot d'espoir. D'espoir de quoi ? Il ne lui avait rien laissé entendre non plus. Pourtant, cette rupture, elle l'avait envisagée, elle s'y attendait, s'y était préparée. Bien sûr, sans trop y croire, jusqu'à en rejeter l'idée. Quand bien même, le coup était rude. Dur pour elle de l'accepter ! Elle chercha désespérément la moindre preuve écrite, sur les meubles, la table, le lit. Pas un seul indice non plus, pas le plus petit signe pour lui dire combien elle se trompait ! Elle traversait un mauvais rêve, elle allait se réveiller, à nouveau, tout serait merveilleux… Rien ! Elle ne trouva rien qui l'eût contredit.

Comme quoi, elle n'en valait pas la peine, n'avait pas le droit au bonheur durable, elle, la fille des aventures sans lendemain. Une pauvre fille candide, un peu fleur bleue. Tiens ! Une fille facile par désespoir du temps qui passe. Ces images négatives défilaient dans sa tête. Finie, terminée, son idylle avec Victor était définitivement consommée, pareille à un fruit exotique, sans même avoir apaisé sa soif. Sa vie sentimentale était un échec… Elle sentit une douleur diffuse envahir son cœur, son corps. Elle se retrouvait de nouveau seule.

Pourquoi les autres vivaient-elles pleinement leur amour, parfois même de manière insolente, et pas elle ? Parce qu'elles étaient mieux ? Plus intelligentes, plus… comment dire… attirantes ?

Oui, tout était de sa faute. Elle ne savait pas livrer ses sentiments, en avait honte parfois, elle se l'avouait volontiers. Tout cela par vaine bravade. Ainsi, elle n'avait pas su retenir les hommes qu'elle avait vraiment aimés. Oh ! Ils n'étaient pas nombreux. Trois, tout au plus, dont Victor, bien sûr. Lui était sans conteste le plus formidable. Il savait la transporter sur un nuage, mais elle, que lui avait-elle donné en retour ? Rien ! Tout était de sa faute. Elle n'avait pas su lui dire ou lui montrer par des petits riens sa profonde affection, son désir de vivre avec lui ! Alors… alors, il était parti à la sauvette, préférant ne pas lui révéler ce qu'il attendait d'elle et qu'elle ne serait jamais capable de lui apporter. La gorge nouée, elle n'arrivait plus à contenir son émotion. Seule, elle se retrouvait seule, une fois de plus ! Elle avait l'impression d'être pareille à une vieille fille desséchée. Elle eut envie de hurler son découragement, sa désillusion. Elle en était incapable. S'effondrant sur son lit, elle s'y lova et fondit en larmes…

*

*   *

— Tout ça, c'est des inventions des grands, des bêtises ! affirma Alain, très remonté.

— Comment ça, des bêtises ? reprit Thomas.

— Dans la baie de Douarnenez, il n'y a pas de ville engloutie. Les filles ont demandé à leur père et je me suis fait traiter de menteur par elles !

— Évidemment, c'est une légende ! lui confirma Thomas en éclatant de rire.

— En plus, ça te fait rire, toi ? Pas moi ! s'indigna Alain.

Léa s'interposa :

— Tu devrais faire attention, Thomas. Alain croit tout ce que tu lui dis. À son âge, il prend tout au premier degré.

— Bon, je fais mon *mea culpa*.

— Ça veut dire quoi, *mea* machin, comme tu dis ? demanda Alain, un brin soupçonneux.

— C'est du latin. Ça veut dire, par ma faute… Je reconnais mon erreur, si tu préfères.

— Booon, d'accord !

— Cela t'aura permis de faire connaissance avec tes amies, non ?

— Mouais…

— En Bretagne, les légendes sont nombreuses. Certaines sont totalement imaginaires, d'autres sont nées à partir de faits réels, puis déformées au fil du temps. Tiens ! J'en connais une autre…

— Ah non, Thomas ! Tu ne vas pas recommencer ! Tu le sais très bien, il va la raconter à ses petites amies et après, il viendra encore se plaindre qu'on lui rit au nez, prévint Léa.

— Bon, n'en parlons plus !

— Si, Thomas, allez, raconte ! insista Alain, gagné par la curiosité.

— Non, Léa a raison.

— Je t'en prie, raconte, tu veux bien ? Puis, je m'en fiche de ce que pensent les autres filles. Ma préférée, elle y croit, elle…

— Ah, Monsieur a une petite amie ?

Alain haussa les épaules.

— Allez, dis !

— D'accord, c'est la légende des moines rouges. Je vais te la raconter en nous promenant sur le front de mer.

— Ouais, super !

— Léa ! Tu viens avec nous ?

— Je passe un pull et j'arrive ! cria-t-elle depuis la chambre.

Une brise fraîche accompagnait la marée montante. La lune se réverbérait sur les vagues. En face, de l'autre côté de la baie, les lumières de Douarnenez scintillaient et, tout au bout, à la Pointe du Raz, le faisceau d'un phare balayait la nuit par intermittence… Et, toujours ce bruit de fond, assourdissant, venu de la mer.

Ils marchaient tous les trois, respirant à pleins poumons l'air iodé. Thomas au milieu, d'un côté Léa à son bras, serrée contre lui, et de l'autre, Alain lui tenant la main, impatient.

— Ça y est, tu la racontes ton histoire, Thomas ?

— C'est celle des moines rouges de Locmaria… C'étaient des moines guerriers, on les appelait les

Templiers. Ils habitaient la commanderie de Locmaria, La Localité de Marie, parce qu'ils vénéraient la Vierge. Ce lieu-dit est devenu aujourd'hui un faubourg de la ville de Quimper, sur la rive gauche de l'Odet. Ces trois moines sont maudits et leurs fantômes, terrifiants !

— Et pourquoi ils sont maudits ? voulut savoir Alain.

— Ils auraient commis, dit-on, un acte abominable. L'enlèvement d'une jeune fille. Ils l'auraient séquestrée pendant huit mois et quand ils s'aperçurent qu'elle attendait un bébé, ils décidèrent de l'enterrer vivante dans l'église de la commanderie.

— Ouah, les salauds ! s'exclama Alain.

— Franchement, tu exagères, Thomas ! Tu aurais pu choisir une autre légende, lui fit remarquer Léa.

— Non, vas-y, continue… insista Alain, non sans être gagné par une certaine inquiétude.

— Ce soir-là, une forte pluie d'orage tombait. Autant le dire, il pleuvait des cordes.

— Des cordes ?

— Oui, des cordes. C'est une image. Cesse de m'interrompre à tout va, sinon on ne va pas y arriver… Donc pluie, tonnerre, éclairs, rien ne manquait. La totale ! Un chevalier voyageur passait par là. Il s'arrêta à la commanderie pour demander l'hospitalité. Pour la nuit, seulement. Quand il entra, il entendit des cris provenant de l'église. Il colla son œil sur la serrure pour voir ce qu'il s'y passait. C'était l'horreur ! Les moines creusaient la tombe de la malheureuse, tandis qu'elle les suppliait de la laisser en vie. Le chevalier remonta sur son cheval et partit aussitôt chercher du renfort auprès de l'évêque.

— Elle a été sauvée ?

— Bien sûr. Mais là, on découvrit l'horreur…

— Quoi, dis vite !

— Ils avaient commis d'autres meurtres. Au total, sept jeunes filles de la région ! Ils ont été condamnés à mort, puis exécutés. Depuis, leurs squelettes, vêtus de manteaux blancs frappés d'une grande croix rouge sur la poitrine, galopent à cheval, la nuit, par les chemins ou sur la lande du côté de Quimper, de Concarneau ou de Bannalec. Bref, dans toute cette région. Ils sont si terribles qu'il vaut mieux se cacher !

— Pfff… Même pas peur ! dit Alain.

— Pourquoi les appelait-on les moines rouges, alors qu'ils avaient des manteaux blancs ? voulut savoir Léa.

— Ils ont été appelés ainsi au moment de la vaste rafle organisée par Philippe Le Bel. Certains s'étaient battus et leur manteau blanc était maculé de sang… Cette légende est née de la vague de discrimination qui a suivi la persécution des Templiers. Ils ont été vénérés, puis honnis par le peuple… Ainsi est la *vox populi*.

— Nous pouvons rentrer à présent.

— Thomas ?

— Je t'écoute, Alain.

— Tu fermeras bien la porte, à clé…

Thomas, qui connaissait l'histoire des Templiers, fut traversé par une pensée fulgurante, celle du culte voué aux têtes coupées, dont le mystérieux Baphomet*. Aussitôt, et sans aucune raison, sinon par une obscure association d'idées, il rapporta aux crimes de Nantes cette vénération propre aux Templiers. Puis, finalement, il se ravisa. Son subconscient venait de lui jouer un tour. Tout ça, parce qu'il enquêtait actuellement sur des crimes qui ressemblaient fort à des simulacres de décapitation…

*

*   *

Chloé cligna des paupières. Que faisait-elle là ? Elle était bien dans son rêve. Si seulement celui-ci avait pu durer encore ! Elle était heureuse, comblée, son ventre était arrondi, porteur de vie. Victor avait sa main plaquée dessus, il s'exclamait à chaque mouvement.

Revenant petit à petit à la réalité, celle-ci lui réapparut, obstinée dans toute sa cruauté. Ainsi, la solitude reprenait ses droits, s'installait de nouveau dans sa

---

*Un buste de femme, doré, un reliquaire contenant un crâne et une étiquette portant la mention CAPUT LVVIIIm (Tête 58 m) et non la représentation de la tête d'un monstre, semblable à celle du diable barbu hermaphrodite de la quinzième lame du tarot, comme l'ont laissé croire les occultistes, parce que ce petit démon orne le portail de l'église Saint-Meri à Paris. (Cf *Les Templiers* de Michel Lamy, pages 182-183)

vie. Mais cette fois, Chloé la percevait comme une ennemie.

Depuis combien de temps s'était-elle assoupie, voire carrément endormie ? Elle était incapable de le dire. Elle était bien ainsi, inaccessible comme dans un cocon. Recroquevillée, elle resta prostrée un moment, toujours à ressasser les mêmes interrogations, doutant d'elle avant tout. Elle ne maîtrisait pas sa vie sentimentale, elle portait cette guigne en elle. Et puis, à quoi bon se torturer avec ça ? Maintenant qu'il était parti, elle devait se faire une raison. Celle de réapprendre petit à petit à vivre seule. N'empêche, cela lui faisait mal.

Sonnée, elle se redressa, passa sa main dans ses cheveux ébouriffés, regarda autour d'elle, l'air un peu hébété, les yeux rougis. Pas du tout envie de faire quoi que ce soit. Elle s'y obligea tout de même.

Dans la salle de bain, elle se passa de l'eau fraîche sur le visage, appliqua des compresses sur ses paupières gonflées. Elle se brossa les cheveux, remua la tête pour leur redonner un mouvement naturel, mais le cœur n'y était pas. Quand elle revint dans le salon, elle se posta devant la fenêtre. Au dehors, il faisait une nuit d'encre… Elle s'annonçait difficile.

Elle entendit son téléphone sonner.

Répondre ? Non. Elle voulait être seule, surtout ne pas s'entendre proposer une sortie, ce samedi soir, avec ses amies qui elles, évidemment, seraient accompagnées. Un repli sur soi pour mieux comprendre son échec serait plus bénéfique que de vouloir à tout prix s'étourdir pour l'oublier. Elle se donnait surtout une bonne raison de se morfondre, cloîtrée chez elle, mais n'en avait absolument pas conscience.

Le téléphone sonna à nouveau. Puis encore.

Pourquoi tant d'insistance, qui pouvait bien l'appeler à cette heure ? Sûrement ses amies. Jamais elle ne pourrait jouer la comédie, dire, se justifier, s'expliquer. Et les autres de compatir, de comprendre, de donner des conseils Ceux qu'elle ne voulait justement pas entendre ! Tout cela ne servait à rien, ça ne le ferait pas revenir, Victor.

Quatrième sonnerie…

Cette insistance l'interpella. C'était le signe d'un appel pressant, qui en retour exige une réponse tout aussi urgente. Rien à voir avec un message qu'on laisse sur le répondeur.

Cinquième sonnerie. Là, nul doute, on cherchait à la joindre à tout prix.

Dans le fond, ne se comportait-elle pas de manière un peu idiote ? Une simple consultation de l'écran lui révélerait le nom de son correspondant ou un numéro lui évoquerait, par quelques chiffres familiers, une relation qu'elle n'avait pas forcément répertoriée. Tout aussi bien, cela pouvait être un de ces appels masqués. Là, pour le coup, c'était certain, elle ne répondrait pas !

Elle plongea la main dans son sac. Après quelques recherches parmi le bric-à-brac, elle réussit à mettre la main sur l'appareil. À l'instant où elle le sortait, la sixième sonnerie se déclencha…

Son cœur se mit à cogner dans sa poitrine. Elle consulta l'écran. Un numéro était affiché ! Était-ce bien celui de Victor ? Elle n'en était pas tout à fait certaine. Depuis son retour de Paris, elle lui avait donné son numéro et il l'avait répertorié dans son appareil. L'inverse, non. Oserait-elle décrocher à la prochaine tentative, et pour l'entendre dire quoi ? Qu'il était parti définitivement, préférant se défiler derrière un téléphone pour ne pas le lui annoncer en face ? Alors, il ne valait pas plus cher que les autres et, dans le fond, n'était pas aussi exceptionnel qu'elle ne se l'était imaginé. Non, elle n'avait pas à répondre… Oui mais, dans ce cas, pourquoi prendrait-il la peine d'insister alors qu'elle n'avait même pas son adresse et était tout juste capable de se souvenir de son numéro ! Il pouvait aussi bien disparaître sans se donner la peine de se répandre en regrets, de lui dire qu'il était parti, et du reste, ça changerait quoi ?

Chloé en était à cette réflexion quand l'appareil sonna à nouveau, celui-ci faillit lui échapper des mains. Son cœur se mit à cogner de plus belle. C'était l'émotion qui faisait ça. Toujours le même numéro qui s'affichait, elle ne pouvait se dérober, plutôt écouter ce qu'il avait à dire, quitte à entendre l'amère vérité une fois pour toutes…

— Ou… Oui ?

— Loé ? Ch'est… ictor…

Victor ! Son Victor ! Sa voix chaleureuse, rassurante, entrecoupée, parasitée par des grésillements, elle ne comprenait pas ce qu'il voulait exprimer, il parlait même avec difficulté, et ce n'était pas pour lui dire adieu, elle en avait la certitude.

— Mal… Hôpital… à Nantes.

— Où, Victor, vite, dis-moi ? le pressa-t-elle, alarmée.

— …Urchenches…

— Urgences ? Aux urgences de l'hôpital, c'est ça ?

— Ouich, che coupe.

— J'arrive !

Ses sentiments la submergeaient. Partagée entre la joie et l'inquiétude, elle ne savait vraiment plus où donner de la tête ni par où commencer. Elle devait à tout prix se calmer, remettre de l'ordre dans tout ça !

D'après ce qu'elle avait compris, Victor était au service des urgences à l'hôpital de Nantes. Il l'avait appelée en douce certainement. Il pouvait s'exprimer, était lucide, donc avec un peu chance ce n'était pas si grave. Vite, elle devait mettre la main sur ses clés de voiture, prendre son sac et aussi un pull dans la penderie, au cas où…

Quand elle ouvrit la porte pour prendre le vêtement, elle écarquilla les yeux. Là, elle se traita de tous les noms d'oiseaux… Les bagages de Victor étaient là, rangés au bas de la penderie ! Mais quelle idiote ! souffla-t-elle.

Quai Moncousu, elle entra dans le parking des

urgences de l'Hôtel-Dieu, gara sa voiture à la hâte, claqua la portière après elle, ne la ferma pas à clé, se précipita pour remonter le raidillon de l'accès des ambulances, déboula dans le hall et se présenta à l'accueil.

Elle devait patienter avant d'avoir accès au box des soins, lui dit-on.

— C'est grave ? s'enquit Chloé.

L'employée du service administratif était bien incapable de l'informer de quoi que ce soit. Elle ne soignait pas, elle ! Elle remplissait des paperasses à longueur de temps. C'était son métier. Eh oui, que voulez-vous, des administratifs, il en faut aussi pour que la machine tourne bien rond. Sinon, hein, où irait-on ? Elle venait de prendre son service de nuit, donc n'était pas au courant de ce qui s'était passé l'après-midi. Et même, ça n'arrêtait pas !

Avant qu'elle n'arrive, c'était son amie, Gisèle, qui occupait ce poste. Elle aurait pu la renseigner, mais elle était partie. Finie sa journée, elle en avait de la chance, Gisèle !

— Durieux, dites-vous ? Bougez pas, on va savoir ça tout de suite…

L'œil rivé sur l'écran, quelques clics de souris plus tard, et la femme afficha un air ravi.

— Ça y est, je l'ai ! Durieux, Victor Durieux, c'est ça ?

— Oui, Victor Durieux, c'est bien ça ! confirma Chloé, impatiente. Et alors ?

— Alors ? Il a été admis aux urgences en fin d'après-midi.

À lire l'heure de son admission, ce patient était là depuis un bon moment déjà, avec un peu de chance, les examens étaient terminés. À moins que… Bon, elle allait voir, se renseigner, dit-elle.

Une demi-heure plus tard, pas moins, Chloé emboîtait le pas d'une infirmière venue la chercher pour rejoindre Victor. Celle-ci poussa l'un des vantaux de la porte battante par laquelle on accédait à un dédale de couloirs.

Un homme perfusé attendait on ne savait quoi sur un lit. Un autre, assis dans un fauteuil roulant, prenant son mal en patience, n'en savait pas plus sur le sort qui lui serait réservé. Que faire d'autre dans ce lieu, sinon d'attendre son tour ? La salle d'attente était emplie de ces visages sur lesquels se lisaient l'inquiétude et la souffrance pour certains. Le personnel soignant allait, venait.

L'infirmière tira le rideau de la cellule de soins. Victor était là, allongé sur un lit. Quand il la reconnut, il leva un bras pour la rassurer, mais ce geste le fit aussitôt grimacer de douleur. On autorisa Chloé à entrer.

Que lui était-il arrivé ?

Une agression dans la soirée. En passant devant un porche, deux hommes avaient surgi de l'arrière – ceux-ci devaient le suivre depuis un moment déjà – et l'y avaient entraîné. Ils étaient difficilement identifiables, casquette sur le crâne et visage dissimulé. Tout s'était passé très vite. Une avalanche de coups, puis le trou noir. Combien de temps avait duré cet état d'inconscience ? Il ne le savait pas. Tout au plus, le temps de permettre à ses agresseurs de s'enfuir sans être inquiétés. Ensuite, il s'était traîné jusque sur le trottoir. Des piétons avaient alerté le SAMU et la police.

Chloé l'aurait bien étreint, serré contre elle pour le réconforter. Elle se ravisa. Elle ignorait la nature de ses blessures. L'anxiété disparut de son visage quand elle le vit sourire. Elle glissa doucement sa main dans celle de Victor.

— Tu as des fractures ?

Il parlait la bouche empâtée.

— Non. Cheulement des ecchymoses. C'est atroce, elles m'arrachent des douleurs à chaque geste. J'ai l'impression d'être passé sous un rouleau compresseur. J'attends le passage du médecin. Il doit me prescrire des médocs. Après ça, je pourrai rentrer.

Elle prit un air plein de malice et de sous-entendus pour lui dire :

— Dans ton malheur, tu as de la chance d'avoir une infirmière à domicile, pour toi seul !

— Ne me fais pas rire, ça me tiraille aux côtes. Par ailleurs, je suis dans l'incapacité d'assumer ce genre de phantasme…

Elle s'approcha de lui et chuchota :

— Tu m'as fait peur… J'ai cru que tu étais parti… envolé !

— Parti ? dit-il, l'air étonné.

— Mets-toi à ma place ! En rentrant du travail : plus de Victor, plus de valises. Qu'aurais-tu pensé, à ma place ?

— Pour le bonhomme, tu as l'explication. Quant aux valises, j'en avais assez de les avoir constamment sous les yeux, alors j'ai fait un peu de ménage en les rangeant dans ta penderie.

— Oui, j'ai vu. Mais entre-temps, je me suis fait mon cinéma, un scénario noir, très noir.

— Je suis navré.

— Les policiers, t'ont-ils donné leur avis sur cette agression ?

— Pour eux, le cas reste marginal.

— On ne t'a rien volé ?

— Même pas…

— Une agression gratuite, comme ça, pour le plaisir ?

— Oui. Les flics, eux aussi, trouvent cela anormal, mais…

— Lorsque tu seras rétabli, nous irons au commissariat pour déposer une plainte.

— Non…

— Là, je ne te comprends pas. Tu te fais tabasser sans raison et tu ne portes pas plainte ?

— Dès que nous sortirons d'ici, je te donnerai la raison. Il y a autre chose derrière cela. Le vol ou l'envie de casser du mec n'est pas le mobile de cet acte sauvage.

— Je ne te comprends pas…

Le médecin fit irruption dans le box.

— Inutile de vous retenir plus longtemps… Je vous fais une ordonnance pour les jours à venir.

— Et pour dormir cette nuit, Docteur ?

— Ne changez rien à vos habitudes, vous fermez les yeux ! répondit le médecin, pince-sans-rire.

D'avance, Victor Durieux redoutait la nuit.

— On va vous dépanner, fut-il rassuré aussitôt.

XVI

Lundi, fin de la matinée. Après le week-end, passé auprès de Léa et d'Alain, Thomas était sur la route du retour à Nantes. À l'approche de la ville, il dévia par la bretelle menant au périphérique. Le flot des voitures se densifiait. Il laissa le centre commercial Atlantis sur sa droite, contourna le rond-point de la porte d'Ar Mor, s'engagea dans la direction du centre en passant par Bellevue où, sur sa gauche, il bifurqua en coupant la ligne du tramway.

Quand il déboucha sur le quai longeant la Loire, sa vue se heurta à la silhouette grise du navire Maillé Brézé, recyclé en musée naval.

Vitre baissée, le coude en appui sur le bord de la portière, Thomas conduisait en effleurant le volant du bout des doigts. À chaque feu rouge, d'un geste, il ramenait sa mèche de cheveux, désordonnée par le tourbillon d'air créé autour de l'habitacle. Sur sa gauche, il laissa l'ancien immeuble des chantiers de l'Atlantique et, un peu plus loin, l'extrémité de l'île. Théâtre de deux assassinats, ceux d'un professeur et d'un SDF, toujours inexpliqués.

Quand il se présenta à l'hôtel, le réceptionniste l'avisa aussitôt : durant son absence, une femme était venue. Elle souhaitait le rencontrer…

— Une femme ? Vous me surprenez !

— Soyez rassuré, monsieur de Rosmadec, nous sommes discrets et nous…

— À mon tour, je vous rassure. Il n'y a aucune ambiguïté sur ce sujet ! précisa Thomas, ironique, pour remettre les choses là où il convenait.

Le réceptionniste se mit à rire.

— Je ne pensais pas à cela, grand Dieu non ! Il y a un quiproquo entre nous, monsieur de Rosmadec. Nous ne donnons pas de renseignements sur nos clients, je voulais seulement vous en informer.

— Ah bon ! C'était donc ça ! Et comment s'appelle-t-elle ?

— C'est trop bête, je ne m'en souviens plus.

— Physiquement, à qui ressemble-t-elle ?

— La trentaine, une belle femme. Elle ressemble à cette actrice au nom autrichien… Zut de zut, j'ai son nom au bout de la langue… Ah, c'est trop bête, ça aussi… Mais je vois très bien qui c'est !

« Ça laisse un peu d'espoir », pensa Thomas.

— Si ça vous revient, dites-le-moi !

— Bien sûr, monsieur de Rosmadec. Ah, c'est vraiment trop bête !

Thomas laissa le réceptionniste à sa réflexion. La discrétion de ce dernier au sujet de la belle inconnue était illusoire. Elle connaissait son nom et l'hôtel où il logeait. Néanmoins, il trouva cela curieux. Il gagna sa chambre.

Dix minutes plus tard, il sifflotait sous la douche avant de repartir déjeuner.

*

*   *

— « Su' le pont de Nantes un bal y est donné !
Adèl' demande à sa mère d'y aller !
Adèl' demande à sa mère d'y aller ! »

Quai de la Fosse, côté fleuve, Michel Dupré poussait son landau et la chansonnette en même temps. Le pont Anne de Bretagne était en vue. Après l'avoir franchi, il serait de nouveau sur son île. Et là, il avait la ferme intention de régler son compte à un comparse et prétendu pote. Lequel, après une décision commune et en préambule à une éventuelle cohabitation Quai des Antilles, avait voulu savoir à tout prix si son abri et le paysage de rêve, tant décrits par Michel Dupré, correspondaient vraiment à ce qu'il en disait.

Ainsi, son ami avait décidé de partir seul. Son objectif était de se faire une idée des lieux. Une sorte de reconnaissance et d'essai avant de prendre une décision définitive. Durant cette période d'essai, Michel Dupré lui avait gardé sa place aux halles. Hélas, l'ami en question n'était pas revenu. Tu parles, plus aucun signe de vie depuis une semaine ! Foi de Dupré, il allait lui en coûter à celui-là, de s'être payé sa tête… Fallait pas le prendre pour ce qu'il n'était pas !

Après avoir pris son courage à deux mains, le voilà lancé sur la route du retour. Son *come back home* allait être fracassant, ça allait barder sur l'Île Beaulieu ! Content, certes, mais aussi remonté à bloc contre l'outrecuidant qui s'était approprié son domaine en bord de Loire.

Une halte s'imposa aux environs de la Maison du Port du quai de la Fosse. Ses pieds le faisaient terriblement souffrir. Forcément, ses chaussures n'étaient pas à sa pointure ! De plus, il avait perdu l'habitude de marcher autant. Motivé par la rogne, il avait décidé de faire d'une traite le trajet. Résultat, ampoules et cors aux pieds se déclaraient. Tout cela l'énervait.

— Ouah, nom de Dieu, putains d'nougats ! se mit-il à brailler en terrorisant les passants qui croisaient par là.

La seule chose qui lui restait à faire était d'anesthésier la douleur. Levant le coude, il avala une bonne goulée de gros rouge, émit un rot sonore, toujours suivi d'un soupir quelque peu outrancié, remit le bouchon, l'enfonça d'une tape du plat de la main… Tchiiip…

Après quoi, la bouteille remisée dans le landau, il repartit en traînant des pieds et en chantant… Sans savoir qu'il avait rendez-vous avec le destin…

— « Non, non ma fill', tu n'iras pas danser !
Non, non ma fill', tu n'iras pas danser !
Mont' dans sa chambre et se mit à pleurer !
Mont' dans sa chambre et se mit à pleurer ! »

*

* *

Pour s'engager sur le boulevard de la Prairie au Duc, elle contourna la place de la république. Elle pleurait au volant. La lettre de rupture, reçue ce matin, lui faisait terriblement mal. Celui qu'elle aimait se comportait comme le dernier des goujats. Pour elle, l'année avait été difficile à tout point de vue. Et à son terme, le fiasco de sa licence de lettres… Pas même une chance offerte en session de rattrapage comme au bac. Un échec trop dur à supporter. Ça n'avait pas suffi. Voilà maintenant son amour qui foutait le camp, s'amusait durant la journée sur les plages vendéennes avec des filles prêtes à s'offrir à lui sans vraiment l'aimer, elles. L'amour hygiénique, histoire de voir, de s'amuser ! Avec elle, c'était tout le contraire. Ses sentiments étaient sincères. C'était pour lui qu'elle avait raté son examen… À présent, elle pouvait dire : à cause de lui ! Ce soir, il irait sûrement encore en boîte s'étourdir de musique, d'alcool, se déhancher au milieu des corps en sueur. Et elle, seule ici, parce qu'elle devait travailler, gagner un peu d'argent avant la rentrée. Non, c'était trop dur à supporter ! Elle avait pris la voiture, conduisait, ivre et droguée à la fois. Pour aller où ? Elle ne le savait pas. Rouler pour oublier, voilà tout. Dans son état, c'était dangereux pour elle, pour les autres, pour tout le monde ! Elle avait perdu toute raison. La notion de prudence, elle s'en fichait totalement.

Sur son passage, on se retournait. On le voyait bien, elle ne conduisait pas normalement. On se demandait où elle allait ainsi. Tout allait finir mal, c'était sûr ! Comment faire pour l'arrêter ?

Quand elle aborda le rond-point du boulevard Léon-Bureau, elle évita, par on ne sait quel miracle, un véhicule engagé bien avant elle. Puis, toujours sans présumer des conséquences, elle fonça en direction du pont Anne de Bretagne, non sans avoir grillé l'unique feu rouge sur sa route. Sa vue se troublait. Elle avait du mal à rester éveillée, l'envie de se laisser aller, de dormir. Dans sa tête cotonneuse, elle entendait des coups de klaxons, lointains. Des automobilistes criaient, des piétons aussi. N'arrivant plus à maîtriser sa voiture, elle allait d'un bord à l'autre de la chaussée…

— « Son frère arriv' dans un bateau doré !
Ma sœur, ma sœur qu'as-tu donc à pleurer ! »

Elle heurta le trottoir, monta dessus et soudain, une masse sombre vint heurter le pare-brise qui se brisa sous le choc. Elle donna un grand coup de volant, entendit un fracas de tôle, des cris, des hurlements. Elle fut stoppée brusquement dans sa course par le parapet du pont. Elle eut l'impression de n'être plus qu'une poupée de son projetée en tous sens. Sa tête heurta violemment l'habitacle de la voiture… Un trou noir, puis elle s'affaissa sur le siège…

Ses yeux étaient fixes, un mince filet de sang coulait de ses narines.

Michel Dupré, lui, n'avait pas eu le temps de réagir. Tout s'était déroulé si vite ! La voiture avait foncé droit sur lui. Il ne l'avait même pas vue venir. Non. Tout à coup, il s'était senti soulevé, emporté dans les airs. Son landau, c'était comme si on le lui avait arraché des mains. Sa dernière et brève vision avait été de le voir projeté en hauteur, puis plus rien. Il ne l'avait pas vu retomber pour disparaître dans la Loire, englouti pas les flots, sa précieuse cargaison avec… Lui ne souffrait pas. Il gisait inconscient. Autour de lui, des voix le suppliaient de dire quelque chose. Les entendait-il ? Bien sûr, il les entendait. Mais il n'avait pas envie de leur répondre ni de bouger, il était bien comme ça. Absent de son corps, flottant entre deux mondes, il ne ressentait rien, pas la moindre douleur. Faut dire, il avait l'habitude de dormir à même le sol, alors pourquoi s'inquiéter, pourquoi tant d'attentions pour lui ?

— Il doit être encore conscient, sa main vient de bouger ! dit l'une des voix.

Quelqu'un lui prit la main.

— Hé, Monsieur, Monsieur, vous m'entendez ? Répondez, s'il vous plaît !

On l'appelait enfin "Monsieur", c'est sûr, ce coup-ci, il était au paradis. Il devait se réveiller, Dieu l'exigeait poliment et, pour ce faire, lui tapotait gentiment la main. Dieu dans toute sa miséricorde, quoi. Mais lui, Michel Dupré, il était bien ainsi… Non, il se trompait. Il n'était pas encore là-haut, non, pas tout à fait, puisqu'il entendait des sirènes… De plus en plus fort.

*

*   *

Chloé tapota les coussins et les cala entre le dossier du fauteuil et le dos de Victor, avant de lui présenter un plateau-repas.

— Dès que tu auras fini, je retourne à l'hôtel. Ce monsieur de Rosmadec y sera peut-être revenu…

— Si le réceptionniste ne veut pas coopérer, comment le sauras-tu ?

— En lui demandant de remettre à cet homme une lettre sur laquelle tu mentionneras ton numéro de téléphone afin qu'il puisse te joindre, voilà tout ! Mais es-tu certain de ne pas commettre une erreur sur le nom de cette personne ou sur celui de l'hôtel ?

— Non, il s'appelle bien de Rosmadec et il loge à cet hôtel. S'il est disposé à m'aider, il me mettra en relation avec le commissaire.

— Es-tu certain de bien agir ?

— Oui, Chloé, soupira Victor Durieux. Contrairement aux apparences immédiates, le métier de journaliste ne se pratique pas assis dans un fauteuil. Bien souvent, il comporte des risques.

— Es-tu certain que ton passage à tabac soit vraiment lié à ton enquête ? Avant de remuer ciel et terre, il faudrait en avoir la certitude, sinon la preuve…

— J'en suis quasiment convaincu. En faisant des recherches sur une association créée par Léopold de

Rigaud*, l'Affiliation Catholique**, dont un prieuré a été créé à Nantes vers 1835, j'ai découvert, par le plus grand des hasards, l'existence d'une association : I.N.R.I. Ce nom m'a interpellé. Le document était intercalé entre les pages d'un livre comme un signet, et probablement oublié par un lecteur. En me rendant à l'adresse mentionnée sur le prospectus, je n'ai trouvé aucune trace de cette association. C'est un immeuble vide de tout occupant, voué à la démolition.

— Cette association aurait un lien avec ce prieuré de Nantes ?

— On ignore quand ce dernier a été dissous***, mais non, je ne crois pas à une filiation.

— À la préfecture, ils ne savent rien ?

— Non plus. Les statuts n'ont pas été déposés. À l'origine, le siège était situé probablement dans ce vieil immeuble. Il s'agit d'une association de fait, non déclarée, constituée de quelques individus. Un cercle très restreint qui en dirige un autre, élargi celui-ci aux adeptes. Les historiens pensent que l'Ordre du Temple fonctionnait ainsi, avec une entité occulte****. Ce

*L'un des principaux chefs de la Terreur Blanche dans le Midi de la France. Il présidait aussi la confrérie des Pénitents noirs.

**Le siège était à Toulouse. Son effectif comptait 1200 membres et sa police surveillait les républicains. Les réunions se tenaient chez Villèle, un ancien Premier ministre ou chez le marquis Charles d'Hautpoul.

***Ce qui est vrai.

****L'Ordre du Temple aurait été privé depuis un temps de ce cercle intérieur. Ce serait l'une des causes de sa chute brutale, le 13 octobre 1307, lors de la rafle organisée par Philippe le Bel. Cf : *Les Templiers, leurs mœurs, leurs rites, leurs secrets*, de Michel Lamy.

schéma a été repris par plusieurs sociétés secrètes.

— À la préfecture, qui as-tu rencontré ?

— Personne, en particulier. J'ai demandé à consulter les statuts de cette association. Le personnel a fait des recherches, mais n'a rien trouvé.

— L'un d'entre eux a peut-être été alerté par ta demande ?

— Comment le savoir ? J'ai parlé aussi à d'autres personnes, extérieures aux services de la préfecture…

— C'est une intimidation pour te faire comprendre d'aller voir ailleurs. Du moins, si tes recherches sur cette société I.N.R.I., sont la cause de ton agression…

— Sincèrement, je ne vois pas d'autres causes. Et je n'ose penser à ce qu'ils font, lorsqu'ils sont carrément inquiétés ! Hormis de déposer une plainte pour le principe, celle-ci n'aboutira pas. Les flics ne retrouveront jamais mes agresseurs !

— Tu importunes des gens importants, tu devrais te méfier…

— C'est fort possible. Les petits groupes d'affairistes existent dans toutes les villes. Leurs membres occupent des postes aux commissions, font partie d'associations, sont adhérents à des clubs ou participent à diverses assemblées. Par recoupements, on retrouve plus ou moins les mêmes personnes. Les fameux réseaux ! C'est leur moyen de tout contrôler, de défendre leurs prérogatives… Je pencherais davantage pour un cercle secret, ésotérique. À la librairie, tu n'as rien remarqué auprès de tes clients ?

— Ma foi non ! Je ne passe pas mon temps à espionner leurs faits et gestes. Hormis mon délire sur la poignée de la porte, comme tu le dis, et qui par ailleurs n'engage que moi, je ne vois pas…

— Certains ne te semblent pas, comment dire… avoir des attitudes…

— Franchement, non… Ah si ! Il y en a un. Je l'ai même baptisé Incognitus… Il dénote un peu parmi la clientèle. Mais bon, je n'ai pas envie pour autant de sombrer dans le délit de faciès… Pourquoi me demandes-tu cela et quel est le rapport entre la librairie et tes ennuis ?

— C'est une supposition. Imagine que tu sois adhérente à une association dont le but est la recherche… disons, d'une certaine spiritualité à laquelle se mêle la connaissance de soi, le bien-être, bref un mélange de doctrines… De quelle manière parfais-tu tes connaissances, sinon par de la littérature achetée dans une librairie spécialisée, comme celle où tu travailles ?

— Oui… ça me paraît cohérent. Mais I.N.R.I. a une connotation plutôt religieuse, ces quatre lettres ne m'évoquent pas le fourre-tout New Age* que tu viens de décrire.

---

*Idéologie née en Californie et en Écosse dans les années soixante, où se mélangent les religions, les médecines parallèles, l'ésotérisme, l'astrologie, la philosophie orientale etc. Phénomène global des nouvelles religions, des mouvements philosophiques et des sectes.

— Les initiales donnent de la crédibilité, mais elles ne doivent pas moins cacher des activités illégales, sinon cette association serait déclarée. Je veux en avoir le cœur net.

— Cette personne… rappelle-moi son nom ?

— De Rosmadec.

— C'est ça. S'il est susceptible de te mettre en relation avec le commissaire, oui, tu ne dois pas te priver de son intermédiaire. Écris-lui un mot et j'irai le remettre à son hôtel. Si je le rencontre, comment est-il physiquement ?

— La cinquantaine, brun, une mèche sur le front, le visage émacié, le teint hâlé, l'allure sportive. Pour résumer, plutôt bel homme !

— Hum ! dit-elle en roulant des yeux de convoitise, il a tout du séducteur !

— Cet homme ne m'arrive pas à la cheville ! répliqua-t-il en fanfaronnant.

— Mais ouiii, mon Victor, tu es le plus beau !

Elle lui passa énergiquement la main dans les cheveux, l'ébouriffa davantage, prit un peu de recul pour le considérer et dit :

— Je t'adore, tu ressembles à un chien berger briard qui aurait fumé de l'herbe !

Il éclata de rire et grimaça aussitôt de douleur.

XVII

De la fenêtre de sa chambre d'hôtel, au-delà des voies ferrées, Thomas regardait la tour ardoisée, de forme spiroïdale, qui domine le toit de la maison des Compagnons du Devoir. Une manière de faire connaître leur savoir-faire. Thomas notait l'anachronisme architectural apporté par le voisinage du dôme toilé de la gare sud.

Sur le boulevard Kennedy, les voitures disparaissaient dans le tunnel pour en ressortir par le côté opposé, pareilles à des fourmis actives, grouillant autour de leur fourmilière. Les tramways serpentaient, comparables à des chenilles. Ils débarquaient leur flot de voyageurs. Le plus gros du contingent prenait d'assaut la gare SNCF, d'autres s'éparpillaient aux alentours. Le soleil rayonnait déjà dans le ciel et inondait la pièce. Thomas laissa la fenêtre entrouverte et descendit à la réception.

— Bonjour, monsieur de Rosmadec. Une lettre vous est adressée. Elle a été déposée au veilleur de nuit. Il était assez tard, il n'a pas voulu vous déranger. C'est ce qu'il m'a dit avant de partir.

Thomas prit l'enveloppe et la décacheta. Un certain

Victor Durieux lui demandait de le joindre par téléphone pour affaire personnelle. Le numéro était inscrit. Thomas glissa le mot dans la poche de sa veste. Et se dirigea vers la sortie de l'hôtel.

— Monsieur de Rosm…

— Oui ?

— La jeune femme, celle qui souhaitait vous rencontrer…

— Oui, et bien ?

— Ça m'est revenu. Je vous ai dit qu'elle ressemble à une actrice. Eh bien, c'est Romy Schneider ! Ah… j'étais encore jeune à cette époque ! Ma foi, c'est bien loin, tout ça ! soupira-il avec un fond de nostalgie.

— *Sissi impératrice*… Son amour frisait l'inceste, non ? Je n'ai jamais compris la morale de ce conte de fées. Vaut-il mieux épouser un vieux beau pétant la santé, riche de surcroît, plutôt qu'un jeune homme de son âge, souffreteux et fauché ? C'est sûr, cela faisait fantasmer les jeunes filles, elles buvaient de l'eau de rose… En même temps, les ménagères, elles, recuisaient leurs aigreurs en comparant l'acteur Curt Jurgens à leur mari. Inévitablement, elles découvraient l'étendue des dégâts. Le prince charmant, c'était fini depuis belle lurette. La vie s'était chargée de vitrioler leurs illusions… Ce n'est pas tout, on m'attend, bonne journée, cher monsieur !

Thomas planta le réceptionniste. Visiblement, celui-ci n'avait pas du tout abordé cette romance sous cet angle-là.

Eh bien, trop tard ! Quand il voulut répliquer, Thomas était déjà parti.

Durieux… Durieux… Ce nom ne disait rien à Thomas, mais alors, absolument rien. Du reste, comment cet individu s'était-il procuré son nom et celui de l'hôtel où il logeait ? Il prit son téléphone et composa le numéro inscrit sur la feuille.

La personne l'attendait Rue Saint-Bedan, dans le centre-ville.

Il sonna à la porte de l'immeuble, communiqua son identité par l'interphone. L'ouverture de la porte se déclencha. Il gravit deux à deux les marches de l'escalier pour se rendre à l'étage indiqué où, sur le palier, un homme d'une trentaine d'années l'attendait, en appui sur une paire de béquilles.

— Je me présente : Victor Durieux ! Je vous prie d'entrer !

Avec mille difficultés, Victor Durieux effectua un demi-tour sur ses béquilles et referma la porte après lui. Il présenta Chloé. Thomas fut obligé de le reconnaître, le portier avait vu juste, la ressemblance entre la jeune femme et l'actrice de cinéma était troublante.

Chloé, qui s'apprêtait à partir à son travail, leur dit qu'elle les laissait en tête-à-tête, non sans leur avoir servi une tasse de café. Quand elle les eut quittés, Victor Durieux livra tout à Thomas : les raisons de sa venue à Nantes, sa rencontre avec Chloé, ses derniers déboires aussi.

Thomas ne voyait pas où cet homme voulait en venir. Ce qui ne tarda pas.

— Vous êtes en relation avec le commissaire Duval et je souhaiterais le rencontrer. Voilà pourquoi je fais appel à vous.

Victor Durieux lui apprit comment ils s'étaient croisés de manière inattendue à l'hôtel de police. Il venait tout juste d'essuyer une fin de non-recevoir de la part du commissaire, alors que Thomas, allait être reçu sur-le-champ. D'où l'idée qui avait germé dans son esprit : par son intermédiaire, il aurait la possibilité d'être mis en relation avec Joseph Duval.

Pour ce faire, ce jour-là, depuis sa voiture, il avait guetté la sortie de Thomas du commissariat, puis l'avait suivi en voiture jusqu'à son hôtel. Et aussi, un soir, alors qu'il flânait dans les ruelles du Bouffay ; pourtant décidé à l'aborder, il n'avait su comment s'y prendre. Il avait préféré renoncer. Il s'excusait d'avoir usé de ce stratagème. Apprendre que l'on a été suivi, épié, met toujours mal à l'aise. Thomas ne releva pas. Cet homme paraissait sincère et sympathique de prime abord. Il lui donna un conseil :

— Déposez une plainte pour coups et blessures. Ce sera pour vous l'occasion d'entrer en relation avec Duval. Mais j'en doute fort, ce n'est pas son travail.

— On me l'a fait comprendre, Duval a d'autres chats à fouetter. Même au prétexte de m'être fait casser la figure, il ne me recevra pas pour autant ! Au mieux, Moreau, son adjoint, s'en chargera.

— Tiens, vous connaissez Moreau aussi ?

— Oui.

— Alors, pourquoi ne pas lui exposer directement les faits ?

— Parlons-en ! J'ai tenté d'aborder le problème avec lui et ça s'est plutôt mal passé. Il m'est antipathique et c'est réciproque, je crois.

— Vous insistez pour être reçu par son supérieur et, à défaut, vous revenez vers lui. Il n'a peut-être pas apprécié le sens de votre démarche… De plus, en ce moment, et à leur décharge, je dois dire qu'ils sont sur les nerfs. C'est la raison de ma présence à Nantes.

— Vous êtes de la police aussi ?

— Non, elle a recours à mes services.

— Donc vous êtes de la police…

— Mais non, criminologue.

— Criminologue… Profileur, c'est ça ?

— Si vous tenez à ce terme…

— Dois-je conclure qu'il se passe des choses graves à Nantes ?

— Quelle perspicacité !

Victor Durieux eut un petit rire et se tint les côtes pour atténuer ses souffrances.

— Vous et moi, nous faisons le même métier, mais avec un abord différent.

— Pas vraiment. Vous recherchez et accumulez des preuves. Moi, j'analyse le comportement des individus pour mieux comprendre leurs actes et ce que cachent ces derniers. C'est une approche beaucoup plus subjective. En ce moment, je recherche un SDF. J'avoue qu'il me donne du fil à retordre. Je vais devoir vous abandonner à vos douleurs. Dès l'occasion, je parlerai à Duval de votre problème.

— Je vous remercie. Mais je me sens un peu ridicule de faire tant d'histoires pour une association… Pourtant, mes enquêtes m'ont beaucoup appris, le passé est riche d'enseignement.

— Pourquoi focalisez-vous sur cette association et en quoi vous dérange-t-elle ?

— L'adresse de son siège correspond à celle d'un immeuble inhabité, voué à la démolition.

— Avez-vous vérifié ses statuts à la préfecture ?

— Parlons-en, ils n'ont pas été déposés !

— Le but poursuivi par cette association n'est pas forcément critiquable. Il en existe de toutes sortes et des plus farfelues, pour l'exemple celle des Cons*… Eh oui, je n'invente rien !

Victor Durieux se tint encore les côtes.

— Quel est le nom de cette association ? lui demanda Thomas.

— I.N.R.I.

— I ? Thomas n'alla pas plus loin.

— Oui, I.N.R.I., répéta Victor Durieux. À ceci près que le dessin ne représente pas le Christ crucifié avec ces quatre lettres en épigraphe au-dessus de sa tête. Non, c'est une croix entourée de flammes. Et à chaque

*Cette association existe réellement.

angle créé par le croisement des branches de la croix, une lettre y est inscrite.

— Comment le savez-vous ?

— J'ai trouvé un prospectus dans un livre.

— Une association à caractère religieux ?

Victor Durieux ne partageait pas forcément ce point de vue. Il poursuivit :

— Ces initiales cachent tout aussi bien autre chose. Cela rappelle le symbole du Christ, le poisson, *ICHTUS* en grec. C'est le logogriphe de l'expression, *Iésus CHris Tos Uios Soter* : Jésus-Christ, fils de Dieu, sauveur. L'énigme date du troisième siècle. Plus tard, elle deviendra IHS : *Iésus Hominum Salvator*… De la même manière, I.N.R.I. est peut-être détourné de son sens d'origine… Avec les alchimistes du Moyen Âge, ces quatre lettres ont pris un sens différent. Associées au phénix, l'oiseau mythique qui renaît de ses cendres, elles sont une allégorie de la résurrection du Christ : *Igne Natura Regeneratur Integra*. La nature se régénère intégralement par le feu. Il existe une autre version avec *Renovatur* pour la lettre R.

Thomas, étonné, émit un demi-sourire.

— Tiens donc ! Ça ne manque pas de sel, non plus… Encore une nouvelle chapelle d'illuminés !

— Peut-être moins inoffensive qu'on ne le pense… Les organisations secrètes catholiques, le thème de mon futur livre, avaient pour ambition de légitimer la royauté. Elles ont été nombreuses de la Révolution à la Restauration et, croyez-moi, elles étaient loin de se comporter comme des associations d'enfants de chœur : complots, infiltration de la franc-maçonnerie, chasse aux sorcières dans l'administration, organisation de soulèvements dans certaines régions de France. Elles n'hésitaient pas, si besoin était, à recourir au crime. Groussac, le maire de Bordeaux, a été assassiné en 1797 par les Fils Légitimes. Et je n'aborde pas les menaces, les accidents ou disparitions restés inexpliqués…

— Vous supposez donc qu'il existe un lien de cause à effet entre vos recherches concernant cette association et votre agression ?

— Je ne vois pas d'autre raison.

Victor Durieux, intarissable sur le sujet, réitéra. Pour lui, la référence à des signes religieux n'était pas non plus une preuve évidente d'une nouvelle mouvance ou d'un courant extrémiste catholique. Mais aussi bien de tout autre chose.

— Désacralisez le Christ, dit-il, cela ne l'empêchera pas d'être un mythe et un exemple pour des mouvements qui n'ont pas de caractère religieux marqué ! J'en parlais hier avec mon amie, le mouvement du New Age en est l'exemple type. Il est à relier à un livre écrit par Ann Bailey en 1948. Son titre est : *Le retour du Christ*.

— Vous avez bien dit une croix au milieu de flammes, et avec une lettre à chaque intersection des branches ? répéta Thomas en réfléchissant.

— C'est exactement ça.

— J'ai l'impression d'avoir vu ce… cette représentation quelque part… Mais où ? Je suis incapable de me le rappeler… Bien, je vous abandonne à vos mystérieuses anagrammes. Concernant votre mise en relation avec le commissaire Duval, je lui en parlerai.

— Merci !

*

* *

Lorsque Chloé arriva à la librairie, Jansen, l'air soucieux, faisait les cent pas devant le magasin. La voyant venir, il parut se détendre tout à coup. Pour Chloé, c'était le contraire.

— Ah, bonjour, ma petite Chloé !

Quelle plaie de devoir le supporter dès la première heure ! Qu'avait-il en tête pour lui rendre une visite aussi matinale ? La présence de cet homme lui gâchait le début de sa journée. Elle n'avait pas fini de l'entendre discourir. D'abord que voulait-il ? Elle en aurait été presque inconvenante, tellement elle était contrariée. Ce qui la déstabilisait, c'était la relation pour le moins équivoque entre Jansen et Baron. Mais fût-elle bonne ou mauvaise, cela ne la regardait pas. Elle se devait de faire bonne figure, cet homme était l'un de ses employeurs, même s'il n'avait pas un rôle actif dans la société.

Jansen souhaitait simplement lui demander la date exacte de la prochaine animation au magasin.

En raison du calendrier très chargé du conférencier, rien n'avait été fixé, l'informa Chloé. La réunion serait reportée probablement au début de l'automne. Après avoir obtenu ce renseignement, contre toute attente, Jansen ne s'attarda pas davantage. Il tourna les talons, non sans l'avoir salué en lançant : « À la prochaine, ma petite Chloé ! »

Mon Dieu ! Elle se retint de saisir un livre d'une étagère et, de rage, de le lui lancer à la tête. Que n'aurait-elle pas donné pour ne plus l'entendre dire : « Ma petite Chloé ! » Zut à la fin ! Pourquoi donc ne s'informait-il pas directement auprès de Baron ? C'était à ne rien y comprendre !

Après la succession des tâches exécutées à la manière d'une check-list bien rodée, tout était fin prêt pour accueillir les premiers clients. Tiens, remarqua-t-elle, aujourd'hui, cela ne lui avait rien coûté. Entre Jansen, les problèmes de Victor, la visite de Rosmadec, la tête ailleurs, elle avait accompli ces gestes sans trop y attacher d'importance. Comme avant !

À propos de Victor, elle se souvint de son astuce au sujet de la porte : coller, entre celle-ci et le chambranle, un bout de ruban adhésif transparent en guise de témoin. En cas d'ouverture, il serait arraché. Invisible et efficace, c'était parfait ! Au risque d'oublier, autant s'en acquitter dans l'immédiat. Ce qu'elle entreprit sur un fond musical d'accords de cithare, entrecoupés de silences, qui la transportait vers un monde de supraconscience…

*

*   *

— Oui, un petit chien noir, les extrémités de ses pattes sont blanches. Nous vous l'avons confié, cela remonte… disons… au milieu de la semaine dernière. Je le prends pour la journée et je vous le ramène. Vous n'allez pas me refuser ça ? supplia Thomas.

— Hé, Ho ! Vous êtes drôle, vous ! Je ne sais pas si je peux vous confier un animal pour la journée, comme ça, sur un claquement de doigts…

L'employé de la SPA, fort embarrassé, hésitait. Thomas se fit insistant :

— Je ne suis pas Cruella et ce n'est pas le chien qui va se plaindre de faire un petit tour en ville ! Si cela vous rassure, je vous laisse une caution.

— Ce n'est pas une question d'argent. D'abord, Monsieur, ici on ne paye pas. On adopte avec son cœur !

— Bien, dans ce cas, je l'adopte pour une journée. D'accord ?

— Comme vous y allez, vous ! Il va être traumatisé… On le rentre, on le sort, on le re-rentre… Non, mettez-vous à sa place de ce malheureux ! Vous aimeriez, vous ?

— Parlons-en ! Quand mes parents venaient me chercher au pensionnat, j'étais ravi. Pourtant, je le savais, je devais y retourner le dimanche, au soir. Au lieu de discuter, allons lui demander son avis !

— À qui ?

— Ben, au chien, pardi !

L'employé fixa Thomas en se demandant s'il avait toute sa tête. La proposition était plutôt saugrenue, la décision à prendre lui posait un problème. Son opposition catégorique du début se fissura, quand :

— Vous avez une laisse au moins ?

— Bien sûr. J'ai tout prévu… Regardez, j'ai même pris un collier.

— Bah… Ça m'ennuie tout de même.

— Vous verrez, tout se passera bien.

— Vous parlez bien du chien qui avait un bandana rouge autour du cou, il s'agit bien de lui ?

— Exactement. Je n'en veux surtout pas un autre !

— Bon, allons le voir…

Dès qu'ils pénétrèrent dans le chenil, ils furent accueillis par un concert d'aboiements, de hurlements. Des chiens se précipitaient, les pattes avant sur les grilles en remuant la queue. Certains exprimaient leur désespoir et leur souffrance à travers des glapissements, comme ça, sans conviction aucune. Les plus meurtris, fatigués d'être là, ne réagissaient même plus.

— Le voilà ! C'est bien lui ? cria l'employé pour se faire entendre.

— Oui !

Thomas avait reconnu l'animal. Ce dernier, voyant qu'il était le centre d'intérêt, se mit à trembler de tout son corps, la queue entre les jambes. Tant d'attentions à son égard lui semblaient suspectes. Résigné, il se laissa passer le collier au cou, puis suivit docilement l'employé.

— Bon, je vous le confie. Mais vous le ramenez avant l'heure de la soupe. Ici, c'est pas une brasserie avec menu à la carte et tout le bataclan, vous comprenez ?

— Oui. En somme, c'est comme à la caserne, quoi !

— C'est ça, comme à la caserne, à heure fixe, sinon on ne s'en sort plus !

Aux halles de Talensac, Thomas avait établi son poste d'observation à la terrasse d'un café. Le ciel chargé de cumulonimbus rendait l'atmosphère lourde. Dans peu de temps, les halles et leurs alentours se désertifieraient.

L'animal, plus confiant, s'enhardissait. Assis près de la chaise, la truffe en alerte, il flairait les odeurs qui lui étaient familières. Rien n'échappait non plus à sa vue.

Thomas repensait à Victor Durieux. Il éprouvait de la sympathie pour le journaliste. Sans comprendre toutefois son entêtement à courir après une association fantôme ou alors fallait-il y voir un réflexe de journaliste, ne rien laisser de côté au cours des investigations ? Malgré tout, il n'était pas près de retrouver ses agresseurs. Encore eût-il fallu qu'il apportât la preuve d'une corrélation avec la dite association. C'était son problème. Fort probablement, Duval n'avait cure de s'occuper de cette affaire sans une plainte déposée par Durieux. Et encore…

I.N.R.I… Thomas tenta de se remémorer dans quel contexte il avait vu ces lettres associées à une croix sur un fond de flammes. Hormis la reproduction de la crucifixion ou encore l'oiseau mythique brûlant sur un bûcher, selon Durieux… Il réfléchit… À quelle occasion, avait-il vu lui-même la représentation décrite par le journaliste ? Depuis qu'il avait quitté Victor Durieux, cela le tracassait. D'endosser les problèmes des autres ne résoudrait pas les siens non plus. Et ceux-ci étaient autrement préoccupants. Pour lui, il s'agissait de retrouver un assassin, voire deux et il était grand temps que cela progresse ! Petit à petit, le public désertait les halles.

— Viens, le chien ! Je ne connais pas ton nom, malheureusement, tu ne me l'apprendras pas, hein ? On va faire un tour de quartier !

Agitant trois ou quatre fois sa queue, l'animal manifesta timidement sa joie.

Dès qu'il repérait un SDF, Thomas s'en approchait ostensiblement, le chien au bout de la laisse. Peine perdue, aucune réaction, tout juste si on daignait le regarder. Il s'apprêtait à quitter les lieux quand, derrière lui, une voix rauque retentit :

— D'Dieu ! C'te cabot, c'est Double Queue ?

Thomas se retourna. Son idée venait de porter ses fruits.

— Vous connaissez ce chien ?

— Ben, ouais, je le connais ! C'est le clébard à Gégé et Gégé, on le voit plus !

— Ah, et il est passé où, Gégé ?

Le clochard se fit soupçonneux. Tout ça n'avait pas l'air très clair.

— C'est quoi c't'embrouille ? Tu as son clebs et tu me demandes où il est, Gégé ?

Thomas s'attendait à cette réaction. Il avait récupéré le chien alors qu'il errait dans la rue et l'avait recueilli provisoirement avec l'intention de le rendre à son propriétaire.

— M'étonne pas. Il a pas dû s'plaire, là-bas. Double Queue, son quartier, c't'ici ! J'l'avais dit à Gégé, mais rien à faire, il voulait pas m'croire, c't'abruti. Double Queue, sa vie est aux halles. C't' ici qu'il a grandi. Ouais, parfaitement. Comprenez, les bêtes, eh ben, c'est comme les humains, pareil !

— Hum…

— Quand ils se plaisent pas què'que part, y a rien à faire. C'est pourtant pas compliqué à comprendre ces choses-là, bordel de bordel ! vociféra l'homme en se faisant mousser tout seul, à penser à tout ça.

Gégé ne fut pas en reste, il en prit pour son grade aussi.

Thomas lui demanda où il pouvait trouver Gégé afin de lui restituer son chien.

Il lui fut répondu :

— À Beaulieu, à c'qu'il paraît. Mais ch'ais pas où exactement ! Puis il expliqua la manière dont les événements s'étaient déroulés. L'idée de se rendre à l'Île Beaulieu avait été soufflée à Gégé par un comparse, venu s'installer aux halles depuis deux mois environ. D'ailleurs, ce type était reparti, lui aussi, pour l'île, pas plus tard qu'hier ! Un indésirable dans le secteur. Gégé avait sympathisé avec lui. Le seul à l'avoir fait, du reste.

— Nous autres, on pouvait pas le blairer !

Thomas se fit décrire le pote de Gégé.

— Un grand type, un balèze. Genre grande gueule de la jungle comme Tarzan. Sauf que lui, c'est pas des hurlements qu'il pousse, c'est son landau. Peut-être bien à cause des mômes qu'il a pas eus dans sa vie. Alors, forcément, il compense comme il peut… supposa l'homme. Où ça va se nicher, quand même…

Bref, de rater une armoire à glace pareille, il fallait faire preuve de mauvaise volonté ou être aveugle !

Pour Thomas, tout se mettait en place. Démêlant peu à peu les éléments en sa possession, il récapitula la chronologie des allées et venues des deux hommes entre l'Île Beaulieu et les halles. L'arrivée du clochard au landau à Talensac se situait quelque temps après le crime de l'enseignant.

On aurait pu le croire étranger à l'affaire, si ce n'était qu'il avait rejoint, hier, son ancien abri, où l'attendait son ami Gégé, le fameux propriétaire du chien.

Quant aux raisons des navettes des deux acolytes, faites séparément, c'était leur histoire. Par ailleurs, cela importait peu.

Thomas tenait enfin le fameux témoin ! C'était bien l'homme au landau et non le propriétaire du chien.

Aussi vite qu'il le put, après avoir ramené le chien au chenil de la SPA, il rejoignit le quai des Antilles. Hélas, parvenu sur place, hormis un rat peu farouche, dérangé par sa présence, il ne trouva personne. Aucun indice non plus ne témoignait de la visite récente d'un homme.

Rien n'avait bougé. Les bandes en plastique, zébrées de jaune et de noir, délimitant la zone du crime, n'avaient pas été enlevées. Il avisa un pêcheur à la ligne, toujours près de la grue. Sa silhouette ne lui était pas inconnue…

— Bonjour. Vous étiez là, hier ?

— Oui.

— Ne me dites pas que vous cherchez toujours votre clochard ?

— Si.

— Mais ma parole, il est ressuscité ou ça vous monte à la tête, cette histoire de clodo ?

Thomas contint son envie d'expédier cet homme dans la Loire, d'un bon coup de pied au cul, de faire suivre ses gaules, son siège pliant et son seau à poissons. Ouste, du balai pour oser dire des âneries pareilles !

Il tourna les talons.

Le pêcheur se ravisa.

— Non, je ne l'ai pas vu !

— Ça ne m'étonne pas. Votre horizon se limite à la visière de votre casquette !

Le pêcheur haussa les épaules, marmonna une insulte et retourna à son occupation favorite : taquiner le goujon et, si possible, ne pas être importuné pour des histoires de clochards dont il n'avait rien à faire !

XVIII

Victor Durieux dressait la table pour un dîner en amoureux, lorsque Chloé fit irruption dans l'appartement. Surpris par cette intrusion, l'assiette qu'il tenait lui échappa de la main. L'épais tapis amortit le choc. Chloé se dirigea droit sur le canapé et s'affala dessus, non sans avoir abandonné son sac sur le plancher.

— Ouf, je suis vannée ! J'ai couru pour te retrouver au plus vite. Comment va mon *homo valetudinarius* ?

Victor Durieux, encombré par ses béquilles, ramassait l'assiette. Il se redressa doucement.

— De jour en jour, je vais de mieux en mieux. Il me suffit de ressasser le credo de la méthode Coué.

Elle prit un air détaché, exprima une moue, puis lui suggéra :

— Ne pourrais-tu pas également t'autosuggestionner ainsi : « De jour en jour, je l'aime de plus en plus… »

Il éclata de rire. Toutes affaires cessantes, aussi vite qu'il le pût, il la rejoignit dans le canapé en geignant de douleur. Elle l'accueillit dans ses bras. Puis il prit ses aises, s'allongea sur le canapé, la tête reposant sur les cuisses de Chloé. Elle lui prit la tignasse à pleines mains, secoua légèrement sa tête.

— Vrai, tu vas mieux ? s'enquit-elle.

— Oui, ça s'améliore…

— De Rosmadec, il t'a promis d'intervenir auprès du commissaire ?

— Il me l'a affirmé. Je ne crois guère à une suite. J'ai l'impression de l'avoir dérangé inutilement.

— Tu devrais peut-être laisser tomber tes recherches concernant cette association…

— C'est mal me connaître.

— Tu lui en as parlé ?

— De quoi ?

— De tout ça !

— Oui.

— Qu'en pense-t-il ?

— Il ne m'a pas donné son avis. Seulement écouté et il m'a conseillé de déposer une plainte.

— Ah, tu vois !

— Ça ne servirait à rien ! Je n'en démords pas, cette agression est consécutive à mon intérêt porté à cette association. Chaque fois que j'y pense, mon intuition d'avoir soulevé un lièvre se renforce un peu plus. Ces voyous ont été commandités et, contrairement à l'effet recherché, cela m'incite à poursuivre mon enquête. Je suis certain d'être sur une piste brûlante !

— Tu as tout juste soulevé un coin de voile. Ce n'est pas d'avoir mis la main sur un document puis de t'être rendu à l'adresse mentionnée sur celui-ci qui a tout déclenché ! C'est impensable, on ne t'a pas agressé pour si peu ! Si tu es sûr de toi, seule une personne côtoyée au cours de tes recherches peut être mise cause. Sinon, je ne vois pas.

— Hormis les employés de la préfecture, à qui d'autre aurais-tu parlé de cette association ?

Il lui était difficile de recenser toutes les personnes d'une manière précise. Ses recherches à Nantes concernaient avant tout le prieuré. Il les avait faites à la médiathèque Jacques Demy et n'avait parlé à quiconque de cette organisation I.N.R.I. Il lui restait à consulter les archives de l'évêché, mais leur accès lui serait plus qu'improbable. Enfin, il restait son correspondant de Paris. Lors de leur rencontre concernant le dossier sur les sociétés secrètes en France, ils avaient abordé le sujet.

— C'est on ne peut plus clair : il s'agit d'un employé de la préfecture ou de ton correspondant parisien.

Victor Durieux excluait toute implication d'un agent de la préfecture. De même, il lui était difficile de porter un jugement sur la personne rencontrée à Paris. Le seul élément en sa possession était une adresse Internet, moyen par lequel ils avaient communiqué plusieurs fois avant de se donner rendez-vous dans un café. Chloé se fit insistante, notamment à propos de la personnalité du correspondant. Victor Durieux la rassura : d'apparence, l'homme n'avait rien d'anormal. Sinon, d'être très au fait sur le sujet des organisations secrètes.

— Le problème est peut-être là ! avança-t-elle.

— Comment ça ? s'étonna-t-il.

Pour Chloé, si cet homme était féru dans ce domaine, qui d'autre, sinon lui, aurait été mieux informé de l'existence d'une société secrète à Nantes ? La méthode, une pratique pourtant bien connue de Victor, ne consistait-elle pas à faire des recoupements, des infiltrations et même pourquoi pas… en fréquentant carrément le milieu ?

— Tu pousses loin le raisonnement. Mais je le reconnais, ton idée a quelque chose de séduisant…

Encouragée, elle poursuivit : en prenant connaissance sur le Net de l'annonce de Victor Durieux, dans un premier temps, cette personne était entrée en relation avec lui pour savoir de quoi il en retournait. Victor Durieux avait confirmé sa demande, toujours par courriel, et précisé qu'il était à Nantes et prêt à se rendre à Paris pour un rendez-vous…

— C'était une aubaine pour cet homme ! reprit-elle. Une aubaine pour plusieurs raisons et dont la plus importante était d'approcher un éventuel adepte nantais avant de le coopter, pourquoi pas ?

— Continue, continue, bissa-t-il, pressé de connaître la suite pour savoir si le raisonnement de son amie rejoignait maintenant sa propre pensée.

— Au cours de ce rendez-vous, tu lui exposes ton projet d'écriture. N'y voyant pas d'objections, il te remet les documents utiles à ton projet de livre. Vous êtes assis devant un café et il s'apprête à faire sa tentative de recrutement. Or, ne pensant pas à mal, à ce moment-là, tu dévies la conversation sur ta découverte nantaise… Tu lui en fais part. Il t'écoute. Là, tout se gâte pour lui car il s'est déjà forgé son opinion. Pour lui, tu ne seras jamais un nouvel adepte, et qui plus est, tu lui apprends que ton cheval de bataille est de mettre au jour cette association.

— Vas-y, continue, et après ?

— Après ? Tu n'étais pas encore revenu à Nantes, ses amis, ceux qui sont dans la ville, étaient déjà au courant. La suite, tu la connais…

— Ben… toi alors !

— Holmes… Appelle-moi simplement Holmes… dit-elle avec une pointe de fierté.

Affichant un sourire béat, il la fixait par en dessous, partagé entre sa propre crédulité et l'admiration pour sa compagne.

— Je n'en reviens pas ! Ça s'est passé exactement comme tu l'as dit ! Mais alors, si cette organisation existe, elle dépasse le cadre nantais !

— Élémentaire, mon cher Victor…

— Par ailleurs, je n'ai pas terminé la lecture du rapport que m'a remis cet homme.

— Depuis, sans doute regrette-t-il de te l'avoir remis… Va le chercher. Je suis curieuse d'apprendre ce qu'il contient.

Victor Durieux se rendit dans la chambre pour prendre le document et revint avec.

— Le voici. Je me suis arrêté en 1850, lorsque le vicomte Édouard Lapasse, un médecin, crée son Ordre de la Rose-Croix du Temple et du Graal à la suite de la disparition d'une loge maçonnique, irrégulière, appelée La Sagesse. C'est aussi la période où la franc-maçonnerie va devenir de plus en plus anticléricale, se laïciser. Je te laisse le soin de lire ce qui précède.

Après cet épisode, à la lecture du rapport, Toulouse voyait proliférer des chapelles, des confréries, des sociétés secrètes, certaines structurées sur le mode des chevaleries. C'était un phénomène socioculturel qui s'étendait à toute la région midi-pyrénéenne. Puis vinrent les années 1880 où la vague légitimiste, toujours vivace avec la thèse naundorffiste – Louis XVII ne serait pas mort à la prison du Temple – va être active. Une série de personnages vont apparaître et occuper le devant de la scène, dont le premier est Adrien Péladan, puis son frère Joséphin, initié par l'écrivain Eliphas Lévi – de son vrai nom Alphonse-Louis Constant, un ancien abbé – succéda au vicomte de Lapasse puis forma un peu plus tard avec le marquis Stanislas de Gaïta l'Ordre Kabbalistique de la Rose-Croix, et aussi Gérard Encausse, plus connu sous le pseudonyme de Papus.

Ce dernier, très en vue à la cour du Tsar Nicolas, fut bien malgré lui la cause du Protocole des sages de Sion, rédigé par l'intrigant Sergei Nilus… À l'origine, une ineptie, un brûlot écrit par Maurice Joly* contre

*Un proche de Victor Hugo et supposé membre de la Rose-Croix. Il fut emprisonné à la suite de cette publication.

Napoléon III. Nilus le réécrit en le détournant contre le peuple juif afin d'attirer l'attention du Tsar sur une pseudo-conspiration, parce que Papus et sa science ésotérique déplaisaient à une grande-duchesse*. Le Tsar ne crut pas à cette affaire. Il répudia Nilus et fit détruire les écrits dont un, paraît-il, ne l'aurait pas été. Il fut par la suite divulgué en 1905 en appendice d'un ouvrage du philosophe et mystique Vladimir Soloviov. Le mal était fait** !

Chloé et Victor Durieux poursuivaient la lecture des documents. De cette mouvance ésotérique, dépassant à présent largement le cadre de la région toulousaine, apparaissaient des noms célèbres, comme ceux de l'archiviste d'Orléans, Jules Doisnel*** ou encore Charles Nodier, bibliothécaire et écrivain, Victor Hugo, Claude Debussy, ces trois derniers cités comme nautoniers successifs du prieuré de Sion****, la cantatrice Emma Calvé, Villiers de l'Île Adam… Puis, Stéphane Mallarmé, Oscar Wilde, Proust, Gide, Paul Valéry… Tous fréquentaient le cercle Des Mardis. Les ecclésiastiques n'étaient pas les derniers à participer à cette mode de l'occulte.

---

*Élisabeth, qui essayait de faire admettre, sans succès, Nilus à la cour du tsar.

**Pourtant interdit de publication, il perdure de nos jours.

***Bibliothécaire à Carcassonne, il a fondé une église néocathare en 1890.

****Toujours dans la liste des dossiers secrets déposés à la Bibliothèque Nationale.

Ainsi naquit le mystère de Rennes-le-Château avec l'abbé Saunière*, un proche des personnages cités précédemment, et très en cour avec la duchesse de Chambord, la veuve d'Henri V, et également avec les seigneurs de Hautpoul, de Chefdebien, dont il recevait des sommes d'argent pour satisfaire sa mégalomanie… Puis l'abbé Boudet, le chanoine Laffon-Maydieu de Castelnaudary…

L'entraide à l'intérieur d'un petit cercle d'amis choisis débouchait sur un vaste mouvement de groupes hétéroclites et tentaculaires. Souvent rivaux, ils savaient aussi s'entendre en œuvrant dans le secret pour tenter de réécrire l'histoire de la France et de l'Église catholique. Le rapport concluait ainsi :

« L'ère du Poisson s'achève, c'était celle du Christ. Elle a été l'ère de toutes les luttes, mais aussi celle nécessaire à la préparation de l'ère du Verseau. Depuis la création de l'Ordre du Temple et jusqu'aux Rose-Croix d'aujourd'hui, l'humanité n'a cessé de se préparer à l'avènement de l'homme nouveau. »

— Allons donc, pourquoi pas… s'exclama Victor Durieux.

— Ne plaisante pas… Cette dernière phrase est étrange.

---

*En plus d'un trésor, Bérenger Saunière aurait découvert des écrits mystérieux en faisant des travaux dans son église. Ces documents auraient été cachés par l'un de ses prédécesseurs, l'abbé Bigou, un siècle auparavant. Pour être décryptés, ces écrits furent confiés à Émile Hoffet, un jeune érudit en linguistique. Ce fut lui qui introduisit Saunière dans les cercles occultes parisiens.

Victor Durieux dit à Chloé qu'il ne plaisantait pas. Il ne savait que trop ce que signifiait l'avènement de l'homme nouveau. De telles idées étaient aussi porteuses de dérives. Il cita l'ordre hermétique de la *Golden Dawn in the Outer*, créé en 1887 à l'intérieur de la SRIA.* Un personnage incontournable, Aleister Crowley, lié à *Golden Dawn* et à l'Ordre du Temple d'Orient, aurait fortement influencé des sociétés secrètes allemandes dont le groupe de Thulé,** un cercle de bourgeois où des futurs dirigeants du national-socialisme allemand se rencontraient. La Gestapo, qui faisait la chasse aux sociétés secrètes, n'inquiéta jamais la loge de la *Golden Dawn* à Berlin. Crowley avait, entre autres, une profonde sympathie pour Sir Oswald Mosley, un adhérent du parti hitlérien en Angleterre.

— Sous le voile de la respectabilité, tu comprends mieux de quelle manière des personnes peuvent aussi s'avérer dangereuses par leurs idées…

Bien sûr, Chloé avait entendu parler de ces groupes qui œuvrent dans l'ombre. Pour elle, ce goût prononcé de l'occulte n'avait d'autre raison que celle de cacher des activités destinées à dominer, à influencer la société.

**Societas Rosicruciana In Anglia*, était réservée aux francs-maçons ayant le grade de maître et était limitée à 144 membres.

**Ce fut le groupe Thulé qui manipula et propulsa Hitler sur le devant de la scène. Pour Thulé, les Aryens nordiques étaient "porteurs de la lumière" dans le monde. Lire *Le nazisme, société secrète*, de Werner Gerson aux éditions N.O.E, et *La spiritualité des Rose-Croix* de Jean-Pierre Bayard aux éditions Dangles.

— Et non pas seulement à éveiller la conscience de l'adepte, comme le disait Julius Evola*, précisa Victor Durieux.

Pour autant, il n'était guère plus renseigné sur cette mystérieuse I.N.R.I. Si cette dernière était une résurgence des Rose-Croix de Toulouse, il ne comprenait pas pourquoi elle se réfugiait dans la clandestinité. Être réfractaire à l'orthodoxie de Rome n'était plus une hérésie. Depuis longtemps, l'Église ne faisait plus trembler personne, alors pourquoi tant de mystère ? À cela, il ne voyait pas d'autre raison que celle de légitimer l'authenticité, toute relative, d'une société secrète.

— Et, si tu as l'intention d'y adhérer, cela ne peut que te mettre en confiance. Ce qui est bon pour les élites l'est également pour toi. Quant aux erreurs du passé, elles sont salutaires pour l'avenir… Si j'avais su…

— Quoi donc ?

— Je n'aurais jamais dû parler de ma découverte à cet homme rencontré à Paris…

**Doctrine de l'éveil*, l'œuvre la plus importante de Julius Evola. Conseiller officieux de Mussolini, il a aussi inspiré le groupe de Thulé.

XIX

— Curieux… C'est vraiment curieux, répéta Thomas en détaillant le contenu de la bibliothèque… J'étais convaincu de l'avoir vu là… Je ne saurais vous dire à quel endroit précis, mais c'était là, rangé sur l'une des étagères… Je l'admets, je me suis trompé… Je suis désolé de vous avoir importuné pour rien.

Il était vraiment navré. Pour autant, le capitaine Moreau ne lui en tenait pas rigueur. Après tout, si cela pouvait rendre service à Thomas…

— Combien de fois ne sommes-nous pas persuadés d'avoir vu un objet à un endroit et nous nous entêtons à le rechercher là et pas ailleurs. Je suis bien obligé de le reconnaître, plus d'une fois ma mémoire m'a joué des tours. Nous sommes tous les mêmes ! Si vous me communiquiez le titre exact de ce livre, je vous serais peut-être utile…

— Je suis incapable de vous le dire. C'est cette image qui m'est revenue. Elle était sur le dos du livre. Une dorure sur une couverture bleue.

— Vous avez dit une croix au milieu des flammes et portant l'inscription I.N.R.I., c'est bien ça ?

— Exactement.

— Quel est le lien avec notre affaire ?

— Une personne m'a parlé de ce sigle. Depuis, cette image ne cesse de me trotter dans la tête. J'avais la certitude de l'avoir déjà vue quelque part. Hier, avant de m'endormir, tout m'est subitement revenu à l'esprit : au domicile de la femme, assassinée au Jardin des Plantes ! me suis-je dit.

Le capitaine était dubitatif.

— Eh bien, votre mémoire vous aura joué un tour.

— J'en suis le premier étonné. Mais bon, dois-je admettre que l'âge commence à faire son effet ? ironisa Thomas tout en passant à nouveau tous les ouvrages en revue.

— Je n'irai pas jusqu'à dire cela, mais à mon avis, vous n'avez pas vu ce livre dans cette bibliothèque. Ailleurs, certainement… Vous n'avez pas répondu à ma question : quel serait le lien avec les affaires qui nous préoccupent ? insista Moreau.

Thomas resta tout aussi évasif.

— C'était une simple vérification.

Puis, se tournant vers le capitaine, il leva les bras et les laissa retomber pour signifier qu'il était vraiment désolé. Renouvelant ses excuses, il ajouta :

— Je capitule… Ce n'est pas ici… Au fait, concernant le SDF, l'affaire n'était pas aussi simple…

— Comment ça, vous avez du nouveau ?

— Oui. L'homme retrouvé mort de deux balles dans la tête n'aurait jamais assisté à l'assassinat du professeur. Le vrai témoin serait toujours en vie, mais lui, c'est l'Arlésienne. Tout le monde en parle, personne ne le voit !

— Le SDF exécuté au quai des Antilles ne serait pas celui que nous recherchons ?

— Exact ! Il nous reste à mettre la main sur l'autre individu, le vrai, le propriétaire du fameux landau ! Je ne désespère pas.

Le capitaine Moreau, lui, était plutôt perplexe. On pouvait aussi imaginer que l'homme assassiné avait eu mille raisons de se séparer de son engin avant de regagner l'Île Beaulieu.

Thomas ne le contredit pas.

*

* *

Après avoir quitté le capitaine, Thomas traversa le Jardin des Plantes pour rejoindre la gare nord. À son passage devant le tulipier de Virginie, il marqua un temps d'arrêt. Il eut une pensée pour la femme qui avait fini sa vie là. Une fois encore, il ne put s'empêcher de reconstituer la scène du meurtre. Que faire de mieux, sinon de l'imaginer ? Mais là encore, de spéculer, d'échafauder, n'apportait aucune preuve… Une simple observation des lieux ne ferait pas surgir la vérité par magie ! Auquel cas, l'équipe de Duval aurait déjà résolu cette affaire. Aucun indice n'avait été relevé sur place. Non, la vérité était ailleurs.

Sur son parcours, il s'arrêta pour boire un café à la

terrasse de la brasserie du Jardin des Plantes. Il réclama un journal. L'actualité politique, elle aussi, était en vacances. Les faits divers étaient relégués au second plan. Les animations estivales prenaient le dessus. Rien de très important, sinon le récurrent taux de fréquentation des structures et des sites touristiques.

Thomas feuilletait les pages, une à une, les parcourait sans y porter un intérêt particulier. Dans le même temps, sa pensée allait à Léa et Alain : à cette heure, comment occupaient-ils leur temps ? Pas encore à la plage, non, il était trop tôt.

La vision mentale de ses êtres chers s'effaça d'un coup quand, en page locale, son attention se porta sur un titre :

« *Accident grave au pont Anne de Bretagne !* »

Une jeune automobiliste, décédée dans la soirée, et un SDF hospitalisé… La conductrice dont le taux d'alcoolémie s'était révélé positif, était aussi sous l'emprise de stupéfiants. Les témoins étaient nombreux. Elle avait perdu le contrôle de sa voiture dont la course folle s'était terminée contre le parapet, non sans avoir sur son passage percuté et grièvement blessé un SDF. Celui-ci, la cinquantaine environ, poussait un landau sur le trottoir du pont quand soudain…

L'article se terminait par un appel à témoin concernant l'homme l'accidenté.

Toute personne susceptible de donner des renseignements sur l'identité du malheureux était priée de se présenter au commissariat.

D'un bond, Thomas se leva de sa chaise, déposa la monnaie sur la table pour régler son café puis se précipita vers la station de tramway toute proche.

Il sauta dans la première rame en direction de l'hôpital.

*

* *

— En réa ? Je dirige ce monsieur en réa ? demanda la femme au téléphone.

— En quoi ? s'étonna Thomas.

— En réanimation, Monsieur ! précisa-t-elle en faisant papillonner ses longs cils maquillés.

Elle s'obligea à sourire et rejeta ses cheveux en arrière d'un brusque mouvement de la tête. Puis, son stylo pointé vers la porte de sortie de l'accueil, elle débita :

— Voilà : quand vous ressortez d'ici, vous entrez dans le bâtiment, celui à votre gauche, par la première porte située à votre droite. Quand vous ressortez de ce bâtiment, vous entrez dans celui qui est en face de vous. Là, c'est facile, vous prenez l'ascenseur jusqu'au deuxième. Ensuite, vous suivez la flèche : Service de réanimation. Vous vous présentez à l'accueil.

— Par quelle porte dois-je quitter le bâtiment de gauche dans lequel je suis entré par la porte de droite pour ensuite pénétrer dans celui qui sera en face de moi, afin d'accéder à l'ascenseur ?

— Quoi, comment ça ?

Face à l'incompréhension de ce visiteur, l'hôtesse émit des petits hochements d'impatience de la tête, faisant en même temps vibrer ses longs cils. La bouche légèrement pincée, d'un air agacé, elle répondit :

— Voyons, par la porte, celle qui se trouvera droit devant vous. Vous ne pouvez pas rater le bâtiment, Monsieur !

Dans ses pensées, on aurait pu lire : « Mon Dieu, c'est bien ma veine d'être tombé sur cet emmerdeur pour débuter la journée ! »

Et puis, non, tout s'arrangea pour elle.

— Mais bien sûr, c'est tellement évident ! Excusez-moi, chère Madame…

Ouf, la voilà soulagée de n'avoir pas eu à tout répéter. À longueur de journée, elle les voyait défiler, les sclérosés du cerveau, ceux qui ne comprenaient rien à rien, et qui plus était mal embouchés, et plus nombreux qu'on ne le pensait !

Dans la salle d'attente du service de réanimation, un magazine à la main, Thomas endura longuement le similicuir d'un siège, au point de s'y avachir, puis de glisser progressivement dans un état de narcolepsie.

Quand une infirmière entra, il sursauta, la revue faillit lui échapper des mains.

Pas de temps à perdre, d'emblée, elle attaqua :

— Vous êtes de la famille, Monsieur ?

— Absolument pas.

— Alors, à quel titre vous…

— Je collabore avec le commissaire Duval, justifia Thomas, croyant la rassurer.

— Connais pas ! dit-elle.

Thomas lui rapporta qu'il était à la recherche d'un SDF. Dès qu'il avait appris l'accident par la presse, il s'était précipité à, l'hôpital pour obtenir des informations. Le blessé était peut-être l'homme qu'il recherchait.

L'infirmière se montra réticente. D'une part, l'identité du patient n'avait pas été établie, et par ailleurs, toute visite sans raison impérieuse était pour le moment interdite. Le blessé avait eu les membres inférieurs fracturés et il était toujours dans le coma. Et bien que son électroencéphalogramme évoluât positivement, personne ne savait dire le temps qui lui serait nécessaire pour reprendre conscience.

Non sans écarter de possibles séquelles, souvent irréversibles et toujours à craindre après ces forts traumatismes cérébraux, sur des sujets déjà fragilisés par leur mode de vie.

Thomas quitta l'hôpital, s'empressa de joindre Joseph Duval par téléphone.

— J'allais vous appeler à l'instant même, de Rosmadec. Oui, nous avons été prévenus. Oui, c'est bien lui. Des témoins auraient vu le landau passer par-dessus le parapet avant de disparaître dans la Loire… Oui Moreau est dans mon bureau, nous en parlions tous les deux à l'instant. Je me mets en relation avec l'hôpital. Dès que notre homme sera rétabli, nous irons l'interroger… Si je le fais garder ? Non, grand Dieu ! Je ne vais pas mobiliser du personnel… Comment ça ? Oui, mais à cette période de l'année, c'est comme partout, nous manquons d'effectif, et puis là où il est, il ne risque rien… Tout ceci vous paraît étrange ? Je le pense aussi. Bonne journée à vous aussi, de Rosmadec… Passez me voir quand vous voulez !

Thomas coupa la communication et recomposa aussitôt un autre numéro.

— Victor Durieux ? Rosmadec à l'appareil… Si j'ai retrouvé mon clochard ? Dites donc, vous avez une bonne mémoire ! Oui, comme vous, je l'ai appris par la presse. Je sors à l'instant de l'hôpital, le blessé est dans un piètre état… Je souhaiterais vous rencontrer… C'est au sujet de cette association, I.N.R.I… Pouvons-nous dîner ensemble aujourd'hui ? Entendu, à ce soir !

*

*   *

Cette fois, ce n'étaient pas des fantaisies de son esprit. Chloé se rapprocha pour mieux voir. Si la poignée de la porte était bien positionnée, en revanche le ruban adhésif avait été arraché. Seule l'extrémité, collée au chambranle, était toujours à sa place. L'autre, détachée, était légèrement enroulée sur elle-même. La petite ruse suggérée par Victor avait fonctionné ou alors…

Chloé s'accroupit pour observer par le trou de la serrure. Rien, elle ne distinguait toujours rien. Elle saisit la poignée, l'actionna à plusieurs reprises, puis tenta d'ouvrir la porte en la poussant de son épaule. Rien non plus. Pas même le moindre jeu. Comme saisie d'une envie furieuse de provoquer les événements, elle frappa fortement du plat de la main à plusieurs reprises sur le bois, y colla son oreille. Aucun bruit. Cette porte restait désespérément bloquée et muette. Devait-elle signaler ce fait étrange à monsieur Baron ? Non, d'abord à Victor. Lui qui en avait eu l'idée. Cela pouvait aussi bien provenir d'une mauvaise fixation du ruban. Auquel cas, elle devrait refaire l'expérience pour en avoir le cœur net. Après quoi, forte de cette évidence, oui, elle en parlerait à Baron. Celui-ci lui avait promis de futures responsabilités, ce n'était certainement pas le moment de passer pour une idiote avec cette histoire de porte. Et puis, ne renouvelle-t-on pas plusieurs fois les expériences avant d'établir des certitudes ?

« Assez focalisé sur cette porte. Au travail, ma fille ! », se dit-elle.

Elle avait du retard, particulièrement dans la mise à jour du fichier clients. Elle devait le remettre à monsieur Baron. Il le lui avait encore réclamé gentiment. Pour l'instant…

La venue de Victor dans son existence avait quelque

peu perturbé son assiduité au travail, elle le reconnaissait volontiers. S'en plaignait-elle pour autant ? Certainement pas ! Tout ce temps consacré à la librairie n'avait été qu'un refuge pour combler la platitude de sa vie sentimentale. Or, aujourd'hui, elle voyait les choses d'une manière totalement différente. Ce bonheur, ce présent tombé du ciel, elle ne devait pas le laisser passer !

À peine le premier nom pianoté sur le clavier de l'ordinateur, la sonnette de la porte d'entrée tinta.

Une femme. Cette dernière lui réclama le CD, *Gestion du stress par la sophrologie.* Chloé lui désigna le présentoir.

— Vous ne possédez pas tous les titres de la série “Sophrologie” ? s'informa la cliente sur un ton de reproche.

— Nous sommes en rupture, nous les attendons, Madame.

— Dans ce cas, je repasserai.

« C'est ça, repasse, se dit Chloé, le regard partagé entre le clavier et la femme qui sortait. Tous les mêmes ! Ils veulent tout gérer dans l'urgence : leur temps, leurs émotions, leur respiration, leur bonheur, leur… Bref, le grand marché de la maîtrise de soi et du bien-vivre préconçu a de beaux jours devant lui… Bien où en étais-je ? Ah oui, à ce nom-ci… »

*

*   *

Rides au front, sourcils froncés, soucieux dirons-nous, Joseph Duval quittait tout juste le commissariat. L'envie de changer d'air, de décompresser. Itinéraire en tête, il contournait le centre Cambronne. Il attaquerait ensuite la remontée de l'avenue Chanzy, déboucherait Rue Joffre, emprunterait la ruelle étriquée entre l'église Saint-Clément et la caserne des pompiers. Où allait-il ainsi ? Au cimetière de La Bouteillerie. Une bien curieuse manière de relâcher la tension nerveuse accumulée, mais Joseph Duval avait ses raisons.

Vingt-neuf degrés Celsius au thermomètre, température prise sous abri. Ce n'était pas rien tout de même !

Cheminant sous le soleil, une légère sueur perlait à son front. De temps à autre, il tamponnait celui-ci à l'aide d'un mouchoir. Le cou aussi. Des gestes accomplis machinalement, la tête ailleurs, comme d'habitude à ruminer. Un poids terrible pesait sur sa conscience et, comme tout un chacun, face à une situation cornélienne, il était en proie à l'incertitude la plus totale : que faire, comment s'y prendre ? Pas facile. Ah, grand Dieu non !

Ce qui le mettait dans cet état n'était pas un problème qui lui était tombé dessus à l'improviste, lequel aurait réclamé une solution dans l'urgence. Non, ce n'était pas du tout ça. Quoique… À bien réfléchir, si, l'urgence était bien là ! Mais il se devait de ne pas faire n'importe quoi, de bien peser, de mesurer les conséquences découlant de la décision prise.

Dans un premier temps, l'idée l'avait simplement traversé. N'osant trop y croire sur le coup, il l'avait même refoulée, se disant : « C'est impossible, tu débloques complètement, mon vieux ! » Puis, insidieusement, elle était réapparue. De l'effleurement, elle n'avait cessé de progresser en lui comme une morbidité incurable, une évidence dont il ne pouvait plus se défaire. De plus, il subissait les affres de la solitude, celles de ne pouvoir partager ce fardeau.

« Il faudra bien pourtant. Ah, bah oui, mais il faudra bien, quoi ! Tu en as de bonnes, toi ! », se dit-il.

Non, vraiment pas facile pour lui.

Comment avait-il découvert cela ? L'accumulation de petites insignifiances, celles que personne ne remarque et qui, à force, lui avaient mis la puce à l'oreille. Peut-être bien son sixième sens de flic aussi, va savoir ! En tout cas, il n'en revenait pas !

« Cela aura l'effet d'une bombe », reprit-il pour lui, n'hésitant pas à se dire : « Si je me suis trompé, c'est sûr, j'en prendrai plein la tête ! C'est couru d'avance, ce sera le placard, au pire l'anticipation de ma retraite ! »

La chaleur était insupportable. Il tomba la veste, fût-elle d'un coton léger. Un achat de France. C'était elle qui s'en occupait toujours.

Lui, les séances d'essayage de vêtements, les plis qui tombaient impeccablement, les longueurs de manches l'exécraient ! Il avait une sainte horreur des magasins.

Tiens ! Et pourquoi ne prendrait-il pas un rafraîchissement ? Rue Joffre, celle du Maréchal. Il avait une connaissance là-bas. Ben, oui, le métier de flic qui voulait ça.

Parvenu à ladite rue, il pénétra dans l'établissement.

— Tiens ! Qui vient me rendre une visite ? Mon Jojo !

Cathy, jolie brunette au corps bien fait, un mètre soixante-douze, talons hauts compris, moulée dans une robe rouge à pois noirs, la taille comprimée par un large ceinturon, noir lui aussi, très tendance Sixties. De la gouaille à revendre.

— Franchement, Cathy, ce n'est pas la discrétion qui t'étouffe ! reprit à la volée Joseph Duval.

— Ne fais pas ton rabat-joie. Regarde, il n'y a personne dans le troquet, pas un chat, Jos ! Tous partis s'empiffrer des glaces à la plage ! C'est la mort du petit bistrot. De nos jours, si t'es pas franchisé, tu cours tout droit à la ruine, Jos !

— Arrête de larmoyer, Cathy. Tant qu'il y aura des pochetrons…

— On dirait du James Jones, Jos. Ça me fait rudement plaisir de te voir, tu sais ? Alors, que deviens-tu ?

— Le boulot, toujours le boulot, Cathy… Je vais rendre une visite au petit.

Cathy avait compris. Joseph Duval se rendait au cimetière sur la tombe de son fils.

Un cas de conscience irrésolu pour lui. Le serait-il un jour ? Elle en doutait. Cette blessure, il l'emporterait dans sa tombe. Voilà ce qu'elle pensait de tout ça.

— Ah… Et tu t'es dit : en passant, pourquoi ne pas dire un bonjour à une vieille connaissance ? T'as bien fait ! Qu'est-ce que je te sers ?

Cathy avait aidé Joseph Duval à mettre au jour une affaire de proxénétisme aggravée par un crime. Pour cela, elle n'avait pas hésité à prendre des risques. Depuis, leur complicité durait. Un tuyau par-ci par-là, toujours bienvenu. Or, cela faisait un moment qu'ils ne s'étaient vus.

— Sers-moi un café, s'il te plaît.

— Un café, Jos ? Avec cette chaleur, tu ne veux pas plutôt…

— Non, un café c'est très bien.

Tout en s'activant au percolateur, Cathy ne put s'empêcher :

— Dis donc, Jos, t'es sur le coup du Jardin des Plantes ?

— Oui, Cathy.

— La victime habitait le quartier, paraît-il ? Pas loin d'ici.

— Hum, hum… Juste en face du cimetière.

On échangea sur cette sale affaire. N'était-elle pas identique à deux autres survenues, elles aussi, à Nantes ?

Pourquoi ne pas activer le réseau pour recueillir des

informations ? proposa Cathy. Impossible. Le principal intéressé était embastillé et, à sa sortie, on pouvait s'attendre à des règlements de comptes si l'on bousculait la hiérarchie. L'unique cas où la nature n'avait pas le vide en horreur. Et puis le mélange des genres était à proscrire, rappela Joseph Duval, les crimes cités ne concernaient nullement le milieu.

— Sinon, crois-moi, on aurait déjà résolu les affaires.

— Un fou alors ?

— Ah, bah oui ! Ça, il doit l'être. Mais pas dans le sens où on l'entend.

— Comment ça ?

— Ses actes sont prémédités, calculés, Cathy. Il agit froidement. C'est déroutant… S'il n'y avait que ça… ajouta-t-il, évasif.

Joseph Duval, garda pour lui la suite. Puis on parla d'autres choses, celles de la vie et enfin, on se quitta. L'heure tournait, il était temps.

Après avoir poussé la grille du cimetière, il emprunta l'allée centrale, sinua ensuite entre les tombes avant de parvenir à celle de son fils. Il fit un peu de nettoyage, ôta des plants quelques feuilles desséchées par la chaleur.

« Ta mère est partie, dit-il en fixant la sépulture. Elle m'a plaqué, partie chez elle au Croisic. Cette maison où nous passions les vacances… Oui, c'est ça, chez tes grands-parents… Depuis, pas un mot, pas un coup de téléphone, rien ! Comment ça ? De ma faute ? Peut-être bien… Tu sais, à ma décharge, je vis des moments difficiles. Elle peut le comprendre… Que moi aussi, je dois me mettre à sa place ? Hum… »

Il passa ainsi une dizaine de minutes, fit part aussi de ce qu'il pressentait, de la gravité de la situation. La voix d'outre-tombe lui donna un conseil…

Après quoi, il regarda de nouveau le plant, pensa à le changer à son prochain passage, puis salua son fils, non sans émotion.

En repartant, parmi les tombes, il chercha celle de Sophie Camus. Une sépulture avait remplacé le monticule de terre du début. Dans le marbre, le nom, la date de naissance et celle du décès étaient gravés, rehaussés d'or. Une clé de sol aussi en hommage à son activité de musicienne. La femme gisant là avait emporté un secret, Joseph Duval en était sûr. Puis, songeur, il quitta le cimetière avec l'impression d'être passé près de la vérité…

Parvenu à l'allée centrale, il marqua un temps d'arrêt, réfléchit, se retourna vers la tombe, il hésitait à y retourner. Non, il se devait de vérifier, il revint sur ses pas. De nouveau devant la sépulture, il ne savait quel crédit donner aux quatre lettres gravées sur la partie supérieure de la branche verticale de la croix. Elles lui avaient échappé parce que le contexte, le lieu s'y prêtait. On les retrouvait sur beaucoup de tombes, y compris sur celle de son fils. Or là, compte tenu des circonstances, le soupçon l'emportait…

*

* *

Chloé Forest et Victor Durieux, attablés à la terrasse du Lieu Unique, attendaient Thomas pour dîner.

— Cette fois, j'ai collé deux rubans adhésifs sur la porte, dit Chloé.

— À la troisième tentative, tu la condamnes en clouant des planches en travers. Comme ça, tu verras si elle a été défoncée ou pas ! suggéra Victor Durieux.

Ils éclatèrent de rire.

Le soleil déclinait à peine qu'un croissant de lune falot apparaissait déjà sur un fond de ciel toujours bleu. La ville baignait dans la torpeur d'une fin de journée trop chaude. Le temps semblait figé dans la quiétude de l'instant. Un train passa sous le pont de l'avenue Carnot, avant son arrivée en gare.

Chloé prit la main de Victor Durieux entre les siennes, la porta à ses lèvres pour y déposer un baiser. Elle le fixait dans les yeux, une esquisse de sourire aux lèvres, sa tête inclinée sur le côté, savourant pleinement cet instant.

À son arrivée, Thomas se demanda s'il ne troublait pas un tête-à-tête d'amoureux. Victor Durieux se leva pour le saluer. Chloé, surprise, fit de même à son tour. Thomas présenta ses excuses pour son retard occasionné par un appel téléphonique de son fils. Celui-ci tenait à tout prix à lui raconter la fin tragique du marquis de Pontcallec, décapité à Nantes sur une place où l'on bouffait. Chloé se mit à rire. Il s'agissait de la place du Bouffay, même si aujourd'hui le quartier était effectivement réputé pour sa concentration de restaurants. On parla du Lieu Unique, des expositions, de la librairie, du hammam.

Face à eux, un bateau de plaisance manœuvrant au moteur s'apprêtait à franchir le tunnel pour déboucher côté préfecture.

— C'est le canal Saint-Félix. La jonction entre l'Erdre et la Loire, l'informa Chloé.

À propos du prénom Félix, Thomas leur raconta une anecdote. Lorsqu'il était tout jeune, il avait un chat, justement baptisé Félix. C'était un énorme matou de gouttière, placide, toujours à ses côtés durant les repas, prêt à l'aider à finir ses plats. Pour autant, l'animal n'était pas épargné des espiègleries de son jeune maître.

L'animal se retrouvait parfois enfermé dans la boîte aux lettres aménagée dans l'un des piliers de la grille d'entrée donnant sur le jardin, quand ce n'était pas dans les armoires de la maison, et ce jusqu'à ce que ses miaulements eussent attiré l'attention de l'un des membres de la famille. Bref, avec lui, Félix n'avait guère de répit.

Chacun passa la commande de ses plats au serveur. Puis Thomas s'enquit du rétablissement de Victor Durieux.

— Ça va beaucoup mieux, lui assura ce dernier.

Enfin, on entra dans le vif du sujet.

— Avez-vous recueilli d'autres informations au sujet de l'association qui vous préoccupe ? s'enquit Thomas auprès de Victor Durieux.

Non. Jusqu'à présent, ses déplacements s'étaient limités du lit au fauteuil et inversement. Depuis son passage à tabac, c'était sa première sortie.

Thomas rapporta dans quelles circonstances il avait vu tout dernièrement les lettres I.N.R.I. Ce qui l'amena à donner plus de précisions sur la nature de son travail d'enquêteur à Nantes. Voilà pourquoi, il avait souhaité le rencontrer ce soir. Pour lui parler de vive voix de ce livre au dos duquel étaient gravées les quatre lettres, inscrites à chacun des angles formés par une croix et sur un fond de flammes.

— Ce livre était, je dis bien était, insista-t-il, chez l'une des victimes. Il a disparu !

Il était convaincu de l'avoir vu dans la bibliothèque de cette femme. Et il ne s'agissait nullement d'une erreur à mettre sur le compte d'une illusion de l'esprit, ce que l'on appelle les réminiscences, ces impressions de déjà-vu, mais dont on ne sait dire dans quel contexte, et si l'on peut leur accorder véritablement du crédit.

Eh bien non ! Lui en était certain. Après avoir cherché, cela lui était revenu, d'un coup, comme ça !

— Mais comment ce livre a-t-il disparu ?

— Comment ? Mais par la volonté d'une personne, évidemment… La question serait plutôt : pourquoi l'a-t-on fait disparaître ?

— Depuis l'assassinat de cette femme, hormis la police et vous-même, qui d'autre a eu accès à son domicile ? voulut savoir Chloé.

— La fille de la victime. Or, celle-ci est repartie pour l'Allemagne où elle vit, et bien avant ma venue sur Nantes. Elle n'est donc pas concernée.

— Peut-on la joindre pour l'interroger ?

— Oui, par les services de Duval. Mais, prudence, ne nous précipitons pas !

— Vous insinuez qu'il y aurait un lien entre mon agression et votre enquête ? l'interrogea Victor Durieux.

— Ne trouvez-vous pas troublant d'avoir été agressé à la suite de la découverte d'un cercle fantôme qui se cache derrière l'anagramme I.N.R.I. et que, de mon côté, une enquête piétine parce qu'il n'y a pas la moindre preuve ni le moindre indice, si ce n'est d'être tombé sur ce livre qui porte cette inscription, et, qui plus est, découvert chez l'une des victimes ? Curieuse concomitance des faits, tout de même…

Victor Durieux était dubitatif.

— Quels sont les cercles sur lesquels vous enquêtez pour votre livre ?

— Ce sont les cercles ultra-catholiques de la mouvance royaliste. Ils appartiennent au passé. De nos jours, vouloir restaurer la royauté tient davantage du revanchisme ridicule, voire du folklore pour une poignée de nostalgiques. Par ailleurs, du côté ultra-catholique, les organisations ne manquent pas, elles opèrent au grand jour et rayonnent sur le plan international*.

— Il vaut mieux que tu informes monsieur de Rosmadec… intervint Chloé.

— Thomas, reprit-il.

Une fois pour toutes, on se mit d'accord, user des prénoms était bien plus pratique et plus direct pour la conversation.

Victor, donc, rapporta la conversation qu'il avait eue avec Chloé et les soupçons qui pesaient sur son interlocuteur parisien.

— Que vient faire cette personne dans l'histoire qui nous préoccupe ?

Pour mieux se faire comprendre, Victor fit un retour au début de son travail, c'est-à-dire au premier tome. Celui-ci concernait davantage les pays d'Europe où des communautés étaient, elles aussi, en proie à d'autres aspirations spirituelles et religieuses. Et là, on constatait une bien étrange coïncidence. Un vent de révolte contre les dogmes imposés par les églises avait commencé à souffler dans les années 1600. Aussi, à partir des écrits des Rose-Croix de Tübingen, basés sur une mystification, tout allait-il s'accélérer, se compliquer.

Il récapitula brièvement cette tranche de l'Histoire des années 1600 jusqu'au début 1900 et sa nébuleuse

*Entre autres : l'Opus Dei, les légions du Christ…

de cercles secrets. La période la plus féconde commençait dans les années 1800 et constituait le deuxième tome de son travail. Celui en cours.

— J'ai rencontré cette personne à Paris, dans ce cadre-là.

— Et vous pensez que…

— Depuis des siècles, le cercle de Tübingen fait des émules* ! soutint-il. Et vous êtes loin d'imaginer les luttes souterraines, les intrigues, les alliances faites et défaites auxquelles se sont livrés les fondateurs de ces cercles, en Europe comme aux États-Unis. Et puis, les cercles actuels ont peu à peu abandonné la voie de l'ésotérisme chrétien** pour le remplacer par un amalgame quelque peu confus de religions afin d'en faire un syncrétisme accommodant, en puisant aussi dans la philosophie orientale et l'idéologie New Age. Le sujet est vaste, il ne se résume pas en quelques mots…

— Il y a des enjeux financiers importants ? voulut savoir Thomas.

— Quand on revendique des millions de membres à travers le monde, on est proche de la gestion des multinationales ! C'est un métier comme un autre et les Américains l'ont vite compris en adaptant des méthodes de marketing à leurs enseignements, tout en soutenant œuvrer pour un idéal philanthropique. On est

*Ainsi, bien des sociétés secrètes actuelles n'hésitent pas à puiser leur légitimité en faisant référence à ce cercle de théologiens issus du protestantisme, à l'origine de l'utopie d'une société nouvelle.
**Que l'on trouve dans *L'Apocalypse de Jean*.

très éloigné de la transmission d'un savoir secret ou de l'esprit des premiers cercles toulousains… Le recrutement d'adeptes est nécessaire. Vous pouvez aussi exister avec un nombre restreint de membres, je vous conseille alors de les choisir fortunés de préférence… Vous affirmez avoir été investi d'une charte par des maîtres inconnus et vous dispensez un pseudo-savoir en vous référant au passé. Mais gare, on tourne vite en rond et on adopte rapidement un comportement sectaire* !

— I.N.R.I. serait peut-être une nouvelle émergence de la Rose-Croix ? demanda Chloé.

— Je n'ai aucune preuve. Seulement l'intuition d'être face à un cercle secret, répondit Victor…

---

*Entre autres, les tragédies de Jonestown en Afrique. Jim Jones prétendait avoir créé une communauté idéale. Et celle de l'Ordre du Temple Solaire, dont les dirigeants n'hésitaient pas à se proclamer les descendants des Chevaliers du Temple !

XX

Remontant la chaussée du quai Henri Barbusse au volant de sa voiture, Thomas se dirigeait vers le commissariat. Sur l'Erdre, des plaisanciers se détendaient au soleil sur le pont de leur bateau amarré au ponton. Des touristes empruntaient la passerelle, enjambant la rivière pour se rendre à l'Île de Versailles.

Thomas stationna non loin de la place Waldeck-Rousseau.

Quinze minutes plus tard, il entrait dans le bureau de Joseph Duval. Moreau était là aussi. Les deux policiers montraient leur tête des mauvais jours. Thomas pressentit qu'il arrivait à un mauvais moment. S'apprêtant à dire à Duval qu'il repasserait, il n'en eut pas le temps.

— Vous tombez à pic, de Rosmadec… De mauvaises nouvelles viennent de tomber. Nous allions vous appeler.

— Que se passe-t-il d'aussi grave ?

— Notre SDF ne nous apprendra pas grand-chose…

— Cela ne me surprend qu'à moitié, reprit Thomas, l'infirmière redoutait des séquelles à la suite du traumatisme qu'il a subi.

— Bien pire encore ! Plus de séquelles, plus rien… Il est décédé !

— Décédé ?

Thomas tombait des nues.

— Oui, décédé, répéta Joseph Duval.

Thomas avait du mal à admettre la nouvelle. L'infirmière s'était montrée plutôt optimiste. Hormis, bien sûr, des complications neurologiques toujours à craindre. Entre autres, la perte de mémoire. De là à décéder, la surprise était totale !

— Dans quelles circonstances est-ce arrivé ?

— Nous avons reçu un appel téléphonique de l'hôpital.

Joseph Duval rapporta sa conversation avec le chef du service de réanimation. L'état du patient s'était dégradé de manière soudaine durant la nuit, sans autre explication qu'une complication due à sa santé déjà bien fragile.

Le corps avait été transporté dans la matinée à la chambre funéraire.

— Vraiment, nous jouons de malchance.

— S'il te plaît, Paul, n'en rajoute pas en nous disant que la malédiction s'en mêle !

— Sans parler de malédiction, reconnaissons-le, ce clochard nous aurait éclairés sur bien des choses…

— Oui, oui, oui, répéta à l'envi Joseph Duval, un brin exaspéré, brassant l'air de ses bras. Et alors ? Rien ne nous dit non plus qu'il avait des révélations à nous faire !

— Peut-être pas directement mais par ricochet, suggéra Thomas.

— Comment ça ?

— Le malheureux assassiné de deux balles à l'Île Beaulieu s'était pris d'amitié pour un confrère… Cet homme est celui dont vous venez de m'apprendre le décès.

— Comment ça ?

— Venu de l'Île Beaulieu, il s'était replié sur Talensac. Or, les deux hommes avaient des projets en commun, dont celui de s'installer Quai des Antilles. Mais pour une raison que j'ignore, ils ont fait le trajet séparément, ceci à quelques jours d'intervalle.

— Et alors ?

— Et alors ? Quai des Antilles, il y a eu maldonne. Un homme a été assassiné à la place d'un autre, et cela prouve bien que l'on en voulait à notre témoin qui lui, contre toute attente, a connu une fin accidentelle.

— J'ai pris connaissance des dépositions de l'accident du pont Anne de Bretagne, intervint Paul Moreau. D'après les témoins, l'homme poussait bien un landau et il prenait la direction de l'Île Beaulieu… Oui, la petite annonce était loin d'être une bonne idée, reconnut-il.

— Ce n'est pas faute de vous avoir mis en garde… lui rappela Thomas. Pour autant, notre témoin n'a pas perdu la vie à cause de cela. En revanche, on peut parler de dégâts collatéraux pour son collègue qui lui n'était en rien mêlé au crime du professeur… À propos, pouvez-vous m'accompagner jusqu'au domicile de celui-ci ? J'ai une vérification à faire.

Surpris par cette demande, Moreau fut à deux doigts d'émettre une observation. Thomas l'aurait juré, le policier s'apprêtait à lui dire : encore ? Avant de se raviser à la toute dernière seconde.

— Bien sûr, pas de problème. Je vais chercher la clé de l'appartement dans mon bureau, assura-t-il. Puis il ajouta : un neveu de la victime s'est manifesté pour régler les problèmes de succession. Il vient à Nantes ces jours-ci pour vider l'appartement. Le juge d'instruction ne s'y oppose pas. Dans le cadre de l'enquête, nous n'apprendrons plus rien de ce côté-là.

— Vous l'avez interrogé, le neveu ?

— Oui, c'est le seul légataire. Pour autant, lui et son oncle se fréquentaient peu.

Resté seul avec Joseph Duval, Thomas en profita pour lui demander s'il consentait à recevoir Victor Durieux, au sujet d'un problème concernant une association illégale.

— Ah, vous êtes tombé sur ce zèbre ? s'étonna Joseph Duval, sans plus. Franchement, de Rosmadec, qu'attend-il de moi ? Vous le voyez bien vous-même, j'ai d'autres chats à fouetter ! Bien, pour vous être agréable, je le recevrai. Dites-lui : quand toutes ces enquêtes seront terminées, pas avant !

*

* *

Chloé s'approcha de la porte. Elle eut un brusque mouvement de recul, l'évidence venait de lui sauter au visage. Les deux adhésifs, posés par ses soins la veille, avaient été arrachés. Elle ne se sentait plus en sécurité dans ces locaux. Cet étrange sentiment était renforcé par la musique diffusée à ce moment-là : des chants grégoriens, pareils à des incantations psalmodiées. Elle réprima un frisson, se rapprocha pour examiner de plus près les rubans translucides dont les extrémités décollées semblaient enroulées sur elles-mêmes.

Le doute n'était plus permis. Quelqu'un ouvrait et fermait cette porte durant les heures de fermeture de la librairie. Hormis elle-même, Jansen et Baron, personne d'autre n'avait accès à la boutique…

La sonnette de l'entrée tinta. Elle sursauta.

— Il y a quelqu'un ?

Elle reconnut la voix du facteur et se montra.

— J'ai un colis pour vous ! Une signature, ici, dit-il en marquant la case d'une petite croix avant de lui tendre son stylo.

La tête ailleurs, trop préoccupée par cette fichue porte, elle obtempéra de manière irréfléchie. Il le remarqua.

— La journée s'annonce encore chaude. Vous avez de la chance, il fait frais sous les hauts plafonds voûtés. C'est l'avantage des constructions anciennes.

— Euh… Oui… C'est ça, les murs épais qui protègent.

— M'avez pas l'air dans votre assiette, vous, aujourd'hui !

— Hein ? Euh… Avec cette chaleur, je serais mieux à la plage !

Elle avait dit ce qui lui était passé par la tête sur l'instant, comme ça, sans plus. Et lui de rebondir aussitôt sur cette sortie :

— Hé, le jour où vous irez, prévenez-moi, j'apporte mon maillot de bain et hop, on file tous les deux… à biiicyyycleeettte ! chantonna-t-il en imitant la voix d'Yves Montand.

Il lui tourna le dos en riant, puis disparut.

Elle ne répliqua pas, ne réagit même pas. Toujours aussi absente, un sourire terne au coin des lèvres. Par la vitrine, elle le regarda enfourcher sa bicyclette.

Elle défit l'emballage du colis. C'était un petit livre. Victor lui avait passé commande d'un essai intitulé : *New Thought, New Age* – La nouvelle pensée et le nouvel âge. « Pour le troisième tome de mon travail », avait-il dit. Il était insatiable ; pareil à une éponge, il absorbait toute la littérature sur ce sujet.

Avec l'intention de lui remettre son livre ce soir, elle le glissa dans son sac à main. Où en était-elle, avant que le facteur ne la trouble dans ses pensées ? Ah oui, la porte, Jansen, Baron…

Baron prétendait ignorer ce qu'il y avait derrière cette porte, supposait même le passage condamné, voire muré et la porte gardée pour servir de décor au magasin. Voilà sa version. Elle venait d'en avoir la preuve contraire. Il se trompait du tout au tout, cette porte n'avait pas été conservée uniquement pour l'apparence, comme un trompe-l'œil, non, elle servait bien de passage ! D'après elle, c'était Jansen et personne d'autre qui l'empruntait… Jansen, cet intrigant qui débarquait sans prévenir, pas du tout comme Baron. Lui, c'était le contraire. Elle ne le niait pas, Jansen ne lui plaisait guère avec son air toujours soupçonneux. Ah ! Et sans oublier ses manières de s'exprimer, insupportables, elles aussi. Si c'était Jansen, par où entrait-il dans la librairie ? Par l'entrée donnant sur le couloir de l'immeuble mitoyen ? En tout cas, certainement pas en soulevant le rideau métallique, celui-ci faisait un raffut d'enfer. Car cette histoire de passage devait être antérieure à la réparation. Jusqu'alors, elle ne s'en était pas aperçue. Certes, Jansen était libre de venir à la librairie si ça lui chantait, se dit-elle, mais pour y faire quoi, surtout hors des heures d'ouverture ? Était-ce pour elle l'occasion d'en parler à Baron ? Non, tout d'abord à Victor. Baron pouvait mal le prendre. Peut-être même lui conseillerait-il de se mêler de ce qui la regardait…

Elle devait être prudente dans la marche à suivre. Tout bien réfléchi, elle risquait de passer pour la fille qui manquait de discernement.

Ding dong !

Tiens, tiens… Incognitus ! Le voilà qui réapparaissait après… Une semaine ? Dix jours ? Elle ne savait le dire avec exactitude… quinze tout au plus.

Il la salua, alla directement dans l'aile droite du magasin. Comme d'habitude, sa visite semblait réglée comme une partition de musique.

Ding dong !

Encore ? Une femme, cette fois.

— Bonjour, je recherche un livre de Sri Aurobindo, *Le cycle humain*.

Elle consulta l'ordinateur.

— Nous en avons deux en rayon. Là, sur votre gauche, vous trouverez tout ce qui se rapporte à l'hindouisme.

« Et voici Incognitus qui repart. Bonjour, au revoir et bon débarras. Il me salue d'un petit signe de la tête, je lui réponds à sa manière. Qu'a-t-il fait au fond du magasin ? Le mystère demeure… »

Elle le soupçonnait de consulter les livres, mais sans pour autant les acheter ou alors très rarement. Il venait puiser des informations. Et à quoi cela lui servait-il ? Ça, elle l'ignorait totalement. Que pouvait-elle y faire ?

— Je prends celui-ci, dit la cliente en lui tendant un livre.

Son choix s'était finalement porté sur un ouvrage du Mahãtmã Gandhi. Cela étonnait toujours Chloé. Dans ses choix, la clientèle était hétérodoxe. Cela prouvait que la pensée occidentale était très ouverte sur le monde, sur les autres cultures. Nombreux étaient les clients qui se portaient sur les religions orientales ou asiatiques, bien qu'ils n'aient jamais mis le nez dans la Bible une seule fois. Était-ce dû en partie à un effet de mode, une réelle soif d'apprendre ou alors voulaient-ils combler un manque de réponses à leurs interrogations et sur le sens à donner à leur vie ? C'est toujours ainsi, chercher en un autre lieu ce que l'on possède, mais que l'on ne sait pas voir. Rimbaud lui-même ne disait-il pas : « La vraie vie est ailleurs… »

« C'est dans cet espace que s'engouffrent les charlatans de la nouvelle pensée dont les dérives sectaires sont toujours à craindre », se dit-elle.

*

*   *

De son fauteuil de bureau, dossier en arrière et tourné sur le côté, Joseph Duval, les jambes croisées, avait l'œil fixé sur le plafond. Non pas qu'il nourrît une affection particulière pour celui-ci, mais il réfléchissait.

Face à lui, était assis le journaliste, affublé de son imperméable, toujours muni de son attirail du parfait reporter.

Tout d'abord, on avait échangé de manière conventionnelle : la santé, le temps, le travail, le piètre score des Canaris.* Bref, tous ces petits événements qui composent le quotidien. Et puis était arrivé ce silence. Silence durant lequel Joseph Duval, nez en l'air, tenait

---

*L'équipe de football nantaise.

à marquer la rupture entre la superficialité des propos tenus et ceux à suivre qui, eux, requéraient davantage de sérieux.

Connaissant très bien Joseph Duval, le journaliste le savait. Une atmosphère, hostile pour lui, se mettait en place. Les questions graves, celles qui fâchent, disent les pessimistes, allaient être abordées maintenant. Mal à aise, il se tassa un peu plus dans le fauteuil pour mieux amortir le choc, qui du reste ne tarda pas.

— Bien… Explique-moi ta méthode, Furet…

— Mais… quelle méthode, Commissaire ? demanda-t-il en se redressant et mimant l'étonnement.

Décroisant ses jambes et appliquant une rotation à son fauteuil, Joseph Duval fit face à son interlocuteur.

— Celle d'être avant l'heure sur le théâtre des opérations.

— Hum, comprends pas bien, Commissaire…

— Joue pas l'innocent, Furet. Épargne-moi ça, veux-tu ?

— Mais je ne fais pas l'innocent !

— J'ai fait un rêve, Furet.

— Tiens, comme Luther King ?

— Préserve-moi de ton humour de comptoir. Oui, ne t'en déplaise, j'ai fait un rêve. Et dans ce rêve, Furet, il y avait une voix… Une sorte de supra-conscience, Furet… Elle m'a dit que tu en sais plus que n'importe lequel d'entre nous sur les affaires qui agitent la ville depuis quelques mois. Je ne suis pas le seul à le penser.

— Vous m'étonnez, qui d'autre le pense ?

— Moreau. Et aussi des collègues à lui.

— Attendez, Commissaire, moi, j'ai toujours été honnête avec vous ! L'affaire Vladinsky, vous auriez fait comment sans moi ? Et aussi…

— Stop ! Y a prescription. Tu ne vas pas me bassiner avec ces vieilles histoires !

— Si c'est vous qui dictez les règles, évidemment, je n'ai plus qu'à me taire.

— Non, Furet ! Au contraire, tu dois parler. Tu sais très bien où je veux en venir…

— Mais parler de quoi ?

— Par exemple de ta propension à tomber, pile poil, sur les bons coups. Si on peut appeler ça des bons coups…

— Je n'écris pas pour la presse à sensations.

— Soit ! Mais que serais-tu sans le sensationnel, celui qui fait les titres gras de la Une ? Que tu le veuilles ou non, ça fait vendre.

— Vous me demandez pourquoi je suis sur les bons coups ? Mais je n'en sais rien, moi ! Appelez ça le professionnalisme. Voilà, c'est ça !

— Arrête de me prendre pour un poulet de batterie. Qui te renseigne ?

— Personne.

Joseph Duval se prit à rêver d'une époque où quelques coups d'annuaire bien assénés suffisaient à délier les langues. Hélas, de nos jours, avec l'informatique… Il prit une profonde inspiration, ferma les yeux un instant et les rouvrit pour les planter dans ceux du journaliste.

Sans ciller une seule fois et d'une traite, il débita à la suite les scènes des crimes où était apparu le journaliste : celle de la grue Titan, du Jardin des Plantes et celle du quai des Antilles. Après quoi, il abattit fortement le plat de sa main sur son bureau.

L'autre en sursauta. Joseph Duval haussa le ton :

— Et tu essaies de me faire croire au hasard, à la chance, à toutes ces conneries, hein, Furet ?

— Je suis journaliste, entendu comme simple témoin, pas un indicateur. J'ai pour moi la loi Vauzelle.

— Ah ! Nous y voilà ! Et moi, je vais te le détricoter vite fait l'article 109 de la procédure pénale ! Une bonne garde à vue et une mise en examen de la part du juge, ça te parle ? Comme ça, tu ne seras plus entendu comme simple témoin ! Monsieur se réfugie derrière la loi, alors que des personnes se font assassiner ? Non mais j'hallucine !

— Je ne l'entendais pas dans ce sens.

— Moi, si !

— Oui… Bon… J'ai des sources, finit par lâcher le journaliste. Mais cela ne va guère vous éclairer. Je reçois un coup de fil anonyme juste après les crimes. La voix m'indique le lieu. C'est tout.

La première fois, confia-t-il, l'appel concernait le

crime commis non loin de la grue Titan. Un coup de fil reçu au petit matin, alors qu'il dormait à poings fermés. Joseph Duval lui demanda d'être plus précis. Le journaliste n'avait rien à dire de plus : un simple coup de fil ! Une voix lui avait indiqué le lieu. Rien d'autre. Quelque peu intrigué, il avait hésité à s'y rendre. Dans le métier, il faut s'attendre à tout, dit-il. Alors, il y était allé. La seconde fois, il avait reçu l'appel à la rédaction du journal, en fin de matinée. La même voix lui avait indiqué une adresse. C'était celle d'un immeuble de l'Île Gloriette.

— Le domicile de Sophie Camus ?

— C'est ça.

Là encore, c'était la seule information qui lui avait été communiquée. Il s'y était rendu aussi. En revanche, il avait jugé plus raisonnable de ne pas se montrer. Il s'agissait d'un lieu privé, et pour le coup, d'évoquer le prétexte du hasard aurait tout de suite paru suspicieux.

Et puis, le même procédé s'était répété pour les deux autres crimes : celui du Jardin des Plantes et du SDF.

— Le SDF aussi ? releva Joseph Duval, abasourdi.

— Ben oui, pourquoi ?

— La… la… toujours la même voix ? bégaya-t-il.

— Oui, celle d'un homme, faussée qui plus est, j'en suis certain !

— Et que penses-tu de tout ça ?

— Pour moi, tout est lié.

Joseph Duval était encore sous le coup de la surprise. Si la voix était à chaque fois identique, alors oui, cela ne laissait aucun doute.

Tout de même, se dit-il après avoir réfléchi, le crime commis sur l'homme du quai des Antilles ne cadrait pas avec les trois autres. Le nœud du problème était là !

— Ton informateur n'est pas forcément le criminel. Il donne les ordres d'exécutions, puis il t'informe. Mais dans quel but ?

— Commissaire, soupira le journaliste, en s'adressant à un professionnel de la presse, c'est pour lui la certitude de voir l'information relayée, c'est une évidence. À preuve, ces derniers temps, je vous trouve avare de ce côté-là. Notre collaboration a connu des jours meilleurs. Quant à moi, vous ne pouvez pas me reprocher mon manque de discrétion. Dans mes articles, j'aurais pu dévoiler les coups de fil anonymes, or je m'en suis abstenu.

— C'est ça, fais le malin… Tu sais le sort qu'on t'aurait réservé en l'apprenant par ton journal ? À coup sûr, tu n'aurais pas échappé à une garde à vue pour rétention d'information ! C'est préférable d'en discuter tranquillement, non ?

Quant à son manque de collaboration, Joseph Duval, lui, n'avait pas à le justifier. Puis à son tour, il reprocha au journaliste d'avoir tu l'événement des appels téléphoniques.

Ce à quoi, ce dernier s'en prit à la loi concernant le

secret des sources journalistiques, on ne pouvait plus ambiguë selon lui. Le recel de preuves n'étant jamais loin.

Là, Joseph Duval se sentit concerné au plus profond de son être. Lui-même ne s'était-il pas fourvoyé de la même manière avec les écrits de Simon Lestrac ?

— Dévoiler cette source, c'est aussi prendre le risque de la voir disparaître. Notre correspondant, si je peux l'appeler ainsi, est peu loquace, Commissaire, voire furtif. Jamais, il ne s'attarde au téléphone. Il faut avancer sur la pointe des pieds, vous comprenez ?

Ça, Joseph Duval l'avait compris. Il écoutait d'une oreille et, à la fois, tricotait dur de la tête.

Jusqu'à présent, le journaliste ne lui avait rien dit parce qu'il souhaitait mener sa propre enquête, voilà tout.

La voix, elle, craignait les écoutes téléphoniques, connaissait tout de la vie du rédacteur. Ceci était d'autant plus troublant.

— Dis-moi, tu connais le milieu des cercles à Nantes ?

— Quels cercles, ceux des jeux clandés, de la broderie, de la pétanque ? La liste est longue, Commissaire.

— Je suis obligé de te le dire, Furet : quand tu t'y mets, parfois tu es affligeant ! Les cercles secrets, voyons !

— Les francs-maçons ?

— Non plus. Eux, on les connaît.

— Alors, je ne vois pas. Et puis, s'ils sont secrets, comment le saurais-je, hein ?

— Tu es d'une logique renversante. À mettre ton nez partout, tu aurais pu glaner des infos…

— Désolé, Commissaire, c'est non. Vous pensez que…

— Hopopop, Furet. Je t'arrête tout de suite. Tu n'as rien entendu, n'est-ce pas ?

— Ce que vous pouvez être susceptible !

— Ah bah, ça ! À force de cumuler les piges, on devient plus sensible à certaines choses. Tu verras par toi-même… Tu te souviens de cet homme retrouvé mort dans l'escalier de l'immeuble où était situé le siège de son entreprise, la GVP ?

Le journaliste réfléchit quelques secondes, puis :

— Mouiii, ça y est, je me souviens. Un type qui était dans l'immobilier, aussi.

— Exact !

— Ça te dirait, un papier sur les châteaux de la région ?

Le journaliste émit une moue dubitative.

— Vous le savez, Commissaire, c'est pas mon truc. Dites-moi plutôt où voulez-vous en venir.

— Un service, Furet. Me rendre un service…

*

*   *

Tandis qu'ils roulaient en direction du boulevard Guist'hau, pour rejoindre l'appartement du professeur d'histoire, Thomas fit cette remarque au capitaine Moreau :

— Duval n'est pas dans un bon jour.

Le capitaine eut un sourire ironique.

— Il n'est jamais dans un bon jour, depuis un moment déjà.

— Bah, cela peut se comprendre.

— Chaque jour apporte son lot de mauvaises nouvelles. Duval est comme un lion en cage, il aura bientôt des comptes à rendre… Et ça ne lui plaît pas ! Le SDF qui vient de passer l'arme à gauche ne va pas arranger les choses. À présent, nous ne savons plus à quoi nous raccrocher, seulement compter sur la providence d'une information de dernière minute. Mais il ne faut pas rêver… Vous allez faire quoi, chez le prof ?

— Une vérification.

— Je l'ai bien compris… mais vérifier quoi ?

— Je ne sais pas exactement. Disons, la crainte d'être passé à côté de quelque chose lors d'un premier examen, voilà la raison.

— À propos, je n'arrive pas à joindre la fille de la victime du Jardin des Plantes. Après son séjour en France, il semble qu'elle ne soit pas rentrée directement chez elle. J'attends encore une semaine avant de contacter nos confrères allemands.

L'air détaché, Moreau s'était assis dans un fauteuil.

— Allez-y, prenez tout votre temps ! Et ramenez-nous un indice, Duval retrouvera le sourire. Encore que…

— Oui, je vous écoute, dit Thomas en passant une fois encore en revue les livres du salon.

— J'allais ajouter : cela ne le déridera pas pour autant !

La bibliothèque ne révéla rien de plus. Aucun livre marqué d'une croix, avec des flammes en fond. Après quoi, Thomas ouvrit les meubles, examina leur contenu dans les moindres détails. Durant ce temps, Moreau lui posait des questions sur son métier, s'il intervenait souvent dans les enquêtes, comme en ce moment. Thomas n'avait rien relevé de probant. Il lui aurait fallu plus de temps. L'impression de passer à côté de quelque chose ne le quittait pas.

— Il me reste la chambre. J'y vais !

— À votre gré. Je vous l'ai dit, tout a été vu et revu ! martela Moreau de son fauteuil.

Les tiroirs d'une commode furent vérifiés un à un par Thomas. Tout au plus contenaient-ils des affaires personnelles, du linge de corps. Dépité, il referma le meuble pour à présent inventorier le contenu d'une armoire : des draps, des affaires de toilette, des chemises, le tout mal rangé. Probablement les conséquences des recherches précédentes faites par l'équipe de Duval. D'un tiroir, fixé sous l'une des étagères, il sortit une boîte contenant des bijoux et des accessoires : une chevalière, une gourmette, une médaille, plusieurs paires de boutons de manchettes, des épingles à cravates, une montre de femme, des broches, des bagues, une alliance… Rien de particulier non plus. Puis il passa aux tiroirs des tables de chevet.

Durant ce temps, Moreau, toujours assis dans le fauteuil, entretenait à présent la conversation sur la vie menée par Thomas à Paris. Il n'aurait pas aimé y habiter à cause du bruit permanent. Un cauchemar, selon lui.

Thomas poursuivit l'inspection de la pièce jusque sous le lit. Rien ! Enfin, il s'attarda sur un tableau, une huile accrochée au-dessus de la tête du lit, comme si celui-ci recélait une part de la vérité.

Dépité, il admit que Moreau avait raison. Cet appartement ne lui livrerait pas le moindre indice.

— Alors ? demanda Moreau, toujours du salon.

Planté au milieu de la chambre, Thomas répondit s'être trompé sur toute la ligne en pensant encore trouver quelque chose ici.

— Je vous l'avais bien dit ! rappela Moreau, comme pour appuyer là où ça fait mal.

Oui, Thomas était devant le fait établi, complètement découragé. Un dernier coup d'œil circulaire à la pièce avant de la quitter quand, soudain, un éclair lui traversa la tête. Il étouffa un juron : nom de D… La boîte à bijoux ! Cette fois, ce n'était pas une réminiscence aux origines floues qui venait d'affleurer à son esprit.

Précipitamment, il rouvrit l'armoire, puis le tiroir,

en ressortit la boîte, vida son contenu sur le lit et, de son index fébrile, fit le tri des objets… Ça y était ! Il la tenait, sa preuve ! Il saisit le petit insigne, de ceux que l'on accroche au col d'une veste, à la boutonnière précisément. Il l'examina de plus près… Un cercle incluant une croix, à chacun de ses angles figurait une des lettres de l'anagramme I.N.R.I. et des flammes… Ce précieux indice avait failli lui échapper de peu !

À peine venait-il de glisser l'objet dans sa poche, que Moreau entrait dans la pièce.

— Alors ?

— Rien… On ne peut plus désespérant… Je remets ce coffret à sa place et nous partons…

XXI

Victor Durieux ouvrit le livre *New Thought, New Age* dont il avait passé commande à Chloé. Il avait déjà lu une cinquantaine de pages.

Vaincue par la fatigue, après une soirée passée à échafauder des stratagèmes destinés à confondre l'intrus de la librairie, Chloé, elle, était partie se coucher. Devait-elle régler ce problème elle-même ou en parler à Baron ?

Vers vingt heures, elle était retournée au magasin, accompagnée de Victor, afin de retirer une chaise calée contre la porte donnant sur le hall de l'immeuble voisin. Une idée à elle, croyant bien faire. Victor lui avait fortement déconseillé ce piège. Le tendre, c'était aussi dévoiler au visiteur que l'on avait des soupçons. Avant d'entreprendre quoi que ce soit, ils devaient réfléchir à une stratégie.

Quant au choix, désignant l'un des associés comme étant l'intrus, cela avait fait l'objet d'une discussion sans fin. Pour Victor, le charisme de l'un n'était pas forcément un passeport pour l'honnêteté, pas plus que la mauvaise impression dégagée par l'autre ne devait le vouer aux gémonies de manière irrémédiable. La seule certitude était l'ambiguïté dans leur relation. Leur façon de communiquer par personne interposée : Chloé en l'occurrence. C'est tout. Mais était-ce une raison suffisante d'affirmer qu'une mésentente couvait entre les deux hommes ? Pas si sûr. Les choses en étaient restées là.

Il commença sa lecture.

La *New Tought* est née aux États-Unis* avant que Clymer, Heindel et Spencer Lewis créent leur Ordre Rosicrucien.

Ce nouveau mode de pensée va se propager aux États-Unis à partir des années 1840 et aura pour initiateurs, entre autres, John Bovee Dods**, Mary Baker, Eddy et Ella Wheeler Wilcox, à travers leurs écrits, dont certains ont été des best-sellers. Sans oublier le plus célèbre d'entre eux, et de loin le plus prolixe, William Walker Atkinson connu également sous le pseudonyme de Yogi Ramacharaka. Ce dernier sera l'auteur de nombreux titres, dont un seul a été traduit en français. Il était également éditeur de périodiques consacrés à ce sujet.

Ces écrivains seront largement plagiés et seront même des références pour certains ordres rosicruciens

---

*Ce courant serait né avec Phinéas Parkhurst Quimby. Celui-ci pratiquait l'hypnose dans des traitements médicaux, puis il se rendit compte qu'il obtenait le même résultat avec l'autosuggestion. Il eut de nombreux disciples.

**Celui-ci fut invité en 1850 par le sénat américain pour donner plusieurs conférences sur le sujet, considéré à l'époque comme marginal.

actuels, dont il est curieux de constater que leur enseignement s'inspire largement de la *New Tought*. Alors que leurs créateurs ont toujours recherché une filiation européenne, voire toulousaine, en s'ingéniant à y mêler des racines égyptiennes remontant au Pharaon Aménophis IV*.

La *New Tought* se veut un mouvement spiritualiste balayant les dogmes et les idées reçues, où l'individu a sa propre interprétation de la vérité et en est le seul juge. En chacun de nous et en toute chose, il existe un pouvoir suprême omniprésent, omniscient et omnipotent. C'est la Pensée, le Pouvoir Absolu, Dieu, l'Universel, tous les noms sont autorisés… L'Homme doit se libérer de toute superstition, de la tyrannie intellectuelle et des idées qu'on lui impose depuis des siècles. Des forces sommeillent en lui, il est son propre maître, il peut tout vaincre, la crainte, la maladie, et connaître le succès s'il le désire. Il est l'artisan de son bonheur, il peut tout surmonter. C'est le nouvel évangile du « *I can do it* » dont l'autosuggestion est l'un des fondamentaux. Toutes les pensées négatives doivent être rejetées car elles inoculent un véritable poison dans le psychisme. Ceci dans un élan de générosité, de tolérance, d'amour, de fraternité entre les hommes… Une nouvelle humanité va naître…

D'autre part, en matière d'autosuggestion nous

*Connu aussi sous le nom d'Akhenaton.

avons eu aussi en France, à cette époque, sur un registre beaucoup plus modeste, mais néanmoins célèbre dans l'Hexagone, Émile Coué* qui, par ailleurs, s'était rendu aux États-Unis.

« Tiens, tiens… se dit Victor. Cela correspond à la conclusion du rapport que j'ai acquis à Paris. »

Il poursuivit sa lecture.

L'auteur détaillait quelques principes de la *New Thought* où se mêlaient le développement de la conscience et celui de la spiritualité. L'homme, en tant qu'individu, n'aurait pas été un élément isolé mais aurait fait partie d'un tout, universel. De la même manière, le moindre atome de matière aurait participé à ce tout, lui-même relié à l'univers par une force cosmique. Il était question de philosophie hindoue et de yoga avec le prana, cette énergie circulant dans l'air et captée par des exercices appropriés de respiration, puis d'éveil psychique des sept centres vitaux appelés chakras, de magnétisme, de guérison par la pensée, de création mentale, de plans astraux… Un syncrétisme.

Puis, les conflits mondiaux allaient éclater et la vague de la *New Thougth* allait peu à peu sombrer dans l'oubli…

Gagné à son tour par la fatigue, Victor Durieux bâilla, puis referma le livre. Il s'étira. Quelques douleurs

*Pharmacien à Troyes.

le tiraillaient encore. Son rétablissement était tout de même en bonne voie.

Sa lampe de chevet allumée, Chloé s'était endormie. Victor Durieux se pencha pour observer les traits réguliers de son visage et en dégagea délicatement une mèche de cheveux. Elle se retourna en soupirant, mais ne se réveilla pas. Très vite, il éteignit la lumière et s'allongea sans même se couvrir du drap, tant la chaleur l'indisposait. Toutes les portes des pièces étaient ouvertes afin de créer un courant d'air. Ne trouvant pas le sommeil, il repensait à tous les événements et à la manière la plus judicieuse pour retrouver la trace de ce cercle nantais.

Tandis qu'il se positionnait sur le côté, un léger bruit lui fit tendre l'oreille. C'était une sorte de frottement. Il se redressa, prit appui sur un coude, écouta.

Par la porte de la chambre restée ouverte, il perçut une ombre qui se déplaçait dans le rayon de lumière marquant le seuil de l'entrée de l'appartement. Il chercha ses lunettes, les mit et s'assit sur le bord du lit... Des pas, tout juste feutrés, s'éloignaient dans la cage d'escalier. À la suite de quoi, il entendit se refermer la porte d'entrée de l'immeuble. Au bas de la porte, le rayon de lumière disparut.

Poussé par un pressentiment, il se leva, se faufila derrière les doubles-rideaux. Usant de toute la discrétion possible, il observa par la fenêtre restée ouverte. La rue était déserte. Pas pour longtemps. Il repéra une silhouette qui se fondait dans la nuit. Longeant de près les habitations, elle filait au loin. Un habitant de l'immeuble n'aurait pas eu cette attitude.

Curieux tout de même…

Après quoi, l'envie de se désaltérer le prit. Il quitta la chambre pour venir dans la cuisine. Il n'alluma pas la lumière, celle dispensée par la porte entrouverte du réfrigérateur suffisait amplement. La boisson fraîche lui fit du bien. Il replaça la bouteille dans le compartiment.

Au moment où il s'apprêtait à refermer la porte, il aperçut dans le faisceau de la lumière une enveloppe glissée sous la porte d'entrée de l'appartement. Peut-être était-elle destinée à Chloé ?

Elle n'était pas cachetée. Pris d'un doute, il s'autorisa à lire le message. Sur une carte blanche était inscrit : « *Mets un couteau à ta gorge, si tu as trop d'avidité.* »

Se sentant mal à l'aise, dans la pénombre, il chercha une chaise. Ces mots sonnaient comme une nouvelle menace et ravivaient le moment douloureux de son agression. Le sentiment de ne plus vivre désormais dans la tranquillité le gagna. Sans le vouloir, il avait vraiment découvert quelque chose de sensible. Il dérangeait.

XXII

Le plan des lieux bien en tête, Thomas entra dans l'hôpital et se rendit directement au service de réanimation. Il lui fallut peu de temps pour retrouver l'étage.

Après un tintement, les portes de l'ascenseur s'effacèrent devant lui. À l'accueil, il lui fut conseillé de goûter, une fois encore, au similicuir des sièges en feuilletant des magazines. Contrairement à la fois dernière, l'attente fut de courte durée. La tête du chef de service apparut dans l'encadrement de la porte.

— Je suis à vous !

Thomas dit collaborer avec le commissaire Duval avant de justifier les raisons de sa visite : en savoir un peu plus sur les circonstances exactes du décès du SDF. Le médecin de garde et les infirmières du service étaient les mieux placés pour l'informer.

— En principe, nous sommes soumis au droit de réserve. Dans un cadre judiciaire, c'est différent, estima le médecin. Venez avec moi !

Thomas lui emboîta le pas pour rejoindre le bureau du personnel soignant. Personne n'avait rendu visite à ce malheureux, confia le médecin à Thomas. Ce n'était donc pas la famille du défunt qui viendrait se plaindre de leur manquement à la déontologie.

Parvenu à l'entrée du bureau de la permanence des infirmières, il força un peu sa voix :

— Odile, pouvez-nous nous dire qui avait en charge le malheureux, la nuit de son décès… euh, comment s'appelait-il déjà ?

— Boudu*, Docteur !

— C'est ça, Boudu ! Nous ne connaissions pas son identité, alors entre nous, nous l'appelions Boudu. Eh bien, nous vous écoutons, Odile !

L'infirmière consulta le registre.

— C'est Mireille ! Mireille avait ce patient en charge, cette nuit-là, confirma-t-elle. Le décès est dû à une embolie, c'est noté.

— Voilà, cher Monsieur, vous savez tout !

Pouvait-on lui communiquer l'adresse de l'infirmière ? Là, le professeur tiqua. Tout d'abord, il préférait que l'on joigne l'intéressée par téléphone afin d'obtenir son consentement.

Dans le quart d'heure suivant, l'obstacle fut levé.

Mireille était une jeune femme, la trentaine, des cernes aux yeux et les traits flétris par la fatigue des nuits de garde répétées. Elle attendait devant l'entrée de l'immeuble.

Tirant nerveusement sur sa cigarette, elle surveillait

*Personnage interprété au cinéma par Michel Simon, puis par Gérard Depardieu.

du coin de l'œil son gamin qui faisait des allées et venues sur un tricycle.

Quand elle aperçut Thomas, elle l'accueillit avec un demi-sourire exprimant une profonde tristesse, comme si sa vie se résumait à une organisation du temps entre son travail, la récupération de la fatigue, et les rares moments d'affection maternelle trop vite passés. Les présentations faites, marchant côte à côte tout en parlant, ils suivirent l'enfant.

Elle le dit aussitôt à Thomas : oui, la mort de ce patient lui avait paru suspecte, même si elle s'en voulait de n'avoir pas réagi au signal du monitorage à l'instant même où celui-ci s'était déclenché. Comment aurait-elle pu ? Il lui était difficile d'être partout à la fois. En cause, la restriction du personnel, or certains blessés exigeaient davantage de vigilance.

Des choix à faire et souvent dans l'urgence. Concernant ce patient, son processus vital n'était pas engagé. Bien au contraire, celui-ci était en voie d'amélioration, certes lente, mais l'espoir était permis. Alors, aussi bien, l'alerte du monitorage s'était déclenchée pour une poche de soluté injectable vide, cela ne nécessitait pas la précipitation. Et voilà, tout à coup, cette tuile à laquelle aucune d'elles ne s'attendait, était arrivée. C'était à ne rien y comprendre… D'ailleurs, comme elle-même, ses collègues s'étaient interrogées sur cette fin précipitée. Aidées du médecin de garde, elles avaient tout tenté pour ranimer l'homme. En vain, au petit matin, l'acte de décès avait été signé. En raison de la déficience du patient, les causes de sa mort étaient multiples. Pas le temps de s'attarder, une embolie, c'est vague, ça arrange tout le monde. Puis le corps avait été transporté à la morgue avant même l'arrivée de l'équipe de jour.

— Identité inconnue. Il appartient au parquet de faire des recherches. La suite est déjà écrite : personne ne se manifestera pour cet homme, dit-elle avec un air désabusé.

Son enfant s'était arrêté de pédaler, retourné sur sa selle, il agitait sa main pour lui faire signe. Elle lui répondit.

— Il avait des fractures aux membres inférieurs, c'est ça ?

— Oui. Et, d'après le neurologue, un sérieux traumatisme crânien.

— Une personne étrangère au service peut-elle pénétrer dans une chambre, la nuit, à l'insu du personnel ?

— C'est possible. Lorsque nous sommes toutes réunies dans la salle de garde. Parfois, certaines nuits sont plus calmes, nous profitons de ces moments de répit. Vous supposez que…

Thomas exprima une moue dubitative avant de livrer sa pensée. C'était, dit-il, une hypothèse parmi d'autres.

L'infirmière manifesta un trouble. Thomas le ressentit, elle perdait pied. Pour se donner une contenance, elle alluma une autre cigarette. Sa main tremblait légèrement. Elle aspira une longue bouffée et rejeta la fumée. Sa nervosité s'apaisa aussitôt. Elle fuyait le regard de Thomas. Après avoir gardé le silence, durant quelques pas, elle se libéra enfin.

— Promettez-moi de n'en parler à personne, s'assura-t-elle avant tout.

— Hum, acquiesça-t-il d'un mouvement de la tête.

— Ce…

— Boudu, c'est ça ? l'aida Thomas.

— Oui. Je le reconnais, Boudu était un peu délaissé. Il bénéficiait de tous les soins indispensables à son état, mais comment le dire… Oui, nous étions moins présentes pour lui. En cas de nécessité, l'alarme du monitorage était là. Je vous l'ai dit, les soins de ce patient n'avaient pas de caractère urgent. Il était dans le coma et nous attendions des signes d'éveil.

— Un service minimum ?

— En quelque sorte, oui. Vous comprenez, nous…

— Non, et encore moins parce qu'il était SDF. De surcroît, il aurait dû être le patient le plus surveillé du service.

— Nous ne le savions pas.

— Je n'en doute pas.

— Vous ne direz pas que…

— Non, soyez rassurée. La nuit du décès, n'avez-vous rien remarqué d'anormal ?

— De prime abord, non.

— Un détail vous a certainement échappé, un détail auquel vous n'avez pas fait attention sur le coup, insista-t-il. Lorsque l'alarme du monitorage a fonctionné, il vous a fallu combien de temps pour réagir ?

Elle était bien incapable de le dire. Dans ces moments-là, on n'a pas l'œil rivé à sa montre.

— Avant, juste avant, essayez de vous remémorer les personnes que vous avez croisées dans le service… L'une d'elles n'avait peut-être rien à faire là…

Non, comme ça, sur le coup, elle ne se souvenait pas.

— Interrogez aussi vos collègues, présentes ce soir-là. Je vous laisse mon numéro de téléphone. N'hésitez pas à m'appeler…

Thomas la quitta.

*

*   *

Dix-huit heures quarante-cinq.

Boitillant, Victor Durieux traversa la petite place, puis s'engagea dans la rue de l'Arche en direction de la librairie. Durant le trajet, pour s'assurer qu'il n'était pas suivi, il n'avait cessé d'user d'un tas de stratagèmes. S'arrêter brusquement face à une vitrine, pour tenter d'y apercevoir le reflet d'un individu qui l'aurait suivi, était sa ruse favorite. Mais non, rien qui ne vint révéler la présence d'un homme attaché à ses pas. Pour autant, cela n'effaçait pas son inquiétude.

Pas un seul client à l'intérieur de la librairie quand il poussa la porte. Chloé mettait à profit ce moment de répit pour préparer les commandes destinées aux éditeurs. Elle fut ravie de le voir.

Elle se jeta à son cou, il lui posa un baiser sur les lèvres. L'instant de quelques secondes, elle se projeta dans l'avenir. Cette affection mutuelle ne durerait pas. Dès son rétablissement, Victor s'en irait poursuivre ses recherches dans une autre ville. Toutefois, il n'évoquait pas son départ et même n'en parlait pas du tout. Et elle, bien incapable d'aborder franchement la question de peur de… Bon, elle verrait tout ça le moment venu…

— C'est fou, dit-elle, cette vogue du surpassement de soi !

— C'est le credo du New Age ! Faire fortune avec un best-seller qui remet en selle les vieilles recettes des pouvoirs qui sommeillent en nous. l'Homme doit acquérir son indépendance sur tous les plans, devenir un homme parfait. Fort, il peut tout vaincre, la crainte, la maladie et pourquoi pas la mort ? Il est en résonance avec le monde, avec les plans de conscience supérieure, le tout agrémenté d'idéaux de haute moralité et voilà les chevaliers blancs de notre époque* !

— C'est exactement ça !

— Bien, montre-moi la cause de tes tourments, enchaîna-t-il.

---

*Aujourd'hui, ce sont les préceptes des nouvelles sociétés secrètes qui se réclament de la tradition ésotérique des Rose-Croix de Toulouse. (*Les Rose-Croix du Nouveau Monde* de Robert Vanloo.)

Victor examina de près les trois rubans adhésifs de la porte donnant sur le couloir de l'immeuble voisin. Tout laissait croire qu'ils avaient été arrachés lors d'une ouverture, sans certitude absolue cependant.

— Je suis soulagée de te l'entendre dire. Je me demandais si je ne me faisais pas encore des idées…

— D'après toi, quelqu'un entrerait dans le magasin par cette porte et pour faire quoi ? Voler des livres ?

— Il m'est facile de vérifier le stock sur l'ordinateur. Non, il ne s'agit pas de vol, pour moi, tout se passe derrière l'autre porte, celle qui est dans l'aile du magasin.

Elle avait réfléchi depuis et s'expliqua : on n'entrait dans le magasin par la porte qui donnait sur le couloir de l'immeuble pour ensuite franchir le seuil de celle qui était située dans l'aile du magasin. Et pour pénétrer où ? Ça c'était l'inconnu…

— Baron t'a dit qu'il est impossible de l'ouvrir. Pourquoi te raconterait-il des histoires ?

— Alors, explique-moi pourquoi les adhésifs de cette porte ont été arrachés, eux aussi !

— Je n'en sais rien… Qu'attends-tu de moi ? Que je te conforte dans ton raisonnement ? Ils se seront tout aussi bien décollés, voilà tout !

— Trop facile, comme explication.

— Hum… On peut aussi supposer qu'en dehors des heures d'ouverture de la librairie, Baron entre dans le magasin par la porte donnant sur le couloir. Je ne vois pas d'autre raison. Après tout, il est libre d'aller et venir en dehors des heures d'ouverture, c'est lui le patron… Ou alors, je le répète, les adhésifs se sont décollés à cause de la chaleur ou que sais-je encore !

— Je n'ai jamais vu Baron entrer par là.

— Alors que veux-tu que je te dise de plus ? Tu n'as pas constaté de vol et c'est l'essentiel. Le reste…

— Avoue-le, c'est étrange tout de même !

Il haussa les épaules pour seule réponse.

Chloé transformait un fait banal en un cas étrange. Voilà ce qu'il pensait mais n'osait le dire. Il s'en tira par une mimique.

— Baron vient probablement, de temps à autre, faire des contrôles après l'heure de fermeture. C'est sa manière de surveiller ton travail. Difficile de le lui reprocher, dit-il.

— Ça ne lui ressemble pas.

— Parfois on croit connaître les gens et puis…

— Et l'autre ?

— Qui ?

— Jansen !

— Jansen, Jansen… Je ne sais quoi penser de lui, je ne le connais pas non plus.

— Moi, je serais tentée de croire que c'est lui le coupable. Il ne m'inspire pas, ce bonhomme ! Une intuition que j'ai…

— Bien et après ? Lui aussi est libre de venir quand bon lui semble. Par ailleurs, ne m'as-tu pas dit qu'il te rend quelquefois visite dans la journée ?

— Si.

— De plus, il est l'associé. Tu ne peux rien dire. Puis, Baron ne t'a-t-il pas promis une promotion ? Alors… laisse tomber ces histoires de porte, une fois pour toutes !

— Non ! Que des inconnus entrent et sortent de la librairie, comme bon leur semble, me met mal à l'aise…

— Mis à part ce désagrément, l'important est que tu le saches.

— Oh, et après tout, tu as raison, je n'ai pas à me mêler de ça ! Allons-nous-en…

Ils quittèrent la librairie. Sur le chemin du retour, Chloé affichait une moue boudeuse. Elle aurait souhaité que Victor réagisse autrement et elle le lui fit savoir.

Ne l'avait-elle pas fait venir pour qu'il la conforte dans son idée, qu'il abonde dans son sens ?

Là, c'était le contraire. Victor avait tendance à minimiser ces histoires de porte au point de les rendre banales. Bon, bon, finit-il par admettre, s'il s'agissait de Baron, patron ou pas, alors oui, sa manière de faire était quelque peu sournoise. D'accord, encore eût-il fallu que ce fût bien lui, ce dont elle doutait fortement tout de même. Cela ne concordait pas avec la personnalité de Baron. Bref, ils tournaient en rond.

Chloé suspectait davantage Jansen car, sans en avoir l'air, celui-ci posait toujours une question sur son associé chaque fois qu'il passait à la librairie. C'était systématique.

— J'insiste, pour moi, c'est Jansen ! s'entêta-t-elle et comme pour mettre un point final à cette discussion.

— Si tu en es persuadée, parles-en à Baron !

Toutefois, Victor lui conseilla de ne pas l'aborder de front. Le sujet était sensible, elle devait agir avec tact. Elle s'immisçait entre les deux associés et c'était bien pour cette raison qu'il était réticent à une telle démarche.

Dans la soirée, leur petite divergence de point de vue fut vite oubliée.

XXIII

Thomas retourna la carte. Le verso était vierge. Il relut au recto :

« *Mets un couteau sous ta gorge, si tu as trop d'avidité.* »

Victor Durieux lui révéla la source de cette métaphore.

— Ces mots sont extraits de la Bible. Ils appartiennent au deuxième proverbe de la série vingt-trois, lui avait dit Chloé.

Tu dois refréner ta curiosité. Avec moins d'emphase, toujours selon Chloé, cela signifiait : tiens-toi tranquille !

Thomas, lui, avait une tout autre interprétation mais se garda bien d'en donner le sens pour ne pas affoler Victor Durieux.

— Chloé est absente ? s'enquit-il.

Chloé passait la soirée chez une amie. Une invitation à dîner.

— Ils ne vous lâcheront plus, du moins tant qu'ils n'auront pas la certitude que vous ayez quitté la ville. À mon tour de vous montrer quelque chose.

Thomas sortit de sa poche l'insigne trouvé chez le

professeur et le présenta. Sur le coup, Victor Durieux, les yeux ronds d'étonnement, en resta bouche bée.

— Mais c'est…

— Eh oui…

— Ça alors ! Je n'en reviens pas !

— L'ex-professeur était certainement mêlé à ce cercle. D'ailleurs, tout comme cette femme chez qui j'ai vu le livre. À présent, j'en suis convaincu, ce n'était pas une illusion. Peut-être possédait-elle aussi cet insigne, auquel cas il m'aura échappé… Tous deux ont été assassinés de façon atroce et, dans les deux cas, cela ressemble à un simulacre de décapitation. Il est à parier que la professeure de musique était également impliquée dans cette histoire…

— Vous voulez dire que moi aussi je…

— La menace qui pèse sur vous est à prendre très au sérieux. Ces gens ne reculent devant rien !

Victor Durieux était livide.

— Et Chloé ? ajouta-t-il.

— Chloé n'est pas leur problème. Du moins, pas pour l'instant ! supposa Thomas.

— Comment cela peut-il encore exister de nos jours ?

— Hé ! Cela vous va bien de vous interroger ! N'avez-vous pas dit vous-même que les exemples ne manquent pas dans l'histoire des sociétés secrètes ?

— Si…

— Disons, l'Histoire se répète…

— Plutôt, elle pérennise.

— Que voulez-vous dire ?

— Depuis le cercle de Tübingen, elle se perpétue au cours des siècles à travers les fantasmes des uns et des autres. Les ultra-catholiques souverainistes, les occultistes et les francs-maçons* qui n'ont rien à voir avec les Rose-Croix, n'y ont pas échappé non plus. Les Templiers et les Rose-croix, deux mythes vivaces dont la renommée dépasse encore de nos jours les frontières de l'Europe. Ils fascinent, au point d'être la référence de tous les cercles ésotériques. Sans certitude, il est dit qu'un cercle intérieur dirigeait le Temple**, c'est cette référence qu'il faut retenir, ajouta Victor Durieux.

— Ce cercle comptait combien d'hommes ?

— Douze ! répondit-il. Tout comme celui d'amis de Tübingen, selon certaines sources, improbables elles aussi ! Ceci tient davantage de la symbolique. Dans ce milieu, on en raffole.

— N'est-ce pas également un chiffre fort dans l'ésotérisme chrétien*** ?

— Si. La Jérusalem céleste possède douze portes gardées par douze anges… Les douzes apôtres etc. C'est devenu aussi un nombre magique pour les

*Chevalier Rose-Croix, 7° degré dans le rite français et le 18° dans le rite écossais ancien et accepté, ainsi que pour le rite de Memphis-Misraïm, (depuis 1981 pour ce dernier).

***Les Templiers* de Michel Lamy. Éditions Auberon.

***Dans *L'Apocalypse de Jean*, l'Église triomphant de l'oppresseur romain est une femme portant une couronne de douze étoiles. Une manière de tromper les romains lorsque les chrétiens parlaient de l'Église.

organisations se réclamant de la Rose-Croix*… Si vous êtes libre ce soir, nous dînons ensemble ? proposa Victor Durieux.

Thomas était déjà invité par Joseph Duval. Il n'allait d'ailleurs pas tarder à le rejoindre.

*

*   *

Évoquant les attitudes des garçons qu'elles avaient côtoyés au lycée, Chloé et son amie riaient aux éclats.

— Tu te souviens d'un tel, quelle touche il avait ! Oh, et celui-là qui…

Un moment agréable passé ensemble devant un repas léger.

Elles s'étaient perdues de vue depuis des années, puis retrouvées au détour d'une rue. Le hasard. Vinrent les échanges sur leurs activités respectives du moment. L'amie de Chloé était secrétaire dans un cabinet d'avocats. Un emploi provisoire, s'était-elle dit après avoir quitté la fac. Le travail lui plaisait, l'ambiance plutôt agréable, alors elle était restée. Elle avait rencontré un avocat stagiaire. Deux années de vie commune avaient suffi à réduire à néant les promesses du début. Depuis, elle s'épanouissait dans le célibat. De temps à autre,

---

*L'AMORC (Ancien et Mystique Ordre de la Rose-Croix) compte neuf degrés dits "du Temple" et trois degrés supplémentaires du cercle des *Illuminati*.

une aventure sans conséquences lui convenait parfaitement. Pour un engagement sérieux, elle verrait plus tard, rien ne pressait.

Et Chloé dans tout ça ? Chloé se plaisait aussi à son travail. Côté cœur, marquée par deux relations désastreuses, elle avait enfin rencontré un garçon charmant. Cette part de doute, toujours bien ancrée en elle, fit qu'elle ne s'étendit pas sur sa passion. Victor partirait à un moment ou un autre, c'était certain. Quand trop de bonheur s'invite comme ça, à l'improviste, c'est toujours suspicieux. Elle n'arrivait pas à se défaire de cette idée.

*

* *

Des insectes virevoltaient autour des cônes lumineux des lampadaires du square Fleuriot. Des jeunes étaient assis sur le bord du bassin. L'eau chuintait, cristalline dans le jeu de lumière.

Attablés à la terrasse d'un restaurant, Thomas et Joseph Duval avaient fini de dîner depuis un moment. Le feuillage des arbres fut malmené par un coup de vent subit, un coin de la nappe de la table relevé. Cela n'augurait rien de bon pour la suite. Joseph Duval, qui à l'instant même portait sa tasse de café à ses lèvres, suspendit son geste. Nez en l'air, il consultait le ciel. Étaient-ce les prémices de l'orage annoncé ? Jusqu'à présent tout était si calme. Trop, sans doute.

Il conjectura :

— Ça va finir par craquer…

Cela ne tarda pas. Dans le lointain, un roulement de tonnerre s'annonça.

Puis il revint aux soucis qui le hantaient.

— Bah ! Nous étions à deux doigts d'apprendre enfin quelque chose, et grâce à vous, Rosmadec. Manque de chance, notre témoin s'est débiné chez saint Pierre.

— Côté clubs de tir ?

— Un licencié soupçonné par son absence prolongée aux séances de tir. Celle-ci avait été remarquée par le responsable du club. L'individu concerné était hors du département, et qui plus est, le jour du meurtre par balles.

En l'état, l'enquête était au point mort. Rien de concret ne s'annonçait qui pût la faire progresser. Du reste, Duval n'aurait su que penser de tout ça s'il n'avait possédé un joker : le livre de Simon Lestrac. Encore devait-il le retrouver avant d'énoncer les éléments qu'il contenait. Et aussi la manière d'aborder la question de ces écrits avec l'homme assis face à lui. Le moment était peut-être venu de lui livrer le fond de sa réflexion…

— Vous savez ce que je ne suis pas loin de penser ? finit-il par dire après un silence. Plus le temps passe, plus nous nous éloignons de l'essentiel… Ou plutôt, tout concourt à nous en éloigner.

Thomas ne releva pas.

— Tout est fait pour nous empêcher de découvrir la vérité ! Voilà ce que je ressens, précisa Joseph Duval.

Un nouveau roulement sourd se fit entendre. Laissant peu de répit aux feuilles des arbres, le vent forcissait. L'orage s'approchait.

— L'été est exécrable à tout point de vue, conclut Joseph Duval en se levant de table… Nous reparlerons de tout ça, Rosmadec.

*

* *

Après avoir quitté Joseph Duval, Thomas repartit vers la Place Royale où beaucoup de personnes étaient assises autour de la fontaine. Il abordait la rue d'Orléans quand son téléphone sonna. C'était l'infirmière du service de réanimation. Elle était désolée d'appeler à une heure aussi tardive. Lorsqu'elle prenait son service, la priorité allait aux malades. Ensuite, profitant d'un moment de répit, elle avait interrogé ses collègues, celles présentes la nuit fatidique et, par chance, l'une d'elles détenait une information capitale. Thomas l'écoutait tout en marchant. Puis il s'assura :

— Rien d'autre, vous en êtes certaine ?

— Absolument. C'est le seul appel téléphonique reçu au début de la soirée par ma collègue. Il concernait notre patient, le SDF.

— Elle l'a reçu avant ou après le décès ?

— Avant !

Thomas la remercia. Il n'en revenait pas de ce qu'il venait d'entendre ! Cela confirmait ses soupçons. L'affaire prenait une autre dimension et se compliquait. De son côté, Joseph Duval avait une idée derrière la tête mais n'était pas près de la livrer. Était-ce ce que lui-même pressentait ?

*

*   *

Quelle ne fut pas la surprise de Joseph Duval en rentrant chez lui ! France était revenue ! Le temps de la séparation, nécessaire au relâchement de la tension qui s'était instaurée dans le couple, était passé. Si ce n'étaient aussi les suppliques de Joseph qui, la veille, n'y tenant plus, s'était résolu à décrocher le téléphone pour se confondre en excuses.

Et ce n'était pas tout ! France avait retrouvé le manuscrit de Simon Lestrac. Qui l'avait mis là ? Aucun d'eux ne savait le dire. Pour une fois, et de crainte d'envenimer les choses en retour, Joseph s'était bien gardé de dire à sa femme : « Toi, voyons ! Qui d'autre veux-tu ? » Dans le fond, l'un ou l'autre, l'important n'était pas là ! Chacun l'avait compris, l'essentiel était d'avoir remis la main sur les écrits.

Un poids en moins pour Joseph Duval. Enfin, il allait retrouver un sommeil plus serein. Non seulement son épouse était revenue, mais, depuis des nuits, un juge sentencieux, sous les traits d'un corbeau chaussé de lunettes, venait le hanter, l'accuser de prévarication, de forfaiture, d'ignominie, autant d'attitudes déshonorantes pour le métier qu'il exerçait. À cause de ce fichu livre qu'il avait bêtement chapardé, lui, un policier ! C'était son inconscient le fautif, car lui, Joseph, jamais il n'aurait agi ainsi. Oh, grand Dieu non ! Beau se défendre, rien n'y faisait ! Intransigeant, claquant du bec, le magistrat corvidé, sinistre à souhait dans sa robe noire, ne voulait rien entendre. Bref, des nuits cauchemardesques. La prochaine le serait moins, il allait le lui clouer son bec, au juge ! Et puis, à bien réfléchir, son acte insensé n'en était peut-être pas un. Lestrac ne l'avait-il pas écrit dans son livre : nous sommes tous sous l'emprise de notre subconscient*. Donc lui, Joseph, n'avait pas échappé à la règle. Certes, une raison obscure l'avait contraint à dérober le livre, Il aurait tout de même bien aimé savoir laquelle.

Ce soir, entre France et lui, bien sûr, il était fortement question du contenu du livre. Leurs opinions convergeaient dans l'ensemble. On s'efforça de rassembler les fragments épars sur l'énigmatique I.N.R.I. à laquelle l'auteur faisait référence par deux fois dans ses écrits. Joseph Duval n'avait-il pas enquêté lui-même, sans trouver la moindre trace et, pour autant,

---

*Page 28 du premier tome : *Requiem au Lac de Grand-Lieu,* même auteur, même collection.

fallait-il jeter l'anathème sur un groupe qui évoluait dans la mouvance catholique ?

Bremmer et Maréchal se connaissaient assurément, ça c'était un fait important. Cependant, un mystère subsistait. Où était passé l'insigne épinglé à la veste de Maréchal ?

Quand il avait repris ses esprits, après avoir étranglé Maréchal, n'était-ce pas la première chose relevée par Lestrac. Ensuite, celui-ci l'avait-il ôtée de la veste, mais dans quel but ? Lestrac était dans un état second après son forfait. Sa préoccupation immédiate n'avait pas été de faire disparaître cet objet distinctif qui n'avait aucune importance pour lui. En revanche, il avait été troublé de le retrouver sur la veste de Maréchal. Ça, il l'avait écrit dans son livre…

— À moins que… émit Joseph.

— Non, s'opposa France, décidée à ne pas tergiverser sur le sujet. Il n'y a aucun doute possible là-dessus ! Quel intérêt avait-il à prendre cet insigne, hein ? Mets-toi dans la peau de Lestrac à ce moment-là !

— Vrai, aucun, admit-il, préférant taire son intime conviction à France. Et sans nulle intention de polémiquer sur le propos.

Bah… Quant à se mettre dans la peau des criminels pour mieux les comprendre, comme le lui suggérait si bien son épouse, ne le faisait-il pas depuis des années ? Mais Lestrac n'en était pas un, de criminel. Lui, c'étaient les révélations de Maréchal qui l'avaient poussé à agir, elles l'avaient rendu fou. Il n'avait rien prémédité, on ne pouvait pas le lui reprocher. Au plus, il avait anticipé sa vengeance, estima Joseph en reprenant une gorgée de tisane. « Paix à son âme, se dit-il. L'autre n'a eu que ce qu'il méritait. »

Pour autant, la réponse à la disparition de l'insigne de Maréchal n'était toujours pas apportée, rappela France.

— Oui, bon, ne perdons pas de vue ce fait essentiel, trancha-t-il pour mettre un terme.

— Ce n'est pas le seul, reprit France, lui désignant en même temps la tisanière pour qu'il se resserve. La boisson refroidissait.

Saisissant l'anse du récipient, un doigt maintenant le couvercle, du bec, il visa sa tasse, puis il jeta ensuite un regard interrogateur sur son épouse. Qu'allait-elle encore lui sortir ?

— Ben oui, Joseph ! Que personne n'ait mis la main sur l'original du livre ne te laisse pas perplexe ? C'est pour le moins curieux, ne trouves-tu pas ? On ne t'en a pas parlé au travail, n'est-ce pas ?

— Non, personne.

— Qui l'aurait pris ? Sinon Baron, l'ami de Lestrac…

— À la suite de mon conseil, m'a-t-il dit, il n'y a pas touché. C'est ce qu'il m'a soutenu.

— Il a très bien pu te mentir.

— C'est possible…

Bien sûr, tout cela il le savait ! Il se demandait même parfois s'il ne valait pas mieux confier les enquêtes à sa femme et lui, partir à la pêche… Revisiter dans le détail ce qu'il connaissait déjà l'irritait. Mais bon, ce soir, il devait ménager sa susceptibilité, n'en rien laisser paraître.

— Tu vas être obligé de parler de ce livre, Joseph. Tu ne peux pas garder ça pour toi. Tu dois en informer cet homme.

— Qui, de Rosmadec ?

— Oui, Joseph.

— Merci pour ton conseil, ma chérie, ironisa-t-il.

À la suite de quoi, il s'envoya une bonne gorgée de tisane. Toujours aux fruits rouges, la tisane. Et avec un seul sucre, à cause de cette saloperie de diabète.

Gagné par la fatigue, Joseph Duval bâilla à s'en décrocher la mâchoire. Il se leva.

France lorgnait son Joseph. Traînant ses charentaises, le manuscrit à la main. Ne visait-il pas à présent son vieux fauteuil de cuir ?

Ah non ! Il n'allait pas lui refaire le coup de passer toute la nuit sur le manuscrit. Il en était bien capable.

— Joseph ?

— Oui, ma chérie ?

— Tu ne vas tout de même pas…

— Non, non, France…

*

*   *

D'un coup, l'éclair illumina la pièce. La déflagration fut immédiate et particulièrement violente. La pluie se mit à tomber dru.

Même si Victor Durieux le pressentait depuis un moment, l'intensité de l'orage le surprit.

Attendant le retour de Chloé, il relisait ses notes, utiles à son projet de livre. À vrai dire, une somme d'informations collectées au cours de ses recherches. Comme ces notes concernant *Le songe de Poliphile**.

Et puis, là, à l'époque de la Renaissance, cette fois il était question d'une société secrète : AGLA**. Une franc-maçonnerie, avant l'heure, de maîtres imprimeurs. Elle fut créée à Lyon en 1530 par l'imprimeur Sébastien Griphe (Grief de son vrai nom d'origine allemande). Cette société acceptait en son sein des adeptes étrangers à la profession***, tout particulièrement des intellectuels. Avant sa mort, Griphe transmit le flambeau à Nicolas de Langes, un jeune magistrat, propriétaire d'un domaine viticole au flanc de la colline de Fourvière. Ce cénacle prit alors le nom de : La société Angélique.

---

*Le livre le plus énigmatique et le plus hermétique qui soit. Déjà un best-seller en 1564 ! Il reste encore à découvrir. Des spécialistes attribuent cet ouvrage au bénédictin, Francesco Colonna. L'auteur ne s'est jamais fait connaître. Des métaphores érotiques contenues dans le livre étaient frappées d'hérésie. L'œuvre intéresse aussi bien les architectes, les historiens, les philosophes, les mystiques… Et bien sûr des bibliophiles.

**AGLA : abréviation de la phrase de la liturgie hébraïque : « *Atha Guibor Leolam Adonaï* » (À toi la puissance pour toujours Seigneur).

***François Rabelais, Louis XIV…

Dans la marge de la feuille, une notule pour mémoire : Angélique, nom du domaine appartenant à de Langes.

La célèbre formule, *Et Acardia in ego** était le signe de reconnaissance des initiés de cette société. Le Peintre Poussin en était membre. Après la mort de celui-ci à Rome, Louis XIV fit tout pour récupérer la célèbre toile : *Les bergers d'Arcadie***. Le Roi garda jalousement cette œuvre ésotérique dans ses appartements privés. Seuls, de rares privilégiés pouvaient la voir.

Cette société secrète quitta la région lyonnaise pour migrer à Paris. À la fin du XIXe siècle, elle était proche des milieux occultistes et comptait, entre autres, le peintre Delacroix, George Sand et un célèbre Nantais… Jules Vernes.

Ce fut un érudit, Claude-Sosthène Grasset d'Orcet, qui révéla à mots couverts l'existence de cette société secrète. En 1873, il fit paraître des articles sur la langue des oiseaux***, propre à l'hermétisme, dans *La Revue britannique,* de son ami Pichot, lui-même

*Cette phrase étrange nous ramène à Rennes-le-Château ! On la retrouve sur la pierre tombale de la marquise d'Hautpoul. L'abbé Saunière l'aurait fait graver.

**Sur cette toile est représentée un tombeau portant aussi l'inscription « *Et in Arcadia ego* » – l'absence du verbe est surprenante. Dès qu'ils le pouvaient, les membres de la Société Angélique glissaient cette formule énigmatique dans leurs œuvres. (L'Arcadie était peut-être le paradis perdu ?)

***Jeux de mots aux sens cachés. Exemple : la chanson au clair de la lune… Lacan voit dans le langage des oiseaux, l'expression de l'inconscient au même titre que les actes manqués.

traducteur de l'écrivain anglais Bulwer-Litton*, l'auteur de *Zanoni maître Rose-Croix*. Pichot était aussi un ami d'Eliphas Levi** et ce dernier fréquentait aussi Edward Bulwer-Litton. Bref : tout ce monde se connaissait !

En appendice, un memorandum : La Société Angélique, disparue entre les deux guerres mondiales.

Avec la venue de la pluie, la température avait chuté. Victor Durieux eut une pensée pour Chloé, à son retour sous la pluie. Elle était partie sans vêtement de protection ni parapluie. Bah ! L'orage se calmerait d'ici là. Cédant à une poussée du vent, la fenêtre du salon s'ouvrit brusquement. Il se précipita pour la fermer. Sous l'effet du courant d'air, les feuilles qu'il parcourait avaient été éparpillées sur le canapé.

En y remettant de l'ordre, il tomba sur des renseignements concernant la loge P2***, en rien mystique, loin de l'intellectualisme de la précédente. Autres temps, autres mœurs, il ne put s'empêcher de relire ses écrits.

L'existence de cette franc-maçonnerie, proche du Vatican et de la Maffia, fut révélée au public à la suite de la perquisition de la police italienne à Arezzo, au domicile d'un riche industriel, Licio Gelli.

---

*Membre de la très hermétique "Fraternité de Luxor".

**À l'époque, franc-maçon à la Loge du Parfait Silence, du Grand Orient.

****La Propaganda Due*.

Un banquier italien, Roberto Calvi, lui-même adhérant à la loge P2, eut la fâcheuse idée de se “suicider” alors qu'il était en cavale après la faillite de sa banque. Des Britanniques l'avaient retrouvé pendu sous un pont de Londres, non loin de la City, en juin 1982. Son tort ? Avoir menacé de tout révéler après le crack de la banque Ambrossano qu'il dirigeait. Et que voulait-il révéler ? Hormis des placements douteux bien sûr, d'avoir aussi alimenté en fonds le syndicat Solidarnosc, en recyclant l'argent sale de la maffia, avec la bénédiction du Vatican*. Et la découverte des policiers au domicile de l'industriel Licio Gelli ? Une liste de plus d'une centaine de noms, compromettant des personnalités italiennes, toutes membres de la très peu fréquentable loge, *Propaganda Due*. Des responsables des services secrets, des ministres, sans oublier des parlementaires… Tous impliqués dans ce scandale. Leur dessein secret ? Remoraliser la société en s'infiltrant dans toutes les institutions, y compris la presse. Une dérive sérieuse vers l'extrême droite**.

Victor Durieux remit la feuille dans la liasse des documents.

---

*Plus récemment, lire *Le Canard Enchaîné* du 9 juin 2010. *Les finances diaboliques de la banque du Vatican*, page 4.

**C'est fort possible. Le syndicat polonais de Lech Walesa avait besoin de finances pour mener sa lutte. De là à évoquer la mise en place d'un ordre mondial avec la complicité de la CIA pour lutter contre le communisme, le pas a été franchi. La thèse du complot mondial séduit toujours.

Ce qu'il avait lu l'interpella, le ramena à sa mésaventure. Son agression n'était-elle pas consécutive à une cause de même nature ? Non pas d'une telle ampleur, mais liée à une histoire d'argent aussi…

*

* *

Vingt-trois heures. L'orage s'éloignait, laissant après lui une impression d'apaisement, de fraîcheur aussi. L'eau courait vive dans les caniveaux. Surpris par l'ondée, Thomas avait eu juste le temps de se mettre à l'abri. À présent, le voilà marchant à la hâte sous les gouttes résiduelles. La tête rentrée dans les épaules, le col de sa veste relevé, il exécutait sur la pointe des pieds une sorte de rigodon désordonné afin d'éviter les flaques d'eau.

Parvenu à l'hôtel, le réceptionniste lui remit la clé de sa chambre.

On échangea bien évidemment des considérations sur le mauvais temps : la faute au réchauffement climatique, peut-être bien à saint Médard ou encore aux saints de glace, si ce n'était une conjugaison de tout ça, va savoir. En tout cas, l'un et l'autre émirent des doutes sur un retour au beau fixe dans les jours à venir. Puis on se souhaita une bonne nuit.

Trop de choses en tête, il n'avait aucune envie de dormir. Ce soir, l'appel de l'infirmière avait confirmé ses soupçons. Quand bien même, il aurait préféré ne pas entendre cela, s'être trompé, mais bon… Devait-il annoncer la nouvelle à Duval ou attendre ? À coup sûr, il n'en croirait pas ses oreilles !

Quant au simulacre de la décapitation, quelle symbolique le tueur accordait-il à cet acte barbare ? Dans sa folie criminelle, était-ce un rituel qu'il s'imposait, dont lui seul comprenait le sens ou, à travers celui-ci, ne cherchait-il pas à adresser un message, mais à qui ?

C'était à lui de le découvrir, c'était son travail ! Et de ce côté-là, il ne pouvait pas dire qu'il progressait.

Le seul lien, bien que ténu, il le reconnaissait, était l'insigne retrouvé chez le professeur. Sans oublier les mésaventures de Victor Durieux, elles aussi à associer au *titulus crucis*, I.N.R.I. Étaient-ce des preuves suffisantes ? D'autre part, jamais Thomas n'avait entendu parler d'acte de décapitation dans l'histoire du christianisme. L'on y prêchait davantage l'amour envers son prochain et le pardon, et non de couper la tête aux gens. Quoique, dans des temps reculés… Non, la préférence allait au bûcher… Alors, progressant dans sa réflexion, il envisagea le problème différemment. Si les païens idolâtraient des dieux et leur offraient des sacrifices, les chrétiens, eux, vénéraient des saints. Alors, se dit-il, le tueur reproduisait peut-être un événement se rapportant à l'histoire de l'Église. D'où l'idée lui vint de recenser les saints martyrs auxquels on aurait tranché la tête.

Peu doué dans l'hagiographie des canonisés, un nom lui revint tout de même. Il avait vaguement entendu parler de saint Élophe*, un saint de Lorraine. Portant sa tête sous son bras, il avait entrepris d'escalader une colline pour prononcer son dernier sermon. « Faut le faire ! », se dit-il… Du reste, ce que cachait cette métaphore, ça, il l'ignorait… sinon… Sinon, il ne voyait pas… Ah, mais si ! Il allait passer à côté du plus connu d'entre eux…

*

* *

Elles s'apprêtaient à prendre le dessert, quand Chloé eut l'idée de passer un coup de téléphone à Victor. Lui dire en toute simplicité de ne pas s'inquiéter, elle ne tarderait plus. Puis elle s'interrogea sur l'opportunité d'une telle démarche. N'était-elle pas, avant tout, une femme libre ? Elle n'avait de compte à rendre à personne. Elle s'était toujours interdite de se justifier auprès des hommes qu'elle avait fréquentés jusqu'alors. Oui, mais avec Victor ce n'était pas pareil, voire carrément différent. Ne pouvait-elle pas se comporter normalement pour une fois, ne pas s'encombrer de préjugés et passer son coup de téléphone sans faire toute une histoire ? Ah ! Et son amie, incorrigible bavarde, qui n'arrêtait pas une seconde, qui la troublait pour résoudre ce dilemme.

Bon, n'avaient-elles pas assez ri comme des folles

---

*En l'an 365.

une bonne partie de la soirée ? Maintenant, il serait bien qu'elles se calment. Et puis, Chloé avait hâte de rentrer. Ça aussi, c'était nouveau ! Elle et son amie auraient tout le loisir de se revoir par la suite. Avec Victor, rien n'était moins sûr…

— Ça ne te dérange pas, si je passe un coup de fil ? finit-elle par se décider.

— Mais pas du tout, Chloé ! répondit l'amie, surprise par cette demande.

— J'en ai pour deux secondes, le temps de…

— Il t'attend ?

Elles éclatèrent de rire sans trop savoir pourquoi. Le plaisir d'être ensemble, c'est tout.

— Oui, juste pour le prévenir que je ne vais pas tarder à arriver.

— Tu pars déjà ?

— Nooon, après le dessert. Demain, il s'absente. Il s'en va de bonne heure.

Un petit mensonge. Ce qu'elle avait encore trouvé de mieux à dire.

Jetant un coup d'œil aux pieds de sa chaise, elle ne vit pas son sac à main, ni d'un côté ni de l'autre. Elle s'interrogea : où l'avait-elle posé en arrivant ?

— Tu n'en avais pas, Chloé, affirma son amie.

— Quoi ! Je suis venue sans sac à main ?

— Ben oui !

— Où ai-je la tête ?

Nouveaux éclats de rire.

— Appelle-le du téléphone fixe pour le rassurer.

*

* *

Victor Durieux referma son dossier.

« En toute logique, se dit-il, une société dite secrète n'est connue que de ses membres. Et tenir à l'anonymat absolu, c'est avoir des choses à se reprocher. »

Il fut interrompu par le téléphone. N'étant pas chez lui, il hésitait à répondre. Ce pouvait être Chloé qui cherchait à le joindre… Il décrocha. C'était bien ça ! Elle annonçait son retour dans peu de temps. Parfait.

Il reprit son raisonnement : « Que peut-on vouloir cacher ? Sinon un manque d'éthique ou carrément des actions criminelles. Les sociétés secrètes ne sont pas à l'abri des dérives*. »

I.N.R.I. n'avait sans doute pas de desseins inavouables à sa création. Le prospectus inséré entre les pages d'un livre en témoignait, sans oublier cette preuve tout aussi évidente de l'insigne. Le tout premier cercle s'était-il mué en "société-cadre", pour engendrer une autre société dite "intermédiaire", elle-même créatrice d'une société appelée "inférieure", beaucoup plus élargie celle-là ? Et dont les membres, considérés comme des militants, ignoraient totalement cette organisation. C'était souvent le schéma appliqué. Ainsi, au gré des événements, la société-cadre était-elle préservée. Elle

---

*Aux États-Unis, des francs-maçons américains ne sont-ils pas à l'origine du Ku Klux Klan ? *Historia* Thématique n°108.

pouvait disparaître, renaître sous un autre nom. Ses futurs dirigeants étaient repérés dans le vivier de la société inférieure, l'écrémage se faisant par la société intermédiaire pour ensuite accéder à un cercle plus restreint, une sorte d'élite qui se partageait les fruits.

Que se passait-il au sein d'I.N.R.I. ? Un règlement de comptes entre membres ? Cela le dépassait et concernait davantage Thomas et Duval, or ce dernier ne souhaitait pas le recevoir.

*

*   *

« Bien sûr, répéta Thomas, pour lui-même. Le plus célèbre d'entre eux, saint Jean, le baptiste ! » Décapité à la suite d'un caprice de Salomé, la fille d'Hérodiade. Cette dernière avait épousé Hérode, son beau-frère. Une histoire d'adultère reprochée au gouverneur par le baptiste… La piste de Jean le baptiste, quoique fragile, s'annonçait opportune. Une histoire de vengeance, mais pas pour des aventures adultérines. Il lui serait utile de mieux connaître la fin du baptiste. L'explication du rite de l'assassin était peut-être là…

Minuit trente. Il bâilla, eut envie de dormir cette fois. Tiens ? Aujourd'hui, il n'avait pas eu de nouvelles de Léa ni d'Alain…

*

*   *

Les premières marches descendues, Chloé se retourna pour répondre à son amie.

— Oui, c'est ça, tu me téléphones. Et encore merci, la soirée était super ! dit-elle, diésant sa voix pour ne pas réveiller le voisinage.

— Seules entre filles, on est bien aussi !

Échange de sourires de connivence, accompagné d'un dernier petit signe de la main, après quoi Chloé dévala les marches.

Une nuit d'encre régnait au dehors lorsqu'elle ouvrit la porte de l'immeuble. L'atmosphère s'était nettement rafraîchie. Elle était partie insouciante, sans son sac, sans un vêtement pour se protéger. Elle réprima un frisson. Marcher d'un bon pas était encore ce qu'elle avait de mieux à faire pour se réchauffer. Longeant les façades des immeubles, elle se fondit dans la nuit.

D'ordinaire, dans une rue si peu passante, elle aurait eu la frousse de s'aventurer seule ainsi, du moins n'aurait pas été rassurée. Victor l'attendait et ça changeait tout. D'être considérée, désirée par une personne, cela ne lui était pas arrivé depuis un temps déjà. Au cours de la soirée, son amie s'était confiée, elle traversait une période de désertion affective, jugée par elle interminable. Chloé se félicitait de n'être plus dans ce cas, mesurant tout de même l'incertitude de l'aventure qu'elle vivait. Mais les lendemains désenchantés qui perdurent, elle-même ne les avait que trop vécus. Alors, de prendre sa part de bonheur immédiat, et aussi infime fût-elle, elle y tenait !

Dans son dos, quelque part dans la rue, une portière de voiture claqua.

Victor s'était proposé de venir la chercher, mais elle avait refusé. Du reste, il aurait été bien en peine, il n'avait aucune idée du quartier où son amie habitait. D'autre part, elle aurait mis trop de temps à le lui expliquer. Débouchant sur le boulevard Allard où le feuillage des arbres masquait l'éclairage des lampadaires, ce qui plongeait la voie dans la pénombre, elle descendit en direction de la place Mellinet où, sur sa gauche, elle bifurquerait dans une autre rue.

Dans l'obscurité, elle repéra devant elle la silhouette furtive d'un homme qui filait droit devant. C'était l'heure des mauvaises rencontres. Nullement envie de se faire aborder, elle ralentit le pas pour maintenir la distance entre elle et la personne. Une idée un peu folle lui traversa la tête : celle de poursuivre son chemin jusqu'à la librairie. Cela ne lui prendrait guère plus de temps.

Pas très loin derrière, elle perçut un bruit, sans toutefois parvenir à en identifier la nature. Elle se retourna vivement tout en marchant. La nuit et le peu d'éclairage ne lui permettaient pas de distinguer quoi que ce soit au-delà d'une certaine distance. Cependant, rien ne lui parut anormal. Elle continua. Devant elle, la silhouette avait disparu. La rue Belleville était là, sur sa gauche…

*

*   *

Une heure. Victor Durieux sentait la fatigue le gagner. Il s'allongea sur le canapé. Un coussin calé sous sa tête, il se mit à réfléchir.

Pour avoir eu recours à la violence, la quête d'un monde plus juste n'était certainement pas la doctrine d'I.N.R.I. Et, a fortiori, ce groupuscule n'avait rien à voir avec un quelconque mouvement chrétien. Ce n'était pas surprenant, l'histoire des sociétés secrètes était émaillée de turpitudes les plus diverses, entre autres, les thèses racistes* ou encore le satanisme,** n'hésitant pas à recourir parfois au crime. Il n'avait nulle envie de finir ses jours comme Constant Chevillon*** et bien d'autres. Cet homme, ne s'était-il pas fait assassiner pour son implication dans ce milieu ?

« Nous ne traversons pas pourtant une période trouble, admit-il. L'adhésion totale**** des membres, aux actes qui régissent la vie d'une société secrète est un principe fondamental. L'esprit rebelle n'a pas sa place dans le groupe…

---

*Le groupe de Thulé, le KKK… pour les plus célèbres.

**À Londres en 1931. La société secrète "Panacéa" exhumait des corps dans les cimetières. Et pour guérir des malades, ils leur appliquaient des parties de ces cadavres.

***Il est à l'origine des rites maçonniques de Memphis-Misraïm et de celui des chevaliers Élus Coëns. Pour la version officielle, après son arrestation par la police lyonnaise, il fut, dit-on, emmené par des inconnus. On l'a retrouvé assassiné le 25 mars 1944. Probablement par des séides de la police.

****Pour certaines sociétés, on peut même dire : de soumission.

Donc, un vent de fronde soufflerait-il sur le cercle, au point d'amener certains de ses membres à commettre les atrocités décrites par Thomas ? L'affaire qui secoue I.N.R.I. doit être d'une extrême gravité… »

*

*   *

Chloé regretta de s'être engagée dans cette rue. Poursuivre par le boulevard de Launay aurait été plus sécurisant pour elle. Quand bien même, elle n'allait pas faire demi-tour à présent. Défiant sa propre crainte, elle empruntait ce qui lui semblait être l'itinéraire le plus court pour rejoindre le magasin.

Et puis, jamais elle n'aurait dû mettre ces chaussures-là ! Les talons, aussi bas fussent-ils, ponctuaient chacun de ses pas d'un claquement décuplé dans le silence de la nuit. « Pour la discrétion, c'est raté ! », se dit-elle.

Elle s'interrogea sur les occupations de Victor. À quoi était-il occupé à l'instant même ? Lassé de l'attendre, peut-être s'était-il endormi… De l'avoir laissé seul pour la soirée lui procurait à présent un sentiment de culpabilité. S'était-il pour le moins ennuyé de son absence ? Elle aurait aimé le savoir, être confortée dans cette idée, être rassurée sur la sincérité des sentiments de l'homme qu'elle aimait. Peut-être aussi se posait-elle trop de questions…

Soudain, elle eut un sentiment étrange, sans pour

autant lui trouver une explication rationnelle. Elle ne s'y attarda pas et continua sa marche comme si rien n'était.

De crainte de passer pour une femme assujettie à ses obsessions, elle tairait à Victor d'avoir fait un détour par la librairie. Or, cette histoire de porte l'intriguait, ça valait la peine d'aller jeter un coup d'œil à cette heure-ci.

La sensation désagréable, ressentie auparavant, la gagna de nouveau. Elle n'osa pas se retourner, préféra accélérer le pas. Si la rue était plongée dans l'obscurité, celle-ci débouchait plus loin sur un rond-point, mieux éclairé et plus fréquenté. Là, elle aviserait.

« La nuit, ce n'est plus du tout pareil, se dit-elle, la ville change. L'incertitude, le danger rôde au détour de chaque rue, surtout pour une femme seule. » Et l'envie de se rendre à la librairie commençait à s'émousser. Elle éprouvait à l'instant un sentiment trouble, celui de persévérer dans un acte dont elle doutait à présent du bien-fondé, sans toutefois parvenir à y renoncer une fois pour toutes, quoi qu'il advînt.

Cette fois, ce n'était plus une vague impression, elle était suivie ! Sans qu'elle ne pût le maîtriser, son rythme cardiaque s'accéléra. Probablement une crainte irraisonnée, mais elle était sur le qui-vive. Changer de trottoir ? Cela ne l'avançait à rien. La personne calquait ses pas dans les siens, un infime décalage le lui révéla.

Quelle idée avait-elle eu de s'aventurer dans cette

rue, tout ça pour une histoire de porte ! Il était bien trop tard pour le regretter.

Le rond-point, son salut était là ! Elle devait y parvenir rapidement. Se mettre à courir ? C'était ridicule, elle serait vite rattrapée et c'était aussi montrer sa peur. Dans son dos, elle devinait la présence de la personne, celle-ci se rapprochait d'elle. Si elle n'avait pas oublié son sac à main, et son téléphone à l'intérieur, elle aurait pu joindre Victor ou carrément la police pour dire qu'elle était importunée par un homme, car il s'agissait bien d'un homme. Maintenant, il était tout près. Elle entendait, sentait son souffle sur sa nuque… Une main saisit son bras. Elle voulut appeler à l'aide, pétrifiée par la peur, aucun son ne parvint à sortir de sa gorge. Elle se retourna.

— Vous ?

Ce fut le seul mot étouffé qu'elle parvint à prononcer.

*

*   *

Un poids sur l'estomac, Joseph Duval tournait en rond. Avait-il dîné trop copieusement en compagnie de Rosmadec, était-il oppressé par le temps orageux, était-ce l'effet d'être contrarié par ces affaires au dénouement de plus en plus épineux, la tisane bue trop vite ? Il ne savait pas.

France le voyait bien, ça n'allait pas du tout avec

son Joseph. Son teint était gris, celui des mauvais jours.

Les écrits de Simon Lestrac en main, on eût dit qu'il ne savait où les poser. Non, plutôt, il ne savait pas où se poser lui-même. C'était ça !

— Je te prépare une dilution de bicarbonate de soude, Joseph. Ça ira mieux après, tu verras – un remède souverain, hérité de son père à elle, médecin dans la marine. Et après tu te couches, il est tard, Joseph. La fatigue n'est pas étrangère à ton état.

— Les emmerdements, non plus, ma chérie.

Il avala vite fait la solution, grimaça.

France s'était retirée dans la chambre.

— Je ne vais pas tarder à te rejoindre, lui avait-il dit avant de la voir disparaître à l'étage.

À présent, le voilà assis dans son vieux cuir, ballotté par les ressorts, à lui donner le mal de mer. Ce qui n'arrangeait rien. Il évita de bouger. L'esprit distrait, écoutant les gargouillis de son estomac, jambes tendues devant lui, il fixait ses charentaises à motifs… Au fait, quels motifs avaient-elles exactement ? C'est ça : des grands carreaux, marron foncé, sur un fond… Bah ! La couleur du fond était avec le temps devenue indéfinissable et d'ailleurs le feutre boulochait de partout. L'intérieur ? Une moumoute dans les tons chamois. La semelle ? Épaisse, en caoutchouc… Bref, un grand classique de la charentaise.

Sur quoi il éructa un bon coup et par là même se trouva soulagé de ses maux d'estomac.

La joue en appui sur le poing, il se mit à réfléchir, les yeux fermés.

Rosmadec lui cachait quelque chose. “Taisait” convenait mieux. Puis, il douta d’un dénouement des affaires à court terme, à moins que… Mais là, le risque était gros. En cas d’échec, une mutation aux Kerguelen ne serait pas seulement une vue de l’esprit…

Il bâilla, jeta un regard oblique sur le manuscrit. Non, pas ce soir, il s’y était engagé auprès de France. Il se leva, s’étira, interrompit son geste brusquement. Telle une alarme, un pincement au niveau des lombaires venait de le ramener à l’évidence : France avait encore raison, et du reste d’une manière plus générale, ce qui parfois l’agaçait. Une fois pour toutes, il devrait se ranger au conseil de sa femme : oui, son fauteuil était à remplacer.

Raide comme un piquet, les deux mains en appui sur les lombaires, il gravit l’escalier.

France dormait déjà.

Assis sur le bord du lit, il se mit à penser au temps qui passe, à sa jeunesse, à ses premiers rendez-vous amoureux avec France. Puis, à cette insouciance, subitement disparue pour eux. De réécrire sa vie ne mène nulle part. Non, mais rien ne peut empêcher les fragments de souvenirs d’affluer, comme c’était le cas à l’instant. Des réminiscences dans les passages difficiles, témoins de la perspicacité qui a permis de surmonter bien d’autres épreuves, face à celle qui se présente à nouveau. Et que les bons moments existent aussi. Mais toujours ce doute ancré au fond de soi, tout de même…

Certes, la vie ne l'avait pas épargné, mais il s'en accommodait, ainsi que du poids de la culpabilité toujours tapie en lui. Il se tourna vers son épouse. Elle était revenue, c'était l'essentiel. Soudain, il eut envie de l'étreindre dans ses bras. Sans elle, comment aurait-il supporté les moments douloureux de son existence ? Tous deux s'étaient épaulés pour traverser le drame, la mort de leur fils bien sûr, alors que tant d'autres se seraient déchirés en se rejetant mutuellement la faute.

« Ça s'appelle peut-être simplement l'amour », se dit-il.

Sa bouche était pâteuse. L'effet du bicarbonate de soude sûrement… Il entreprit de boire un verre d'eau, le voilà descendant l'escalier pour se rendre au rez-de-chaussée. Du réfrigérateur, il sortit une bouteille d'eau fraîche, but jusqu'à plus soif, le ventre comme une outre à présent.

Déchirant le silence de la nuit, la sonnerie du téléphone lui vrilla les tympans. Il se précipita, pas le moment de réveiller France, holà, surtout pas !

Qui pouvait bien appeler à une heure aussi indue ? À n'en pas douter, une urgence du commissariat.

— Bon sang, que se passe-t-il encore ? râla-t-il, tout en plaquant le combiné à son oreille.

— Oui, j'écoute…

— Commissaire ?

La voix lui était familière. Il le savait, une mauvaise nouvelle allait tomber.

— Oui, c'est moi.

— S'cusez-moi de vous déranger, c'était convenu entre nous, n'est-ce pas ?

— Bah oui, mais parle, Furet, que se passe-t-il ? le pressa Duval.

— Quelque chose de grave. Je viens de recevoir un appel téléphonique. La même voix, Commissaire…

À SUIVRE :
Illuminati Nantais - Tome III

Quadri Signe - Editions Alain Bargain
125, Vieille Route de Rosporden - 29000 Quimper
E-mail : editions.alain.bargain@orange.fr
Site Internet : www.editionsalainbargain.fr

Dépôt légal n°6 - 4e trimestre 2010
ISBN 978-2-35550-073-2 - ISSN 1281-7813
N° d'impression : 010273
Imprimé en France